Author 白河勇人
Illustrator 火ノ
転生魔王の魔術師範
Master Wizard of the Reincarnated Demon King

「顕現せよ《エグゼクテ》、光の剣《エンシス ルシス》」

リリィ・スワローテイル
ローズマリー・キルケー
ロウガ・オーキス
アクア

シルヴィア・クロウリー
鉄仮面の男
ミミカ・フォーチュン

「俺を誰だと思っている？
亡霊を殺すことなど、誰にもできはしない」

Master Wizard of the Reincarnated Demon King

CONTENTS

転生魔王の魔術師範

Master Wizard of the Reincarnated Demon King

Author
白河勇人
Illustrator
火ノ

イラスト／火ノ

プロローグ

世界は、東西の二つに分かれていた。

西に住む人間と、東に住む魔族。

彼らは東と西で戦争を繰り返すだけでは飽き足らず――

西の人間たちは金や生まれで貴賤《きせん》を分けて人間同士で殺し合い、東の魔族たちはエルフや獣人などの種族を分けて争い合っていた。

終わりのない差別と戦争の歴史は、千年の長きに渡って続いていた。

「ごめんね。あなたを生んでしまって」

それが、母の最期の言葉だった。

金持ちだった人間の父が死に、一介の召使いに過ぎなかったダークエルフの母は、小さな俺の手を引いて逃げ出した。

町の人に放火され、燃え上がる藁《わら》の家から――

東へ。東へ。

人間の国から離れ、魔族の国へ。

そこに救いがあるのかも分からないまま、途方もなく歩き続けた。

居場所も、食べ物もなく――結局、道端の砂利の上で、母は死んだ。

俺もこのまま死ぬんだと思った。

雲一つない晴天の空をぼうっと見つめて、人間でも魔族でもない自分の許《もと》には、一体どんな天使様がお迎えに来るんだろうと、いかにも子供らしいバカげたことを考えながら。

そして、そのときが来た。

光差す天空に、美しい天使の姿が見えた。

「行き倒れか？　子供のほうは息があるようだが」

流れる炎のように長く艶やかな赤髪を靡《なび》かせ、エメラルドのように煌《きら》めく碧眼《へきがん》が、俺を見下ろす。

「半人半魔《はんじんはんま》……なるほど。迫害を受けたか」

舞い降りてきた天使は、慈愛というより威厳を感じさせる、凛々《りり》しい女騎士のような姿をしていた。

物語に書いてあったどの天使とも似ていない――

それもそのはず。

彼女は天使《エンジェル》なんかではなく、魔王《サタン》だったのだから。

「きみにとって、今のこの世界は地獄だろう。これから歩む苦難の道を考えれば、ここで死んだほうが幸せかもしれない」

そう――【魔王】だ。

のちに、小競り合いを続ける魔族たちに統一戦争を挑み、歴史上初めて、魔族を統一することになる、すべての魔族の王――セイラ・クインシー。

まだ自称魔王でしかない若き日の団長《セイラ》が、俺に手を差し伸べる。

「だが、それでも生きる意志があるなら、私の手を取れ、少年」

飢えて死にかかった子供に選択の自由などなかろうに。

しかし今思えば、その手を取って良かったと思う。

ただの本能だったとしても、生きることを選んだのは、正解だった。

当時のことは、八年以上経《た》った今でも、鮮明に思い出せる。

今も昔も、拾ってくれた魔王《セイラ》への恩義を忘れることはない。

軍の雑用から始まり、魔王《セイラ》の一番近くに居たくて半ば無理やり弟子入りして、魔法で戦えるようになって、役に立ちたい一心で懸命に戦果を上げて……

いつしか、魔王軍最強の魔術師と呼ばれるまでになっていた。

迫害され、名も無き屍《しかばね》となるはずだった無力な子供はもういない。

魔王軍四天王の一柱、ロウガ・オーキス——それが今の俺だ。

将として千を超える兵を率い、信頼できる友を持ち、すべてを捧《ささ》げたいと思える大切な人に出会うことができた。

行くあてもなく彷徨《さまよ》っていたのは最早《もはや》、過去のこと。

居場所なら、此処《ここ》にある。

敬愛する魔王《セイラ》の隣が、俺の居場所だ。

過言ではなく事実として、セイラは、俺のすべてだった。

君のためなら、俺はどんなことだってやれるのに。
相手がどんなに強大な敵であろうと、命を懸けて戦うのに。
俺に生きる意味を教えてくれたのは、君なのに。
それなのに、何故《なぜ》。
何故、君は——
い、い、
死を選んだ……？

魔王処刑の日——

セイラは自分の玉座から降り、床に膝をついていた。

赤と黒の禍々《まがまが》しい重鎧《じゅうよろい》と漆黒のマントを装備した、堂々とした魔王の姿で。しかし無様にも両膝をつき、頭を垂れ、敵国の将の前で跪《ひざまず》いていた。

勇者ディアス。彼はセイラの脇に立ち、白銀の剣を抜いていた。

刎《は》ねるべき魔王の首はすぐそこにあったが、まだその剣は振り下ろされていない。

——邪魔が入ったからだ。

「見事なものだな。我が帝国の精鋭三十二名を、たった一人で皆殺しにするとは。魔王軍最強の魔術師と謳《うた》われるだけのことはある」

ディアスが玉座の間を見渡す。周囲には、帝国の将の死屍《しし》が累々と転がっていた。散ってまだ新しい、鮮やかな血飛沫《ちしぶき》の曲線が幾重にも描かれている。激しい戦いの跡だった。

「だが、ここまでだ。最早貴様の命は風前の灯《ともしび》。刀を一振りする力すら残ってはいまい？　あと一歩届かなかったな、ロウガ・オーキスよ」

ディアスが玉座のある壇場の上から、傷ついたロウガの姿を見下ろす。

体中の傷から流れ出た鮮血が、ロウガの足元に血溜《ちだ》まりを作っていた。腹に刺さったナイフからまた一つ赤い雫《しずく》が滴り落ち、波紋を刻んでさらに大きく広がっていく。

右手はかろうじて刀の柄《つか》を握れているも、腱《けん》を切られた左腕はだらりと垂れ下がり、今はただ体にへばりついているだけの肉塊と化していた。さらに背中には無数の矢が突き刺さったままだ。鎧《よろい》を貫き肉の深くまで抉《えぐ》り、抜くこともままならなかったのだ。

しかし、それでも、ロウガは二本の足で立っていた。

「何故だ、セイラ。何故死を選ぶ。お前ともあろう者が、そんな俗物に頭を垂れるな」

ロウガが白くなった唇を弱々しく動かす。

セイラは沈痛そうな面持ちでロウガの姿を見ていた。

「ロウガ、分かってくれ。私が首を差し出せば、魔族と人間両者の、長年の悲願が叶《かな》う。すべての戦争は終わり、ようやく、世界は平和になるんだ」

「セイラのほうこそ分かっていないようだな。俺にとって大義などオマケだ。天下泰平の夢を叶えたとしても、お前がいない世界で生きる意味などない。お前は俺のすべてだ」

言葉を失ったセイラの目から、一粒の涙が零《こぼ》れ落ちる。

「大義に目を曇らせるな、セイラ。手段は一つじゃないはずだ。前人未到の魔族統一を成し遂げたお前に、できないことなどないさ。諦めないでくれ。魔王軍最強の将であるこの俺が、何時如何《いついか》なるときでも力を貸す。だから、立ち上がってくれ、セイラ。お前が本気になれば、そんな男など――」

そのときだった。

……ディアスが、ロウガの体を――白銀の剣が貫いていた。

ロウガを剣で突き刺したのだ。

「説得するのが遅かったな、魔王の忠臣よ。二人ともここで死んでもらう。犠牲なくして大願は叶わぬ。お前のような矮小《わいしょう》な愚民に、我が覇道を妨げられてたまるものか」

ディアスがロウガの肩口でそう呟《つぶや》く。

「覇道？　やはり、皇帝の座が目的か」

咳《せ》き込みながらロウガが喋《しゃべ》ると、口からどっぷりと血が溢《あふ》れた。

「嘘《うそ》はついていないさ。私も平和を願っている。だがそれはあくまで、私が支配する世界での平和だ。私が帝国を掌握するには、魔王の首は必要不可欠でね。お前にも、魔王にも――私が統べる理想郷への礎となってもらう」

ディアスがロウガの体から剣を引き抜く。

勝負は決した。勇者が勝利し、魔王の忠臣は致命傷を負って敗れた。

崩れるように地に伏したロウガは、霞《かす》みゆく視界の中、セイラのほうを見上げた。

セイラは……玉座の前で跪いたままだった。

「何故だ、セイラ……！」

魔王セイラがエセ勇者ディアスの本心を見抜いていないはずがない。

何故、こんな奴《やつ》の思惑に従ったフリをしているのか。

「すまない、ロウガ。たとえ仮初《かりそ》めの平和であったとしても、私一人の命で千年に渡る戦争が終結するならそれでいい。長年魔王を続けて分かったことがある。戦いの中では、私のことを慕い、信頼を寄せてくれる良き友人たちから先に死んでいく。戦いを続ければ続けるほど、みんな、私を守るために命すら投げ出す。……今のお前のように」

セイラが静かに涙を流す。死に瀕《ひん》した大切な人の姿を眼《め》に焼き付けながら。

「ロウガ……せめてお前の死に目にだけは、立ち会いたくなかったのだがな」

セイラが強がるように笑みを浮かべる。こんな最期は皮肉だと言わんばかりに。

ロウガは奥歯を噛《か》み締め、血反吐《ちへど》と共に言葉を吐き出す。

「まだだ。まだ俺は、諦めない……！」

セイラが内に秘めていた想《おも》いは分かった。その背に重く伸《の》し掛かっていた悲しみも。

だが、それでも。自ら死を選ぶなんて、認めはしない。

八年前のあの日――

俺はお前の手を取った。生きることを選んだ。

母は俺を生んだことを後悔していたが、俺は生まれてきたことを後悔などしていない。

なぜなら、お前が手を差し伸べてくれたからだ。

温《ぬく》もりをくれた。居場所をくれた。幸せだった。

生きていて良かったと、心からそう思えるようになった。

そんなお前が、死を選ぶだと？

ふざけるな。

そんなことは認めない。

悲しみに負けて望んだ死の先に、幸福などあるものか。

こいつを倒し、いつの日か、生きていて良かったと、そう思わせてやる。

こんなところで死なせはしない。

あの日拾ってもらったこの命を懸けて――

今度は俺が――

お前を、救ってみせる。

……ロウガが血塗《ちまみ》れの口で魔法の呪文を詠唱する。

文字通り起死回生の術――消えゆく命の灯を再び燃やす、世の理《ことわり》に反した禁忌の法。

「我に今一度の命を《ダミヒ アニマ ミテルム》。冥府への誘いを断ち《トルヴ メセ ビンセレ》、身命廻天の力を与え賜え《クエイソ サナ ヴルヌス》」

ロウガが自身の心臓に手を当てると、魔法の術式がロウガの体中に浮かび上がり、循環する血液のようにぐるぐると全身を巡った。

「回復術と死霊術の複合術式……まさか、蘇生《そせい》魔法か!?」

ディアスが驚きに目を見開く。蘇生魔法は実在しないはずだった。実験を試みた魔術師は数多くあれど、いずれも完成には至らず実現不可能の魔法とされていた。

ゆっくりと、致命傷を受けたはずのロウガが立ち上がる。体内を循環する魔術式で動く人形のように。

「本当にきみたち魔族は、悉《ことごと》く人間《われわれ》の常識を超えてくるものだな。普段なら尊敬するところだが、今は邪魔なだけだ。蘇《よみがえ》ったのなら再び殺すまでよ。今度こそトドメを刺してやろう、ロウガ・オーキス」

ディアスが白銀の剣を振りかぶり、ロウガに向かって斬撃を放つ。

「何……!?」

剣を振り下ろした瞬間、違和感に気付く。

間違いなく、袈裟《けさ》に体を斬りつけたはずだった。躱《かわ》されてなどいない。敵《ロウガ》はそこから一歩も動かなかったのだから。

それなのに――肉を斬った感覚が無かった。霞みを斬ったかのように手応えが無かった。

代わりに覚えたのは、頬の痛み。ジリジリと皮膚が炎で焼かれる音がした。

ディアスは慌てて飛び退《の》き、ロウガから距離を取る。

そして次に彼が目にしたのは……〈蒼《あお》い炎〉だった。

ロウガの体が、くすんだ青い色の炎で包まれていた。しかし肉体を焦がすことはなく、まるで体の一部であるかのように、ロウガの呼吸に合わせて揺らめいていた。

斬った手応えが無くて当然といえた。燃え上がる炎を剣で断つことなど不可能だ。

「理解不能だ。それは本当に蘇生魔法なのか……？」

ロウガが顔を上げ、ディアスのほうを見る。その目は正気を失ったように虚《うつ》ろだったが、獲物を狙う獣のように爛爛《らんらん》と光り輝いていた。

「セイラは俺が……救い出す。お前の小賢《こざか》しい謀略など……俺が叩《たた》き潰してやる」

足を引き摺《ず》り、這《は》うように歩を進めていく。

剣が通用せず為《な》す術《すべ》がないと理解したディアスは、恐怖のまま後退《あとずさ》りすることしかできなかった。

ロウガが蒼い炎で包まれた右手を伸ばす。ディアスの首に届く、ほんの僅かな一歩足らずの距離のところで――

〈蒼い炎〉が、消えた。

薪《まき》を燃やし尽くした焚《た》き火《び》がフッと光を無くして掻《か》き消えるように、ロウガの体中に浮かんでいた複合魔術式も、一瞬のうちに消滅した。

伸ばしたロウガの右手が、力なくカクリと下に落ちる。

届かなかった。

糸の切れた操り人形のように、ロウガは地面に倒れていた。

「お、脅かすな。失敗だったようだな、切り札の蘇生魔法とやらは」

ディアスがやれやれと肩をすくめながらロウガのことを見下ろす。

魔法の力を失ったロウガの肉体は、端から先に白い灰と化していく。

灰になった腕が、足が、砂城のようにさらさらと崩れ落ちていく。

「まだ死ねない……セイラを救うまでは……」

肉体のすべてが崩壊していく中、ロウガは罅割《ひびわ》れた顔でセイラのほうを見上げる。

しかし、瞳の中から光が消え、暗くなっていくぼやけた視界では、セイラが今どんな顔をしているのかさえ分からなかった。

「心配するな。お前の大事な魔王サマも、すぐにあとを追うことになる。あの世で再会するのを楽しみにしているがいい。これからの時代は、愚鈍な貴族でも、人たらしの魔王の時代でもない。勇者皇帝ディアスの時代が始まるのだ」

視界のすべてが暗黒に染まる。

そして——魔王軍四天王の一柱、ロウガ・オーキスは死んだ。

のちの記録にも、魔王軍最強の魔術師ロウガは、戦いで勇者に敗北した魔王を救うために、勝敗が決していたにも関わらず降伏せず、たった一人で最後の瞬間まで抵抗し続け、誠の忠臣として壮絶な最期を遂げたとある。

改竄《かいざん》と脚色を加えられた紛《まが》い物《もの》の歴史書にさえ、ロウガは死んだと明記されていた。

少なくともその事実だけは、真実のはずだった。

ロウガは死んだ、はずだった——

第一章

光り輝く大河が流れていた。

無数の霊魂が河川のような流れを作り、定まった一つの方向へと移ろって行く。

魂が辿《たど》り着く先は白い光で満たされていて、果てを見ることはできない。

見上げた天空は、光と魂で出来た、今まで見たどんな景色よりも美しい場所だった。天国、あるいはそこへ至る天道のイメージそのものと言っても過言ではなかった。

ロウガは視線を落とし、自分が立つ場所を見る。

……暗闇。

足元のほうを見ているつもりでいるが、自分の周りすべてが深い闇で満たされているため、足どころか上半身さえも視認することはできなかった。

此処《ここ》には、何も無い。

あの光り輝く空を天国とするなら、この暗黒の世界は地獄や冥界の類いだろうか。

あるいはその境界にある、中途半端な狭間《はざま》の世界――

自分の生死すらも曖昧で、自己の意識はあるが肉体の存在が確認できない。

……生と死の狭間に、閉じ込められてしまったのだろうか。

研究段階でしかなかった不完全な蘇生魔法を自分に使用したのだ、魂や肉体の状態がどう変化を起こそうと不思議ではない。あらゆる異常事態が考えられた。

ロウガが作成した蘇生魔法の概要は、損傷した肉体を魔力《エーテル》で補いつつ再生させ、冥府と繋《つな》がり肉体から離れようとする魂を引き戻し復帰させる、というものだ。

しかし動物実験でも成功した例《ため》しがなく、単なる死霊術と大差ない結果しか得られなかった。〈蒼い炎〉に関しては想定外だったが、短時間だけ行動可能になったのもそれが理由だ。完全な蘇生は叶《かな》わず、結局、本懐を遂げることはできなかった。

あと少しのところで、届かなかった。

救えなかった。

「…………」

沈黙。

心の中で思案することをやめると、本当の静寂が襲ってきた。

何も聞こえず、何も見えない、完全な闇。

考えることすらやめてしまえば、いつか闇に溶けて意識すらも消えるのだろうか。

――死ねるのだろうか。

…………

…………

……

どれほどの時が経《た》った頃か――

声が聞こえた気がした。

うっすらと、遠くから。

「――て、ロウガ」

自分の名を呼んでいる。

誰だ？　どこから？

「セイラ……？　セイラなのか？」

分からないまま、一番に会いたい人の名前を呼ぶ。

「助けて、ロウガ……」

今度はハッキリと聞こえた。

助けを求める、セイラの声が。

俺が救えなかった、彼女の声が。

――おぼろげだった意識が急速に覚醒していく。

魂に火が灯《とも》ったのが分かる。

いのちが激しく燃え上がっていく。

「今、助けに行く」

気付けば、闇は晴れ、世界は白い光で包まれていた。

魔王の玉座の間を、花束を持った女性が歩いていく。

金髪碧眼《へきがん》の魔族、美しいエルフの女性だった。

彼女は玉座ではなく、その壇場の下で立ち止まると、何もない石畳みの上に花束を手向《たむ》けた。

「もう血の跡すら残っていない。月日が経つのは早いものね」

……ロウガ。

寂しげに彼の名前を呼んだ、そのときだった。

謎の魔法陣が、石畳みの上に展開した。

「これは、一体……!?」

エルフの女性が驚いて後ずさりをする。

魔法陣の上にあった花束の花びらが、まるで生気を吸い取られたかのように一瞬で散る。

そして白い灰となって塵《ちり》と消えると、魔法陣が強烈な閃光《せんこう》を放った。

あまりの眩《まぶ》しさにエルフの女性が顔に手を翳《かざ》す。目も開けていられないほどだった。

やがて眩《まばゆ》い光の放出が収まる。

エルフの女性が目を開けて見てみると、魔法陣は消え失《う》せており、代わりにそこにあったのは――

「まさか……信じられない。ロウガ、なの……?」

死んだはずのロウガが、石畳みの上に倒れていた。

傷ひとつない体で――勇者に殺される前の姿で――生きている。

エルフの女性がロウガに駆け寄り、彼の体を抱き起こす。

「ロウガ、目を開けて！　私よ、シルヴィアよ！」

ロウガが閉じていた瞼《まぶた》を開けて、エルフの女性の顔を見る。

「シルヴィア……？　どうしてお前が……？」

虚ろだったロウガの意識が、瞬《まばた》きを繰り返して徐々に覚醒していく。

「良かった……！　本当に生き返るなんて……奇跡よ……！」

シルヴィアがぽろぽろと涙を流しながらロウガの首を抱きすくめる。

シルヴィアはロウガと同じ頃に魔王軍に入った昔馴染《むかしなじ》みだった。年が近いこともあり互いに切磋琢磨《せっさたくま》しながら成長し、同じく四天王の一柱に数えられたエルフの天才魔術師だ。

幼馴染の親友のような親しい間柄であり、秘密にされていたセイラの処刑をロウガに教えてくれたのもシルヴィアだった。

「生き返る、か……。やはり俺は死んでいたのか」

「もうそんなのどうでもいいわよ！　今は生きてるんだから！」

シルヴィアはロウガの肩を愛《いと》しそうにぎゅっと摑《つか》み、泣き濡《ぬ》れた顔で笑みを浮かべた。

「セイラは？　セイラはどこだ？　無事なんだろうな？」

ロウガはシルヴィアの手を払い除《の》け、玉座の間を見回す。必死にセイラの姿を探した。

「ロウガ……」

シルヴィアが視線を落とす。沈痛そうな顔で。

「おい！　セイラはどこにいる！」

ロウガがシルヴィアの肩を無遠慮に掴んで詰問する。その顔は焦燥で満ちていて、冷静さを失っていた。

「……死んだわ。魔王の処刑は、滞りなく執行された」

シルヴィアは濡れた顔を伏せて、淡々とした口調でそう言った。

「……嘘《うそ》だ。あいつが死ぬはずない。魔王セイラがディアス如《ごと》きに膝を折ることなど有り得ない。思いとどまったはずだ」

シルヴィアが玉座のほうを指差す。

「勇者ディアスの剣で首を刎《は》ねられた。勇者凱旋《がいせん》の際には、帝国の大観衆がセイラの晒《さら》し首《くび》を目撃したわ。私たち、四天王も見送った」

魔王の玉座には、たくさんの花束が手向けられていた。まるで墓前のように。

葬送の白い花が風に吹かれ、一枚の花びらが散っていった。

「もうひとつ、言わなきゃいけないことがあるわ。復讐《ふくしゅう》を考えても無駄よ。あの頃戦っていた敵の人間たちは、みんな死んでる。ディアスを含めてね」

「どういうことだ？」

シルヴィアが顔を上げてロウガのことを見る。当時と何も変わらない彼のことを。

「この時代はあなたにとって百年後の世界よ。あなたが死に、魔王が処刑された日から、百年の歳月が流れている」

「百年……？」

「そうよ。エルフだから分かりにくいと思うけれど、私もとっくに齢《よわい》百を超えているわ。大人っぽくなったと思わない？」

そう冗談を言ったシルヴィアの笑顔はどこか悲しげだった。

エルフの寿命は五百年を超える。そのため肉体は今も二十代前半くらいで若々しく見えるが、ロウガとシルヴィアの間に大きな時の隔たりができてしまったのは確かだった。

「俺が死んでいる間に、皆歳老《としお》いて死んでいったのか。生きているのはエルフや龍族の長命な魔族だけ、ということか」

「ええ。冥界と現界では時間の流れが違うのかもしれないわ。または致命傷を負った肉体の再生に膨大な時を要したか。成功したとはいえ、蘇生《そせい》魔法の代償は高く付いたわね」

「……そうだな。無意味な魔法だった」

蘇《よみがえ》るのに百年も掛かっては使った意味がない。

ディアスと戦い、セイラを救いたかったのに、叶わなかった。

世界で一番大切な人が死に、生きる意味の無くなったこの世界に蘇ったところで、なんだというのか。

すべて、無意味だった。

セイラのいない世界など――

「いや……待て。それなら、〈あの声〉は一体なんだったんだ……？」

ロウガは思い出す。冥界の中、自分が生き返るまでに起きた出来事を。

絶望の闇に差した、希望の光を。

『助けて、ロウガ……』

俺に助けを求める、彼女の声が聞こえた。

セイラの声に導かれて、この世に帰ってこれたのだ。

あの光の向こうに、確かに、彼女は居た。

「声……？　なんのこと？」

「冥界でのことだ。セイラが俺に助けを求める声が聞こえた。光の中から聞こえるセイラの声を頼りに、俺は生き返ることができたんだ。セイラが死んでいるなら、あの声はなんだ？」

「分からないわ。でも、セイラは死んだ。百年も前に。それは確かよ」

「死を偽装したのかもしれない。あいつは魔王だ。俺たちも知らない魔法を使った可能性もある」

「バカ言わないで。セイラの首が勇者の手で大観衆の目に晒されたのは、私がこの目で見てる。まして、私や他の四天王たちすら欺《あざむ》く死体の偽装なんて、どんな魔法を使ってもできっこないわ」

「……必ずどこかで生きているはずだ。セイラは俺が助けに来るのを待っている。早く、見つけてやらないと――」

ふらりとロウガが歩き出す。

「待って、ロウガ！　どこへ行くの？」

「決まっている。敬愛する我が魔王、セイラの許《もと》へだ」

「セイラは死んだのよ！　何度も言っているでしょう!?」

シルヴィアの引き止める声も聞かず、ロウガはただ黙って歩みを進める。

「受け入れたくないのは分かるわ！　あなたの想《おも》いも！　でもっ……！」

言いかけて、シルヴィアは自分の胸を手で強く押さえた。痛んだように。

ロウガは旅立つ。

死んだはずのセイラの姿を探して。

最愛の人の行方を求めて……彷徨《さまよ》う。亡霊のように。

三年後――

粒のように小さな青い林檎《りんご》を摘み取り、地面に落としていく。

季節が初夏に入り、農民の娘リリィとその両親は〈グランドアップル〉の摘果作業をしていた。

大きくて形の良い林檎を残して育てるため、余分な果実を間引いていく。リリィの足元の地面は未成熟な林檎でいっぱいに埋まっていた。

　グランドアップルは背の低い林檎の品種なので足場を使う必要はないが、齢十六の年若いリリィでも長時間の立ち仕事は腰にくる。背伸びをしてトントンと腰を叩《たた》いた。

「おい、またあいつが来てるぞ」

　隣の並木で作業していた父親が手を止めてリリィのそばまで近寄ってくる。

「あいつ？」

　リリィが首を傾《かし》げると、父は農園の外のほうをくいっと顎で指し示した。

　農園を囲う柵の向こう側に、フードを被《かぶ》った男が立っていた。日差しも強くなり始めた時期だというのに、全身を覆い隠すような灰色のローブを着込んでいる。

　フードの男はリリィのほうを見ていたが、気付かれたと分かると顔を背けてそそくさと立ち去っていった。

「あぁ、あの人……」

　名前も知らない、謎の男だった。

　リリィの知り合いでもなければ、同じ村の住人でもない。帝都から遠く離れた辺境に位置する〈ブルーオーチャードの村〉では珍しい村外の旅人であり、一ヶ月ほど前からずっと村の宿屋に泊まっていた。金はきちんと払うが近くをうろつくだけで素性の分からない変な客だと、宿屋の女将《おかみ》さんが気味悪がっているのをリリィは知っていた。

「流れ者や盗賊、はたまた都を追われた賞金首の類いかもしれない。リリィ、絶対に近づくんじゃないぞ」

そう釘《くぎ》をさす心配性な父の後ろから、母まで会話に加わってくる。

「闇の呪術師じゃないかって噂《うわさ》もあるわよ。商人のクロードさんが町に出発するときに壺《つぼ》を割っちゃったらしいんだけど、通りかかったフードの男が魔法で修復してくれたって。それで意外といい人なんじゃないかって思ったんだけど、よくよく見たらマントの裾にべっとり赤い血の跡が付いてたんですって！」

「なんてことだ！　殺人犯だったのか！」

「あんた、それはないでしょ。この辺りに住んでるのなんてここの村人ぐらいしかいないんだから、人を殺したらすぐに耳に入るわよ。大方、動物でも殺してたんでしょ。悪魔召喚の儀式に使ったのよ！」

ただでさえブルーオーチャードの村は平和を絵に描いたような穏やかな村なので、お喋《しゃべ》り好きな母は謎の男の噂で大盛り上がりだった。

「ねえ、リリィはあの男の正体はなんだと思う？　やっぱり闇の呪術師？」

母がきらきらと目を輝かせながらリリィに意見を聞く。

「村のみんなが言うような危ない人だとは思わないかな。なんとなく、優しい感じがするの」

「あら、意外な反応。でもリリィは昔から勘がいいからね。リリィがそう言うなら、実はイイ人なのかも」

「いいや。リリィは村を出たことがないから、外の人間の恐ろしさを知らないんだ。都には羊の皮を被った狼《おおかみ》のような連中がたくさんいる」

「またあんたは。そうやってあんたが脅かすからリリィも怖がって町に出ないのよ。年相応に遊ぶべきなのに」

両親が痴話喧嘩《ちわげんか》を始めそうになったのでリリィは慌てて場を取りなす。

「大丈夫だよ、わたしはこの村の生活が好きなの。他の子たちは農作業なんてキツいだけでつまらないって言うけど、わたしは楽しいよ。向いてるんだと思う」

リリィの父と母が感激して言葉を失う。

「お前は本当にいい子だねぇ」とリリィは両親に抱き締められ、笑みを溢《こぼ》した。


夕方になり畑仕事を切り上げると、リリィは父から村の酒場へとお遣いを頼まれた。

「ダン叔父さん。お父さんがエールを分けてくれって」

酒場の店主であるダンはリリィの父の弟だった。そのため、父はよく酒の融通をしてもらっており、その配達をすることがリリィの習慣のひとつだった。

「そこで座って待ってな。……まったく。兄貴も店で飲めばいいのに。シャイなのは相変わらずか」

ダン叔父さんが店の奥に消え、リリィはカウンターにちょこんと座って待つ。

酒場は仕事を終えた村人たちで賑《にぎ》わっていた。小さな村の酒場なのでリリィの顔馴染みばかりだ。農夫だけでなくその妻や子供たちまでいる。ブルーオーチャードの酒場は酒を飲む場所というより、農民たちの憩いの場になっていた。

とはいえ、典型的な酔っぱらいもいる。各テーブルの村人たちに絡み、昔話を延々と喋る村の名物じじいだ。

当然のようにリリィにも絡んでくる。

「むむっ。誰かと思えばリリィではないか。ディアス皇帝陛下、万歳！」

「へ？　いきなりなんの話？」

ダン叔父さんが戻って来てじじいの話を補足してくれる。

「二十年も昔に行った帝都の観光旅行の話から始まって、今は勇者皇帝万歳って盛り上がってる時間だな。いつも通りテキトーに話を聞いてやってくれ」

「ディアス三世・グレイ様が治める現代も素晴らしいが、やはり初代様の治世は黄金時代だった。すべては民のためだと、賊を罰して治安維持に努め、貴族の腐敗を正し、我々に寄り添い尽力してくれた。そしてなんと言っても、恐怖の大魔王セイラの首を取った！」

ヒューと村の若者が口笛を吹いて囃《はや》し立てる。勇者と魔王の物語はどの世代でも人気の叙事詩《エピック》だった。

気を良くした酔っぱらいじじいは酒場の真ん中に躍り出て、熱狂的に語り出す。ダン叔父さんはやれやれと肩をすくめた。

「そう、魔王セイラだ。闇の魔法で魔族たちを洗脳して戦争をけしかけ、邪神との契約で得た凶悪な大魔法で数千の帝国兵たちを皆殺しにした、残虐非道・冷酷無比な恐るべき化け物！　悪魔の化身だとも囁《ささや》かれる邪悪な存在を、なんと、勇者ディアス様は討ち取ったのだ！　その戦いは筆舌に尽くしがたいほど壮絶なものであったという……！」

「でも最後には、ディアス様はヤツの首を刎《は》ねた！」

盛り上がった農夫の子供が手を振り上げる。「そんな残酷な言葉を使うんじゃありません」と母親が子供の頭をぴしゃりと叩く。

「その通り。初代様は魔王の首を刎ね、帝都へと凱旋《がいせん》した。大観衆が注目する中、ディアス様が魔王の首を掲げて勝利を知らせ、轟《とどろ》くような大喝采と大歓声が送られたあの光景は、今でもわしの脳裏に焼き付いておる……！　わしは目にしたのだ、今後百年に渡って語り継がれることになる壮大な伝説の一幕を、しかとこの目で！」

「おお……！」と村人たちが感嘆の声を上げる。しかしダン叔父さんは冷静だった。

「何言ってんだ。百年も前の話なんだから、じじいも生まれてねえだろ」

どっと酒場が笑いで包まれる。酔っぱらいじじいの話に真剣に耳を傾けていた村人たちも、そのオチをきっかけにそれぞれの話に戻っていく。

少し酔いの醒《さ》めた酔っぱらいじじいも、リリィとダン叔父さんのいるカウンターに戻ってくる。

「この話はわしの親父《おやじ》から聞いたんじゃ。親父には何べんも当時のことを聞かされていたからな。だからたとえその場にいなくとも、自分に起こったことのように鮮明に思い出せるのじゃ」

「はいはい、分かってるよ。追加のエールはどうする？」

「ダンは冷めてるのう。お前、それでも帝国国民なのかえ？　エールはいるぞい」

「感謝はしてるさ。こんな辺境でも定期的に見回りしてくれる帝国軍のおかげで村は平和なんだ。勇者ディアスの英雄譚《えいゆうたん》も好きだったが、毎日飲みに来るじいさんのおかげで聞き飽きちまったのさ」

「わしのせいじゃったか」

リリィがケラケラと笑う。平凡だが村の生活は楽しい。それを噛《か》み締めていた。


エールの入った小さな酒樽《さかだる》を抱えて、リリィは家路を急ぐ。

両親と住む自分の家は小高い丘の上にあり村の中心からは少し距離がある。暗闇が苦手なリリィは日没前に帰宅するため、村の広場をせっせと早足で歩いていた。

まだ遊び足りない広場の子供たちのはしゃぐ声を背中に聞きながら、丘の上に続く小路に入っていく。

あともう少しだ。

そう思った次の瞬間、唐突に子供たちの賑やかな声がやんだ。前触れもなく、喧騒《けんそう》が掻《か》き消えた。

「――え？」

リリィが後ろを振り向く。

不思議な壁が出来ていた。白く輝く靄《もや》の塊が、広場に出る道を塞いでいる。向こう側で遊んでいるだろう子供たちの姿も見えず、その声は聞こえない。胸に抱えていた酒樽を足元に置き、オーラ状の壁面に触れてみると、鉄扉のような感触で生半可な力では傷一つ付けられそうにないほど硬質だった。

「――魔法で結界を張った。他人には聞かれたくない話だ」

リリィが驚いて振り向くと、通りの奥にフードの男が立っていた。

昼間農園の外からリリィのことを見ていた、謎の男だ。

今日に限らずたびたびリリィのことを観察している、村の不審人物である。父によれば盗賊の類いで、母によれば悪魔崇拝者。他の村人たちの間でもいい噂はなかったが、いつも遠目に見かけるだけで危害を加えてくる様子もなかったし、リリィは彼にそれほど恐怖心を抱いていなかった。

しかし今回は状況が違う。なぜか魔法の壁で閉じ込められた。

「ど、どうしてこんなことを……」

「まだ密偵が潜んでいる可能性もある。念のためだ」

フードの男がこちらへ歩み寄ってくる。リリィが畏縮して動けずにいると、フードで隠している顔が分かるくらい近づいてきた。

銀色の髪に、深い紺色の瞳。二十代前半くらいの若い男性だった。

「み、密偵？　一体なんのことですか……？　とにかくここから出してください……！」

怯《おび》えるリリィが震え声で懇願する。

フードの男は悲しげに視線を落とすと、穏やかな声で話した。

「落ちついてくれ。俺はきみの味方だ。傷つけるつもりはない。危険を知らせに来た」

声色に優しさを感じて、リリィは少し冷静になってフードの男の顔を見上げた――彼の体内に流れる、〈色〉を視た。いつもと同じ、優しいオレンジ色だ。危険な色ではない。

「ど、どういうことですか……？」

「きみは帝国に命を狙われている。ここに居ては危険だ」

「そんなわけないです。人違いじゃないんですか？　わたし、犯罪もなんにも悪いことはしてないです」

「リリィ、きみで間違いない。狙われるのは、きみの生まれと関係がある」

「わたしはただの農民の娘です。ごく普通の、人間の平民ですよ？」

「違うんだ、単なる出自の話じゃない。ヒトとしてもっと根幹の部分……魂の話だ」

フードの男が懐から水晶玉を取り出す。手を翳《かざ》して呪文を唱えると、水晶の中に映像が浮かび上がった。

光り輝く糸で編まれた毛玉のような球体が見える。七色の光の軌跡が重なり合い、螺旋《らせん》を描くように渦巻いていた。

「これはきみの魂を視覚化したものだ。魂の相は人それぞれ異なり、人相や手相よりも多種多様で、同一のものが複数存在することはまず有り得ない」

その上でこちらを見て欲しい、とフードの男がもう一度手を翳し呪文を唱える。

水晶玉の中から映像が消失するも、次の瞬間には先程と同じ魂の映像が再び浮かび上がってきた。

「この相は、魔王セイラ・クインシーのものだ。ご覧の通り、きみの魂の相とすべてが一致する。同じ魂だ」

リリィは魂の色を見つめたまま言葉を失っていた。

その事実が指し示す意味を、フードの男が言いたいことを理解して――

「リリィ・スワローテイル。きみは、魔王セイラの生まれ変わりなんだ」

信じがたい事実を突き付けられた。

「そんなの……嘘《うそ》です。同じ映像を二回見せただけなんじゃないですか。わたしなんかが魔王なんて恐ろしい人の生まれ変わりなわけないです」

「セイラは……恐ろしい人なんかじゃないよ」

優しい目でリリィのほうを見ながら、フードの男がそっと呟《つぶや》く。

――彼の中にある〈オレンジ色〉が深くなったのを、リリィは視《み》た。

だが優しい色に混じって、悲しみの青い色層も視えた。

「理解できないのも無理はない。きみはセイラだった頃の記憶を失っている。転生の際に魂は前世の穢《けが》れを浄化され、その際に記憶も消失する。外見や種族も生まれてくる親によって変異するが、魂そのものが変わることはない。セイラはエルフとダークエルフの混血だったが、きみは人間だろう」

「はい……父と母も人間です」

恐怖心がなくなったわけではないが、リリィはやはり男が悪い人のようには思えなかった。彼の言葉には重みがあり、嘘偽りを並べ立て自分を騙《だま》そうとしているようには聞こえなかった。単に自分が世間知らずなせいで詐欺師の巧みな話術に引っ掛かっている可能性も否定できないが。

「肉体は違えど魂魄《こんぱく》は同一ということだ。例えば生まれ持っての才能も同じだ。きみは〈エーテルの流れが視える〉ようだな」

「えっ……」

リリィには普通の人間には見えない、不思議な〈色の層〉が視えた。

〈色〉はあらゆる物質や空間に遍在し、人間の中にも視える。フードの男の中に視たオレンジや青色もそうだ。勘がいいと言われるのも、その色合いを見ることで物の性質や人の感情をぼんやりとだが事前に察知することができるためであった。

「エーテルの眼《め》。魔力可視眼とも呼ばれる。魔術の行使に必要な魔力の源泉〈エーテル〉を視ることができる、極めて希少な天性の才能だ。世界最高位の魔術師と呼ばれた魔王セイラも、この眼を持っていた。きみが魔王の転生である証《あかし》の一つだと言えるだろう」

「わ、わたし、魔法なんて使えないです」

「今は使い方を知らないのだから当然だ。しかし学べばすぐに頭角を現すだろう。きみは世界一の魔術師セイラだからな」

「わたしはリリィです。セイラなんて人じゃありません。魔法にも興味ないです」

「……分かったよ、リリィ。今はそれでも構わない。だが、最初に言ったように危機が迫っている。この村から逃げるぞ」

「そんなこと急に言われても……無理ですよ。あなたが村でどう噂《うわさ》されているのか知らないんですか?」

「我ながら、ここまで不審者扱いされるとは思っていなかったよ。大人しくしていたつもりだったが、まさか盗賊だの悪魔崇拝者だの噂されるはめになるとは」

フードの男が自嘲気味に口元を歪《ゆが》め、かりかりと頭を掻く。

少し不憫《ふびん》に思えて、リリィは一瞬笑ってしまいそうになった。

だが次に彼が発した言葉によって、きゅっと唇を結ぶ。

「信頼を得るために対話を続けたいところだが、時間はあまり残されていない。帝国の軍勢がすぐそばまで迫って来ている。これまでの連中のやり方なら、この村を滅ぼすことも厭《いと》わないだろう。逃げるなら今しかないんだ」

「村を滅ぼす!?　帝国の兵士たちがそんなことをするはずないです!　こ、皇帝陛下への侮辱ですよっ」

リリィにとって、いや帝国国民にとって、帝国兵たちは秩序を守る正義の味方だ。不正をしているならばたとえ相手が貴族であろうと、皇帝の名の許《もと》に刑を執行する。まるで盗賊のように村を襲撃するなど有り得ないことだった。

「帝国が裏でやっていることを知れば、そんな口は利けなくなる。現にきみも、帝国の裏組織に誘拐されかかっていたんだ」

これを見ろ、とリリィは一枚の書状を渡された。

《農家の娘リリィ・スワローテイルを連れてこい。相手はただの村娘だ、拉致するのは容易《たやす》いはずだ。場所は帝都の北方……》

「村の近くで野営していた小隊から奪ったものだ。文言の最後に血判が押されているだろう？　帝国の暗殺組織のひとつが使っているものだ」

一本の剣に二匹の蛇が絡み合った、不気味なデザインの印だった。だがリリィが気になったのは、羊皮紙全体に飛び散っていた血痕のほうだった。

「この血はなんですか……？」

「敵の喉を掻き切ったときに付着したんだろう。それがどうした？」

「ひ、人を殺したんですか!?」

「ああ。でなければお前の身が危うかった」

「っ……！」

「しかし隠密《おんみつ》作戦が失敗したからと言って、たった一人の村娘のために千を超える軍隊まで動かすとはな。皇帝はよほど魔王の再臨を恐れているらしい」

「こんなの……作り物です。さっきの水晶玉と同じことです」

リリィは震える手でフードの男に血で染まった書状をつき返した。

「受け入れたくないのは分かる。だが、変化というものは突然訪れるものだ。俺もある日突然、家を焼かれて母を失った。だが……」

フードの男が優しい眼差《まなざ》しでリリィのことを見る。姿形こそ違えど、セイラの面影を重ねていた。失って終わりじゃなかった、〈きみ〉に出会えた。

しかしリリィのほうは目を伏せて体を震わせていた。

「わ、わたしも失うって言うんですか？　この村を、両親を。何かの呪いのつもりですか？　もう、うんざりです。わたしのことは放っておいてください。じゃないと、大声を出して人を呼びますよ！」

リリィは彼が嘘をついているとは思っていなかった。だが、信じたくなかった。怖かった。大好きな両親を、生まれ育ったこの村を失うことなんて考えたくもなかった。そう思うと、否定の言葉が口をついて出ていた。

「……分かった。もういい。俺が一人で迎え撃つ。だが一つだけ約束してくれ。これからどんなことが起きたとしても、自分の命を守ることを最優先にして欲しい。今のお前にかつての力はない。戦わず、逃げることだけを考えるんだ。必ず生き残れ。分かったな？」

「もう何も聞きたくありません。不吉な呪いを掛ける人の言葉なんて知らないです。どこかへ行ってくださいっ」

「必ず生き抜くと約束するなら、お望み通り消えてやるさ」

「あなたに言われなくても、わたしも、誰も、死んだりなんかしません！　約束しますから、早くどこかへ行ってください！」

顔を伏せたまま投《な》げ遣《や》りにそう叫ぶ。

それきりフードの男からなんの返答もなく、リリィが顔を上げてみると、もうそこに彼の姿は無かった。

後ろを振り向けば、魔法の壁も消えている。

まるで夢幻のような出来事だったが、リリィの胸にはすべてを失う恐怖が残っていた。

早く忘れてしまおうと、リリィは酒樽《さかだる》を抱えて我が家へと早足で歩き出す。


そして……その夜のことだった。


暗黒の空の下、真っ赤な炎が揺らめいている。

ごうごうと音を立てて燃え上がる火炎の明かりで、夜中にも関わらず地上は昼間のように明るい。

……ブルーオーチャードの村が、燃えていた。

穏やかな村の中を、松明《たいまつ》を掲げた兵士たちが無遠慮な足音を鳴らして荒らし回っている。

──ガァン！

兵士の男が力任せに民家のドアを蹴破った。

身を隠していた村人の家族が悲鳴を上げる。

慈悲を乞う悲痛な叫びなど聞こえていないかのように、兵士の男は剣を振り上げ、怯える村人に向かって容赦なく振り下ろすのだった。

噴き上がる血飛沫《ちしぶき》を最後に、悲鳴が途絶える──

同じような殺戮《さつりく》が、村の各所で惨《むご》たらしく繰り返されていた。

なけなしの銀貨や安い装飾品を略奪しながら、兵士たちが村中を走り回る。

帝国軍に村が蹂躙《じゅうりん》されていく。

ほんの数分前まで平和そのものだったブルーオーチャードの村、そのすべてが理不尽な暴力で踏み潰されていく。

「そんな……！　本当に……！」

リリィは小高い丘の上から、燃え上がる故郷を見つめていた。

どうすることもできず、震える手で口元を覆い、茫然《ぼうぜん》とただ見ていることしかできない。

顔見知りの宿屋の女将《おかみ》さんが、兵士に剣で胸を刺し貫かれる。倒れて、そのまま動かなくなってしまった。

幼い頃遊んでいた友人の家が、松明を投げられて燃やされる。あっという間に炎に包まれて、屋根が落ち、脆《もろ》くも崩れ去る。

これが現実なのかと疑うほどの光景。悪夢なら早く醒《さ》めてほしいのに、いくら待っていてもそのときはやってこない。またひとつ新たな惨劇の光景が瞼《まぶた》に焼き付くだけだった。

「リリィ」と後ろから父親に声を掛けられ、振り向く。

「荷造りは終わった。リリィは母さんと逃げなさい。父さんはダンを探しに行く」

「お、お父さん……。わたし、こうなるかもって分かってたの。なのに……」

体を震わせながらリリィが言うと、父は悲しげに口の端を歪めた。

「それは驚いた。リリィも他の村人同様、帝国を盲信しているかと思っていたが。父さんの本を読んでいた影響かな？ 魔族領の本には帝国の後ろ暗い噂も書かれているからね。とはいえ、まさかここまでするとは……」

「ち、違うの。そうじゃなくて——」

リリィが言いかけたとき、丘の下からダンが走ってきた。

「無事だったか、ダン！ 村長はどうした？」

村に対する帝国軍の攻撃は突然で、通告すらなかった。そこでダンは村長たちと連れ立って説明を求めるべく指揮官の許へ話し合いに行ったのだ。

だがダンは一人きりで戻り、村への襲撃は収束していない——

「外にいると兵士に見つかる。家の中で話すよ」

なぜかダンは酷《ひど》く冷静でいつもとは違う雰囲気だった。

二人は違和感を覚えながらもダンに言われるがまま自宅に入るのだった。

　リリィの父は玄関の扉にかんぬきを掛け、裏口も閉めるよう母に指示を出した。

「話してくれ、ダン。村長は……殺されたのか？」

「ああ、ほとんど問答無用でな。この村は悪魔を崇拝する盗賊たちの根城だって、村人はすべて卑しい罪人だから正義の名の許に断罪するって、一方的にな。詳しく説明してくれって村長が前に出て行ったら、次の瞬間には剣を振り下ろされていたよ」

「盗賊だと？　帝国軍は私たちを盗賊だと言っているのか？」

「そうだ。農民の姿は偽装だとな」

　リリィの母が信じられないと言いたげに首を大きく横に振る。

「そんなバカな話がある!?　とんだ勘違いじゃない！　領主様に伝えないと、全部誤解だってさ！」

「襲ってきてるのは、その領主様の兵だよ。村長を斬ったのは領主様のとこの兵士長だ」

「領主様には税として毎年農作物を納めている。ただのちっぽけな農村であることくらい、領主様はとっくにご存知のはずだ。……つまりはそういうことなんだろう」

　リリィの母が愕然《がくぜん》と肩を落とす。

「知ってて、やってるってこと……？　でも、どうして……？」

　そのとき、家の外から複数の兵の足音が押し寄せてきた。

　リリィの家の扉が、ドンドンと乱暴に叩《たた》かれる。

　リリィと両親は息を呑《の》み、気配を消すように黙り込んだ。

しかしダンは構うことなく会話を続けるのだった。

「理由は知らないが、目的は知ってる。悪魔の子として崇《あが》められている、リリィという名の娘を探しているそうだ」

なぜか……ダンが玄関のかんぬきを外す。乱暴に叩かれる扉にノックで返事をする。入れと合図するように。

「すまない、リリィ、兄さん、義姉《ねえ》さん。村の子供たちを人質に取られた。リリィのいる場所を教えないと子供たちを皆殺しにするって。逆らえなかった」

帝国軍の兵士たちが家に侵入してくる。部下の兵士が二人、そして立派な鉄鎧《てつよろい》を着込んだ兵士長の男が現れた。

「あれがリリィ・スワローテイルか？」

兵士長がダンに聞く。

「……はい。俺の姪《めい》っ子《こ》です」

「そうか。御苦労」

兵士長は腰の剣を抜き、ダンの腹に突き刺した。

ダンが腹を押さえながら地面にうずくまる。

「ほ、他の子供たちは……助けてくれるんですよね？」

「残念だが、この村の住人は全員殺せと命《めい》を受けている。女子供も例外ではない。残虐非道な行為だと誤解されるかもしれないが、これは偉大なる皇帝陛下からのご指示である。

我ら愚民には計り知れぬ大義あってのことだろう。むしろ光栄に思うがいい」

兵士長は平然とそう言い切り、ダンの頭を踏みつけて首の骨を折りとどめを刺した。そして、リリィのほうへと目を向ける。

「リリィ、母さんと一緒に逃げなさい！」

リリィの父は家の裏口を指差し、手斧《ておの》を取った。

「貴様、皇帝陛下に逆らうつもりか？　大人しく娘を引き渡すことこそ、帝国臣民の務めであるぞ」

リリィの父は足をガクガクと震わせていたが、妻子を庇《かば》って勇敢に立ち塞がる。

「リリィ、急いで！」

母が裏口のかんぬきを外し、茫然と立ち尽くすリリィの肩を抱き寄せる。

「元より皆殺しだ。やれ」

兵士長がくいっと顎を動かすと、控えていた二人の兵士がリリィの父に剣を向ける。

あっという間の出来事だった――

リリィは母に手を引かれながら、ずっと父のことを見ていた。

大好きな父親が、二本の剣で刺し貫かれるのを、見てしまった。

鉄の刃で体を串刺しにされていた。あれではもう助からない。戦いの経験などないリリィの目から見ても、それは明らかだった。

父の体から溢《あふ》れ出した鮮血で、家の床に赤い水溜《みずた》まりができる。

「お父さん……なんで……やだ、やだ……」

母に手を引かれるまま、外に出る。血溜まりに倒れた父の姿が遠ざかっていく。

もう会えない。ここから離れたら、もう二度と。

それが分かって、目が離せなかった。

「走って！　リリィ、走るのよ！」

しかし母に無理やり手を引っ張られ、リリィは前を向かざるを得なかった。

りんご農園が見えた。今日も手入れをしていた馴染《なじ》みの場所。母と……父と一緒に。

この大切な居場所も、失うのだろうか。

そんな予感を胸に抱いて、リリィは母と一緒にりんご林の中に逃げ込んだ。


夜の森の中に、無数の松明の灯《あか》りが彷徨《さまよ》い歩いている。

そこは鬱蒼《うっそう》と草木が生い茂る深い森であり、百を超える松明で照らしても尚《なお》、その闇は深く底が知れない。暗がりには得体の知れない化け物が潜んでいそうなくらい暗澹《あんたん》とした雰囲気だった。

松明を持った帝国兵士が二人、とぼとぼと歩いている。

「何が起こってるんだ？　オレたちが活躍する戦場はどこだよ。みんな、フラフラほっつき歩いてるようにしか見えねえぞ。一体、オレたちは今何してんだ？？」

「怪しい奴《やつ》を探すんだよ。謎の襲撃者を」

「そんな曖昧なこと言われてもなぁ……どうすりゃいいんだか。だいたい、オレたち五番隊の隊長様はどこに行ったんだ？」

「行方不明だよ。おまけに、貴族の司令官殿まで消えたって噂《うわさ》だ。だから指揮系統が混乱しているらしい」

「なんだよ、それ。どうなるんだよ、この軍は。千人もいるのに」

　そう言って兵士の男がため息をついて項垂《うなだ》れたそのとき、隣を歩いていた仲間の兵士の姿が一瞬のうちに闇の中へと吸い込まれるようにして消えていった。

「へ？　あれ？　どこ行った、相棒？」

　ぽつんと独り残された兵士の男――その頭上から、フードの男が隼《はやぶさ》のように飛来する。

「静かにしろ。大声を出せば喉を掻《か》き切る」

　フードの男によって兵士の男は地面に組み伏せられ、その喉元には刀の刃が突き付けられていた。

　兵士の男が震えながらコクコクと頷《うなず》いて返事をする。

「質問に答えろ。北の空が赤い。本隊の他に別働隊がいるのか？」

「は、はい。北の領主の軍だと思います。あとから参加を表明したって噂を仲間から聞きました。お、お願いですから殺さないでください……」

「数は？」

「そこまでは知らないです……でも二百くらいじゃないかって賢い相棒が言ってました。お、お役に立ちました？　でしたら見逃してください……」

フードの男が脇差の刀を下ろし、兵士の男を解放する。

「あ、ありがとうございます。静かにしてるので、もう行ってもいいですか……？」

「ああ。野営地に帰って『これ』を仲間に見せろ」

「コレ？」

フードの男が木の根元にあった仕掛けロープを刀で切り作動させる――

茂みに隠されていた『何か』が勢い良く跳ね上げられ、高い木の枝に吊《つ》り下がった。

「ひいっ!!」

それを見て兵士の男は思わず悲鳴を上げた。

木に吊るされていたのは、自分の隊の隊長の死体だった。片腕片足が切り落とされた状態で絶命している。

しかも死体はそれだけではなかった。

他の隊の隊長や、あろうことか軍の司令官までもが無残な姿で吊るされている。

無数の死体が下げられた、首吊りの木がそこにあった。

あまりの惨たらしさに兵士の男はヘナヘナと腰を抜かしてしまう。

「見ての通り、指揮系統は破壊した。さっさと撤退しろ」

フードの男は自分の足に魔法の風を纏《まと》わせ高く飛び上がると、木々の枝を伝って跳躍を繰り返し、赤く照らされた暗雲のほうへ急ぎ向かうのだった。


〈赤い色〉が視《み》える。

殺意に満ちた、兵士の人影だ。

「お母さん、こっち」

リリィはりんごの木の陰に隠れながら、兵士たちのいないほうへと母親の手を引いて誘導する。

「あんたの第六感がこんなところで役に立つなんてね。びっくりだわ」

「……強い感情の色は、特にはっきり見えるから」

リリィは母親の顔を見る。気丈に笑みを浮かべているが、その色は深い青だった。

「次はどこに行けばいい？　逃げ切れそう？」

リリィは葉っぱの隙間から周りの様子を窺《うかが》う。

先程まで数人だった赤い人影は一気に数を増し、四方八方から迫って来ていた。

「ダメ、数が多すぎる。このままじゃ囲まれちゃう……」

近くを探していた兵士の一人に気付かれた気がして、リリィは慌てて頭を引っ込めた。

そのまま身動きできず小刻みに体を震わせる。どうしよう、どうしよう。逃げられる場所がない。

「……お母さんが囮《おとり》になるわ」

「え？」

「兵士たちが集まってきた隙をついて、リリィは逃げて」

「だ、ダメだよ、お母さん！　何言ってるの!?」

リリィが激しく首を横に振る。絶対に受け入れられない提案だった。父がどうなったかは母も知っているはず。見つかったらその場で殺されるだろう。

「なんの目的でうちの娘を誘拐しようとしているのかは分からないけど、村を焼くような連中のすることよ、リリィが無事で済むとは思えない。それなら、母親のやることはひとつだけよ」

母の真《ま》っ直《す》ぐな眼差《まなざ》しを見て、リリィは本気で命を投げ出すつもりなのだと悟った。だから力いっぱい母の腕にすがりついて引き止める。

「もう……いいよ。諦めよう？　独りになるくらいなら、ここで一緒に死んだほうがマシだよ。だから、行かないで、お母さん」

「子供だけでも生き残れるチャンスがあるのに、諦めて一緒に死ぬなんて冗談じゃないわ。あなただけでも生きるのよ、リリィ。手を離しなさい」

「やだよ！　お母さんまで死んじゃったら、わたし……！　ここで一緒に死ぬ！」

周りの兵のことなど気にも留めずリリィが大声を出し、母はリリィの頬を平手で叩いた。

「生きるのよ、リリィ。愛してるわ」

最後に優しい笑顔を残して、リリィの母は木陰から飛び出した。

あっという間に兵士たちが集まってくる。

「母親のほうだけか？　まあいい、殺せ」

兵士長が命じ、兵士の一人が槍《やり》を突き刺す。

胸を一突きにされても、リリィの母は弱々しい悲鳴など上げることなく、代わりに力強い声でこう叫んだ。

「さあ、行きなさい！　リリィ！」

リリィは歯を食いしばる。恐怖に怯《おび》えて竦《すく》んだ足を奮い立たせ、走り出す。

母のおかげで手薄になった場所を狙い、追手の囲いを抜けていく。

走る。一心不乱に。

溢れ出しそうになる涙は、歯を食いしばって耐えた。

りんご林を抜けると、視界が大きく開けた。

村外れの広い野原だった。

この平原を真っ直ぐ突っ切れば、山の森の中に入る。鬱蒼とした森の中に入ってしまえば、追手を振り切ることも可能かもしれない。

背の低い草原の上を、息を切らし、走り続ける。

そして、ふと、気付いた。

……人がいる。

平原の向こう側に、大勢の人が。

馬に乗った人もいる。

……それが帝国の軍勢であることに気付いたとき、リリィは地面へと崩れ落ちるように膝を折っていた。

ダメだ。逃げられない。

後ろからも荒々しい足音が迫ってくる。

振り向くと、もうすぐそこまで追手の兵士たちが来ていた。あの恐ろしい兵士長もいる。

逃げなきゃ、捕まる。

――生きるのよ、リリィ。

母の遺《のこ》した言葉を思い出し、リリィはなんとか立ち上がろうとしたが、緊張と恐怖で足が縺《もつ》れてしまう。情けなく腰を抜かし、後ろ向きに地面に転んでしまった。

もう無理だ。動けない。

兵士たちは目の前だ。今となっては、走ったところですぐに追いつかれてしまうだろう。

どうしようもない。

「ごめんね……お母さん。頑張ったけど、やっぱりダメだったみたい」

涙が溢れた。

生まれ育った故郷も、大好きな両親も……全部、失った。奪われた。

わけのわからない理屈を言って当然のように人の命を奪う、理不尽な人たちに。

そしてきっと、遅かれ早かれ、わたしの命も奪われるのだろう。

抗《あらが》いたいけれど、恐怖で体が動かない。溢《あふ》れる涙で目の前が見えない。

「誰か、助けて……」

唯一動かせた口から出てきたのは、そんな、無意味な、無駄な、一言だった。

こんな状況で、一体、誰が助けてくれるというのか。

それはもう、ただの嘆きだった。

そのはずだった――

無意味で、無駄な、ただの嘆き。

そのはずだったのに……それに応える声が、聞こえた。

救いの声が。


「すまない、遅くなった」


声と共に、一陣の風が吹いた。

リリィのすぐ隣を、力強く。

灰色のローブがはためくのが見えた。

「怪我《けが》はないか、リリィ」

白銀の髪に、深い紺の瞳――

フードの男だった。

「あ、あなたは……どうしてここに？」

呆気《あつけ》に取られたリリィが目を瞬かせながら尋ねる。

「愚問だな。お前を助けに来たに決まっているだろう」

「わたしを……助けに……」

リリィの目に新たな涙が浮かぶ。悔しさや悲しみから出たものではなく、温かい涙だ。

「でも、どうして見ず知らずのわたしのためにここまでしてくれるんですか？　あなたは、一体……？」

彼は事前に村から逃げろと警告までしてくれていた。リリィが魔王の転生であるという話と何か関係があるのだろうか。

だが、世間の常識に於《お》いて、魔王は嫌われ者のはずだった。魔王は魔族をけしかけて戦争を起こした。魔王は世界の敵だ。フードの男が、わざわざ助ける理由が分からない。

「最早《もはや》、顔も、名も、隠す必要は無いな。俺は——」

フードの男が、纏っていたローブを捨て去る。

彼の顔が、正体が、月明かりの下で明らかになる。

「俺はロウガ・オーキス。魔王セイラ唯一の魔術師の弟子にして、今は亡き魔王軍の将軍だった男だ」

その姿は、武人とも暗殺者とも取れる風体の戦士だった。動きやすそうな布の装束を軽やかに風に靡《なび》かせつつも、その胸元からは黒鉄の軽鎧《けいよろい》が覗《のぞ》いている。腰に下げた刀は取り回しの利く脇差だ。歴戦の勇士のような威風堂々とした雰囲気を持ちつつも、鞘《さや》から刀を抜くその動作はしなやかで素早く機械のように無駄がない。

リリィが見惚《みと》れていると、ロウガがそっと手を差し伸べてきた。

「立て、我が王。跪《ひざまず》く姿などあんたには似合わない。ましてや、こんな盗賊紛《まが》いの連中を相手に無様を晒《さら》すな」

「は、はいっ」

リリィがロウガの手を取り立たせてもらっていると、横から兵士長の怒号が降って来た。

「誰が盗賊か！　直属は領主様だが、我々は歴《れっき》とした帝国所属の兵であり、皇帝陛下から直々に命を受けている！　我々を愚弄することは陛下を、ひいては初代皇帝である勇者ディアス様を愚弄することと同義であるぞ！」

兵士長がさも誇り高そうに講釈する。

「知ったことか。初代皇帝のディアスは腰抜けのクズだ。欺瞞《ぎまん》に満ちたあんなゴミを崇拝するなど、頭にウジが湧いているとしか思えん。偉そうに語るな」

「貴様！　初代様まで愚弄するか！　生かして置けん！」

激昂《げきこう》した兵士長が剣を抜く。さらに、リリィを追って来た他の兵士たちも駆け付け、ロウガとリリィを取り囲んだ。

「ロ、ロウガさん……」とリリィが不安げな顔でロウガの顔を見上げる。

「心配無用だ。平和呆《へいわぼ》けした雑兵風情など、ものの数ではない」

兵士の一人がロウガに向かって剣で斬りかかってくる。

ロウガは刀で剣を軽く弾《はじ》いていなすと、返す刀で逆袈裟《さかげさ》に斬りつけ側面に回り込む。

「ぐあっ」と悲鳴を上げて剣兵の男が怯《ひる》んだ瞬間、刀を逆手に持ち替え喉元に刃の切っ先を突き刺し絶命させた。

瞬く間に一殺したが、ロウガの背後から槍を持った兵が迫る。

「切り裂け《セクアレ》、旋風《トルヴオ》」

ロウガが背後の敵を振り向き様に片手を翳《かざ》し、呪文を詠唱する。

槍兵の足元に竜巻が生じ、強烈な風の力で手足をバラバラに切り裂いた。

「ぎゃあああああ!!」

断末魔の叫び声と共に切断された肉塊が宙に舞い上がる。それはやがて地面へとボトボトと落下し、周囲には血の雨が降り注いだ。

「こ、こいつ、魔法使いか……！」

兵士長がぎょっと後ずさりをする。それは他の兵たちも同様だった。今も昔も、戦士たちにとって魔術師の超常の力は畏怖すべき脅威だった。

「い、一斉に掛かれ！　魔法を使う隙さえ与えなければ、普通の兵と同じだ！」

兵士長に鼓舞され、三人の兵士が同時にロウガへと襲いかかってくる。

「一兵卒と一緒にしてくれるな。踏んできた場数が違う」

舞うような刀捌《さば》きだった。寸前で斬撃をかわすと、そのまま敵の背面に回り込み喉元を掻《か》き切って、一殺。力強い踏み込みで一瞬にして次の敵へと距離を詰め、刀の切っ先を心臓に突き立て二殺。剣を振り下ろしてきた敵、その右腕を斬り上げて剣ごと撥《は》ね飛ばすと、側面から喉を串刺しにしてトドメを刺す。

ほんの数秒の出来事だった。敵の兵士たちは屍《しかばね》となり累々と並び伏した。

手勢を失った兵士長があたふたと狼狽《ろうばい》する。

「て、抵抗しても無駄だぞ！　見ろ、平原の向こうには二百を超える軍勢が控えている。いくら強かろうと、たった一人で何ができるというのだ。大人しく投降したまえ」

「断る。御託はいい。お前の首をよこせ」

鮮血が滴り落ちる刀を片手に、ロウガが詰め寄ってくる。恐怖に駆られた兵士長は剣を捨て、両手を上げて降伏の意思を見せた。

「ま、待て。お前の実力は分かった。私には妻も子もいる。ここは一つ、見逃してくれ」

「ほざけ。お前たちが焼き討ちしたこの村で、一体いくつの家族が死に絶えたと思っている。お前に命乞いをする資格など無い。潔く、戦って死ね」

「落ちつきたまえ。ならば、金か？　いくら欲しいんだ？」

「言っただろ。欲しいのは、お前の首だ」

ロウガは兵士長の膝を蹴り払って跪かせると、処刑するようにその首を刎《は》ねた。

恐怖で顔が歪《ゆが》んだ兵士長の首が地面をゴロゴロと転がっていく。

「将は討ち取った。持って帰って、仲間に見せろ」

ロウガは兵士長の髪の毛を摑《つか》むと、後方で様子を窺《うかが》っていた追手の兵士たちに向かって、その生首を放り投げた。

「ひいっ」と悲鳴を上げて、兵士たちが蜘蛛《くも》の子を散らすように逃げていく。

自分たちの長の首を置き去りにして。

「……まあいい。次が本番だ」

ロウガは脇差を血振りして鞘に収める。

平原の向こうに陣取っていた領主軍が動き始めていた。

逃げ道を塞ぐ包囲の陣形から、複数の列を成す横陣に切り替える。その正面に捉えているのは、ロウガとリリィの二人だ。

鳴動する山岳のような兵の群れが、地響きを立てて前進してくる。

二百対二――もとい、二百対一の戦争だった。

「こんなの……絶対に勝てっこない……」

並居る軍勢を前にしてリリィが身を竦ませていた。

「安心しろ、リリィ。俺が必ずお前を守る。この命を懸けて、必ずだ」

リリィはロウガの横顔を見た。

その表情に恐れは微塵《みじん》もなく、冷静にただ前だけを見つめていた。

いつの間にか、リリィの体の震えは収まっていた。怖くなくなったわけでもないのに。

ただ、ロウガという戦士が一人、隣に立っているだけなのに、安堵《あんど》していた。

「ヒヒーン」と騎馬が嘶《いなな》く。

行軍する軍勢から先んじて、領主と側近たちが馬に乗ってやってくる。

「歴戦の勇士と見受けた。腕の立つ戦士がなぜこんな辺境の村にいる？　我らに仇《あだ》なす理由はなんだ？」

「一つしかない。あんたもそうだろう？」

領主が険しい表情でロウガを睨《にら》みつける。

「その娘の正体を知っているようだな。貴様、何者だ？」

「……亡霊だよ」

「何？」

「百年前に戦死した、魔王軍の将軍——その亡霊だよ。王の命を救うために、遠路遥々《はるばる》冥府より馳《は》せ参じた。お前には見えていないだろうが、俺は千を超える英霊を従えている」

ロウガが不敵な笑みを浮かべる。

「な、何を世迷言《よまいごと》を……」と言いつつ領主は周囲をチラと見回した。当然、二人の他に戦士の姿はない。しかし部下の兵からは魔法を使うと聞いていた。

「魔術師だそうだな。こちらも損害は抑えたい。大人しくその娘の身柄を引き渡せば、此《こ》度《たび》の非礼は見逃そう」

「不要な気遣いだ。リリィは渡さない。そこをどけ。退《ひ》かねば、魔王軍の亡霊が大挙してお前共々烏合《うごう》の衆《しゅう》を血祭りに上げるだろう。覚悟しておけ」

　領主がごくりと唾を呑《の》む。

　交渉決裂だと側近に促され、領主は馬の手綱を引いて自軍の中に戻った。

「領主様。一ヶ月前に放たれた小隊を返り討ちにしたのはヤツかもしれません。村娘一人の身柄を押さえるためだけに、陛下が千を超える兵を出したことも引っ掛かります。もしかすると、ヤツが言っていることは単なる虚仮威《こけおど》しではないのかも……」

「何をバカな。たった一人の戦士を相手に、臆病風に吹かれたのか？　こちらには二百の兵がいるのだ。敗走することなど万に一つも無い。何が亡霊だ、何が千の英霊だ、馬鹿馬鹿しい！」

　まるで自分に言い聞かせるように領主はそう吐き捨てると、兵たちに攻撃命令を下した。

「踏み潰せ！　超常を操る魔術師だろうと、一騎当千の武将だろうと、圧倒的な数で攻められれば為《な》す術《すべ》などないのだ！」

　ロウガ一人に向かって、領主軍が突撃してくる。

　猛然と迫り来るその群れは、まるで嵐だ。

　ロウガは目前に迫る圧倒的な脅威を見据えながら、静かに自身の左腕に触れた。

　巻いてあった腕の包帯をスルスルと解き、その『傷跡』を露《あら》わにする。

　それは火傷《やけど》に似ていたが、赤く変色しているわけではなく、透明な淡い青色をしていて、奇妙なことに今も体を焼く炎が燃え燻《くすぶ》っているような傷だった。

ロウガが一度死に蘇《よみがえ》った際、肉体に残っていた傷跡である。

〈霊痕《れいこん》〉とでも呼ぶべきか、それは肉体の完全な再生を成し遂げるに至らなかった証《あかし》であり、生き返ったはずのロウガは今も冥界との繋《つな》がりを断てずにいた。

半死半生の中途半端な存在。だが、だからこそ手にした『異能』があった。

「遍在するエーテルの量は、現界よりも冥界のほうが桁違いに多い。ならば、それを魔術に転用すればどうなるか」

ロウガが左腕の霊痕を燃え上がらせる。蒼《あお》い炎がごうごうと激しく唸《うな》り、しかしゆらゆらと昇り消えて夢現《ゆめうつつ》 曖昧に揺らめく。

幽蒼《ゆうそう》の炎は冥界との繋がりを強くすればするほど火力を増し、無尽蔵に湧くエーテルを流入させる楔《くさび》と成る。そして常人には扱えない等級《クラス》の常軌を逸した超大規模魔術の即時錬成を可能にした。

「我が声《テレーネ》に応えよ《グラデウム》、戦場《イナゲンド》で散りし《オシスセス》、かつての《ヴテレス》配下たちよ《アミシス》。我らが王《コストディレ》を守る為《レゲム》、冥府《エクシダ》より甦り《インフェリス》、今《ルス》再び月狼《ルナアルバ》の御旗《ベクシリム》の許へ集え《アシエム》」

ロウガは蒼い炎で軍旗を形作り、地面にその旗を突き立てる。

月に吠《ほ》える狼《おおかみ》の旗がはためき、平原の上に蒼炎《そうえん》の魔法陣が広域展開した。

大地に描かれた揺らめく篝火《かがりび》に導かれ、異形の者たちが次々と召喚されていく――

――骸骨戦士《スケルトン》。斧《おの》と盾で武装した動く骸《むくろ》の兵隊が、カラカラと骨を鳴らして前進し、肩を並べて陣形を作る。

――首なし騎士《デュラハン》。両手剣と全身鎧《よろい》で重く身を固めた将兵が、亡霊騎馬に跨《また》り魔王軍の先頭に立つ。

――蒼炎の戦車《チャリオット》。車輪を青く燃え上がらせた戦闘馬車の軍馬たちが、今か今かと荒々しく嘶き突撃の号令を待ち侘《わ》びている。

「な、なんなんだ、あれは……!?」

領主軍の兵たちはどよめいていた。

二百を超える自軍に対し、相手は戦力にならない小娘と戦士がたった一人。戦う前から勝敗はすでに決していて、ほとんどの兵士が剣を振るう必要すらないようなチョロい戦闘のはずだった。

だというのに、今目の前には亡霊の軍勢が立ち塞がっていた。

相手は同じ人間《ひと》ですらない、人外の存在――化け物の群れだ。

勝利を確信し勢い勇んで走っていた兵士たちの足が止まる。

皆が顔を見合わせ、戸惑いと恐怖が伝播《でんぱ》していく。

ロウガが蒼い炎を纏《まと》った刀を敵軍に向かって掲げる。総攻撃の号令を発する。

「鬨《とき》の声《こえ》を上げろ。亡霊戦士《ワイルドハント》の狩猟祭の始まりだ」

魔王軍の亡霊兵士たちが開戦の雄叫《おたけ》びを上げる。

けたたましい咆哮《ほうこう》と共に、全軍が突撃した。

先陣を切ったのは蒼炎の戦車だ。全力疾走の勢いのまま敵陣の只中《ただなか》に突っ込み、厚く広がった陣形を分断し破壊する。そのあとに残ったのは、蒼い炎の轍《わだち》と原形をとどめないくらいバラバラに引き裂かれた敵兵らの肉塊だけだった。

続いて敵軍に斬り込んだのは、デュラハンの騎兵隊だ。馬を走らせながら両手剣を振るい、敵兵の首を根こそぎ刈り取っていく。あまりの剣風で、刎ねた生首が空中に飛び交っていた。

そして畳み掛けるようにスケルトンの軍勢が真正面から敵陣にぶつかっていく。肉体を持たない彼らに敵兵の剣や槍《やり》の反撃は効果が薄く、しかしスケルトンは容赦なく敵兵の肉を斧で削《そ》ぎ落とす。白い骸骨は敵兵の返り血を浴びて赤い笑みを浮かべていた。

戦況は明らかに魔王軍の優勢だった。

極度の混乱と恐怖に陥り士気を失った領主軍の兵の中には、情けない悲鳴を上げながら敵前逃亡する者までいた。

刻一刻と壊滅していく自軍の状況を目にして、領主の側近が茫然《ぼうぜん》と呟《つぶや》く。

「バ、バカな。奴《やつ》らは本当に、魔王軍の亡霊だと言うのか。こんな得体の知れない化け物の軍勢を相手にして、我々に勝ち目など……」

そのとき、領主の足元に自軍の兵の生首が飛んできた。デュラハンの騎兵隊が目前まで侵攻してきていた。大将首を狙い求め、両手剣を振り上げながら馬を走らせている。

「くそっ！　これでは戦いにならん！　撤退だ、退けっ！」

領主は手綱を引き、馬を後ろに向かって走らせるのだった。

領主軍が平原の遥《はる》か彼方《かなた》へと撤退していく。

ロウガは兵の影が丘の向こうへ消えるまで見送ると、地面にへたり込んでいるリリィに声を掛けた。

「もう大丈夫だ。当面の危機は去った」

「……ありがとうございます。わたしなんかを助けてくれて」

リリィは顔を伏せていた。表情が見えず、声に力がない。

「大丈夫か、リリィ？」

ロウガは霊痕の炎を鎮静化させると、包帯を巻き直してその傷跡を隠した。

地面に突き立てられた蒼い炎の軍旗が消えていく。召喚した亡霊戦士たちも霞《かす》みのように姿を消した。

平原の上に、ぽつんと二人だけが残される。

他にあるのは、戦地に転がる帝国兵の死骸と、燃え落ちたブルーオーチャードの村だ。死者ばかりで、生者はいない。

「……わたしのせいで、みんな死んじゃった」

リリィがぽつりと漏らす。ロウガは首を横に振った。

「それは違う。帝国が殺したんだ。皇帝の命《めい》で」

「でも、わたしが最初からロウガさんの言うことを聞いて、村から出ていれば、こんなことにはならなかったはずです。父も、母も、死なずに済んだかもしれない」

「自分を責めるのはやめろ。村人や家族を襲ったのはお前じゃない、帝国の兵だ。恨むなら、帝国を恨め」

「そんな簡単に割り切れないです！」

リリィがロウガを振り向いてキッと睨む。その目には大きな涙の粒が浮かんでいた。ロウガは何も言えなくなった。

「別れの言葉も言えず、置き去りにするしかなくて、自分だけ生き残って……こんなの辛《つら》すぎるじゃないですか。平然としていられるわけ、ないじゃないですか……！」

リリィの目から涙が溢《あふ》れる。ぼろぼろと流れて落ちて、止まらない。

一夜にして、大切な家族も、帰るべき故郷も、すべて失ったのだ。理不尽な暴力によって。その悲しみと苦しみは計り知れない。

ロウガは奥歯を噛《か》み締めてぐっと感情を呑み込む。

「……リリィ、聞いてくれ。此度は凌《しの》いだが、帝国がお前を狙っていることに変わりはない。長くこの場に留《とど》まっていては危険だ。領主軍が引き返してくる可能性も否定できない。早急に移動する必要がある」

リリィがロウガから顔を背ける。今そんな話はしたくないとばかりに。俯《うつむ》いて涙を流し続ける。

黙って泣くばかりで、その場から動こうとしない。

ロウガは感情を押し殺して冷静に話を続けた。

「匿《かくま》ってもらえる場所を手配してある。用意したのは俺の古い友人で信頼できる。そこに行けば安全だ。案内するから俺に付いいてきてくれ、リリィ」

リリィはロウガのほうを見ようとすらしなかった。

弱々しく、ただ泣きじゃくっている。

「リリィ……」

彼女の背中はかつて自分が追いかけていた魔王《セイラ》のそれとは程遠く、年相応の少女の小さな背中でしかなかった。ロウガは掛ける言葉を失った。

「……なんでわたしだけ、生き残っちゃったんだろ」

リリィがか細い声で言い放つ。心の底からそう思っているように、弱々しくもハッキリとした口調で。

「──死んだほうが良かったんだ、あのときお母さんと一緒に。ううん、帝国が襲ってきたときに、わたしが名乗り出ていれば、みんな死なずに済んだんだ。お母さんも、お父さんも、みんな。私一人が犠牲にいなっていれば、みんなを救えたのに」

「っ……！」

ロウガが目を見開く。リリィの姿が、あのときのセイラと重なって見えた。

大義のために自己犠牲を選んだ彼女の姿と。

「……やめてくれ。そんなこと言わないでくれ」

ロウガが感情を吐露する。長く押し殺していた想《おも》いが喉から溢れ出す。

「俺はお前に死んで欲しくないんだ。生きていて欲しい。頼む。顔を上げて、こっちを見てくれ」

リリィは俯いたままだった。擡《もた》げた首が……斬首を待っているかのように錯覚させた。

今目の前にいるのはリリィだと分かっているのに、どうしても、あのときの感情が蘇ってしまう。

「自分一人が犠牲になれば良かったなんて、そんなことを言わないでくれ。大勢の人々の命や大義を軽んじるつもりはない。だが、誰よりも、何よりも、お前一人の命を大切に思っている人だっているんだ。お願いだから、自分一人が死ねば良かったなんて、そんな悲しいことを言わないでくれ」

「ロウガさん……？」

ようやくリリィがこちらを向いてくれた。

しかしなぜか不思議そうな表情でロウガの顔を見つめている。

「――え？」

ふと気付けば、自分の頬を一筋の涙が伝っているのが分かった。

どうやらいつの間にか泣いていたらしい。涙を流すことなど、一体何年振りだろうか。

ざっと百年以上前であることに気付いて、ロウガは自嘲し、涙を指でさっと拭い取った。

「俺だけじゃない。お前の両親も、お前が生きることを望んでいたはずだ。違うか？」

「……はい。二人とも、最期の瞬間まで」

リリィは目に涙を浮かべながらも、まっすぐな眼差《まなざ》しでロウガのほうを見ていた。

「リリィ、俺を信じて付いてきてくれないか？」

ロウガは懐かしくも皮肉に思った。出会ったときのセイラと似たようなセリフを自分自身が言うことになろうとは。

「お前にとって、今のこの世界は地獄だろう。これから歩む苦難の道を考えれば、ここで死んだほうが幸せかもしれない」

だが――

「だが、それでも、少しでも生きる意志があるのなら、俺が力を貸す。どんな苦境に立たされようと、どんなに強大な敵が襲ってこようと、俺が必ずお前を守ってみせる」

ロウガはリリィに向かって手を差し伸べる。

「だから、俺の手を取ってくれないか、リリィ」

あの頃とは何もかもが違う。

正反対だ。

彼女に守られるほうだった俺は、彼女を守るほうへ。年齢も逆転してしまった。

だが……同じことが一つだけあった。

リリィが手を伸ばす。そして、ロウガの手を――

第二章

からからと小気味の良い音を立てて、箱馬車が石橋の上を渡って行く。

その架橋は大きな湖畔の中央へとせり出しているのだが、深い霧が立ち込めていて昼間なのに見通しが悪く、行く先が見えない。

リリィは車窓に顔をくっつけながら、白いもやもやを不安げな目で見ていた。

心情を察して、隣に座っているロウガが声を掛ける。

「心配ない。この濃霧は結界魔法の一種だ。目くらまし程度の効果ではあるが、外敵から学園を守る技術のひとつだよ。目的地のヘルメス魔法学園は、こういった魔法で溢れ返っている、魔法の学校なんだ」

そろそろ見えてくるはずだ、とロウガが客車の扉を開け、外へと身を乗り出す。

リリィはロウガのあとを追って、ひょこっと頭を外に出した。

そのとき、辺りの景色を覆い隠していた霧が、一瞬にして晴れた。暗く長いトンネルから、陽《ひ》の当たる外界へと抜け出したときのように。

――それは、湖に浮かぶ城のようだった。

湖の中央に位置する小島に、数キロ四方の城郭が築かれている。複数の城館や庭園で構成された壮大な規模の城だが、一際目を引くのが校舎本館で、天守塔を中心に二つの側塔が並び立ち、山のように天高く聳《そび》えていた。

「す、すごい。あれが、ヘルメス魔法学園……！」

リリィがぽけーっと口を開ける。

雲一つない青空の下、日の光を受けてキラキラと輝く湖に囲まれ、古めかしくも巨大なお城が聳え立っているのだ。まさしく、目を奪われるような絶景だった。

「ヘルメスはただ綺麗《きれい》なだけじゃないよ、お嬢ちゃん。世界平和の象徴なんだ」

駅者《ぎょしゃ》のおじさんがリリィに話しかけてきた。

「象徴、ですか？」

「帝国と魔族領の和平条約締結後、友好の証《あかし》として、人間と魔族の種族関係なく魔術を学べるように、二つの国が協力して作ったのがヘルメスなんだ。だからこの場所に国境はない。帝国と魔族領の境目に位置していて、聖域と呼ばれる中立地帯になっている。つまり、人間と魔族の平和の象徴さ」

「ほえ〜」と感嘆の声を上げるリリィの反応に気を良くしたのか、駅者のおじさんが饒舌《じょうぜつ》に語る。一方ロウガは遠い目をして黙り込んでいた。

「そういう歴史的な経緯もあって、世界中から才能ある生徒や教育者が集まってくるようになり、ヘルメスは魔術の最高学府って呼ばれているんだよ。お嬢ちゃんだって、そんな偉大な学校に招かれたんだ、未来の大魔術師様――天才少女の一人なんだろう？」

「そ、そんなことないですっ、ただの田舎者ですっ」

「はっは！　ご謙遜を！　入学シーズンでもないこんな時期に転入してくるんだ、とんでもない逸材に決まってるさ！」

身を竦《すく》ませ恐縮するリリィがチラと目線でロウガに助けを求めると、ロウガは表情を緩めて微笑《ほほえ》んだ。

「期待してるぞ。今日からきみはここ——ヘルメス魔法学園の高等部一年生なんだから」

馬車は跳ね橋を渡り、城門をくぐり抜ける。緩やかに曲がった長い坂道を登り切ると、そこが本校舎の入口だった。

リリィはロウガに手を取ってもらい馬車から降りると、先を行くロウガの背中を追ってトテトテと昇降口へ走っていくのだった。

校舎内に入ってからもリリィは感動しきりだった。

ヘルメス魔法学園の中央エントランスは吹き抜けになっており、遥か三階層まで見通せるほど巨大な建物だった。学生たちの憩いの場にもなっているようで、隅に設けられたソファには談笑する男女の姿が見え、正面中央には大きくアーチを描く噴水まで据えられていた。生まれてからずっとブルーオーチャードの村で育ったリリィには、ヘルメスはまるで御伽噺《おとぎばなし》で読んだ貴族の宮殿のように感じられた。

……のだが、よく見ると二階の手すりにカラスが一羽留まっているのが見えた。

「わっ！　ロウガさん、学校の中にカラスが入ってきちゃってますよ！」

リリィがピッと指をさしてロウガに報告する。

「いや、あれは単なる野生のカラスじゃない。学校で飼っている〈三つ目カラス〉だ。知能が高く目がいい。学園の警備のために訓練されていて、学内で異常を見つければ大声で鳴いて知らせ、警備担当者に報告しに飛ぶ。そこらにフンを撒《ま》き散らすことなく巣に戻ってトイレもできるお利口カラスだ」

目を凝らして見れば、確かに普通のカラスと違って額に三つ目の眼《め》があった。頭をひょこひょこさせる動きも、周囲を監視しているようだ。

「やっぱり魔法の学校だから、不思議な動物がいるんですねぇ～」

エントランス奥の昇降機前でロウガが足を止める。

「これから行く学園長室は天守塔の上層にある。階段で行くには遠すぎるから、昇降機を使うぞ。案内役に顔を覚えてもらえ」

「案内役？」とリリィが首を傾《かし》げると、門の上部にある階層表示の文字盤から、小さな妖精が現れた。背中に羽の生えた半裸の女性の姿で、緑色のオーラを纏《まと》っている。

「風の精・シルフだ。昇降機は彼女の力を借りて動作している」

シルフが人懐っこくリリィの体の周りを飛び回る。喋《しゃべ》ることはできないようだが、歓迎してくれているように思えた。リリィはよろしくお願いしますと微笑んだ。

「……ただし、いたずら好きで気分屋な性格だから、目的の階に止まってくれないこともしばしばある」

「えっ、止まってくれなかったらどうすればいいんですか？」

「歩きだ」

ロウガが隣にある螺旋《らせん》階段を見上げる。あとに倣ってリリィが見上げると、果てしなく天空へと至る長すぎる階段が続いていた。

「こ、これを登るんですか……？」

「大丈夫だ。風の移動用魔法を習得すればそこまでの苦行ではない」

「な、なるほど。魔法使いの学校ですもんね……」

シルフが天井に消えると、昇降機は緑色の輝くオーラに包まれてふわりと浮かび上がった。ロウガとリリィの二人を乗せ、天守塔の上層へと吸い込まれるように昇っていく。

「今から学園長さんと会うんですよね？　かの有名なシルヴィア・クロウリーと……」

リリィが怯《おび》えたようにロウガを上目遣いで見上げていた。

「ああ。匿ってもらうんだ、挨拶ぐらいはしないとな。どうした、緊張してるのか？」

「そりゃ緊張しますよ。田舎者のわたしでも聞いたことあります。今魔王の座は空席だから元四天王のヒトたちが魔族側の代表者になっていて、彼らは帝国の王族並みに偉い人たちだって」

「そうだな。元を辿《たど》れば、獣人族の長《おさ》や、エルフの賢者など、四天王の面々は魔族の中でも極めて大きな影響力を持つ連中だったからな。魔王の代理としてこれ以上相応《ふさわ》しい者はいない偉人ばかりだ」

「あ、そういえばロウガさんも元四天王だって聞いたような。もしかして、実はすごく偉い人でした……？」

ロウガのほうを見ながらリリィがびくびくと身を竦める。ロウガはふふっと笑った。

「残念ながら偉い人じゃない。魔族領が今の体制に変わる前に、俺は死んでいるからな。百年間も亡者だったヤツが今更デカい顔をするわけにはいかないさ。当時の部下たちも皆この世を去っている。知り合いのエルフや龍族に顔が利くくらいの身分でしかない」

「その中の一人が、友達のシルヴィアさん」

「そういうことだ。……着いたぞ」

昇降機が停止する。風の精・シルフがひらひらと舞い踊り、学園長室への扉は開かれた。


エルフは美男美女が多くスタイルも抜群とは巷《ちまた》の噂《うわさ》で聞いたことがあった。帝国の辺境で生まれ育ったリリィはエルフを実際に見たことが一度もなかったのだが、今目の前に立っているシルヴィアはまさに噂の通りの絶世の美女だった。

すらりと伸びた長い脚に、どんと大きく張った胸の流線形、そしてくっきりとした目鼻立ち……リリィは緊張していたのも忘れて、学園長シルヴィアに見惚《みと》れてしまっていた。

「――そう。この子がリリィなのね。セイラの生まれ変わりだって言う……」

エメラルドの宝石のような目が、リリィのほうを向く。目と目が合う。

「は、初めまして、シルヴィア学園長先生」

とリリィは挨拶したのだが、シルヴィアはすぐに目を逸《そ》らしてロウガとの会話を続けた。

「確かに、面影があるわね。セイラからカリスマ性や強さといったすべての長所を奪い取ったら、こんな感じかもね」

（あれ？　今悪口言われた？）

「失ったのなら、取り戻せばいい。再び鍛え上げればいい。今のリリィはただの村娘だが、俺が必ず彼女を魔王にしてみせる」

ロウガが固く意志の宿った言葉でそう宣言した。

シルヴィアは推し量るようにロウガの目を見据えていた。

そしてリリィはと言うと、

「え……？　ま、魔王に？　わたしが？？」

話に付いていけずロウガとシルヴィアの顔を交互に振り見た。「今、わたしを魔王にするって言いました？　どういうことですか？？」

「リリィ、きみは帝国に命を狙われている。生き残るには、失われた魔王の力を取り戻し、かつての仲間たちを集め、帝国に対抗する手段を確立すべきだ」

「で、でも、この学園で匿《かくま》ってもらえるって……」

シルヴィアが失望したように溜《た》め息《いき》を吐《つ》く。

「老いて死ぬまで面倒看《み》ろってこと？　冗談はよして」

「…………」リリィは顔を俯《うつむ》けた。

「大丈夫だ、リリィ。俺は死ぬまできみを守り続ける。悲観することはない」

「ロウガさん……」とリリィが嬉《うれ》しそうな涙目でロウガのことを見つめる。

シルヴィアもロウガを見ていた。彼が包帯で隠している〈霊痕〉のほうを見て、物憂げに目を伏せた。

「話を続けよう。帝国は魔王の再臨を恐れている。小国や部族としてバラバラだった魔族らをまとめ上げて帝国に匹敵する新国家を樹立したその手腕、たった一人で帝国兵一万を殺戮《さつりく》した魔術師としての圧倒的な力……今でも魔王の存在は帝国にとって最大最悪の恐怖の象徴だ。だからこそ、セイラの転生であるリリィのことを狙うのだろう」

「わたしにそんな力なんてないのに……」

シルヴィアが執務机に着席し、長い足を組む。

「可能性の芽は小さい内に摘んでおきたいってことでしょうね。現帝国皇帝グレイ・A・パウロニアは典型的な貴族の小心者よ。権力の座を脅《おびや》かす危険性を感じたら、村一つ焼き払ってもおかしくないわ。帝国の皇帝といえば、世界最大の権力者だっていうのにね」

「敵は強大だ。公には帝国と魔族領の関係は対等だが、あくまで戦勝国は帝国であり国力も遥《はる》かに上をゆく。事実上、魔族領を従属させているといっても過言ではない。対抗できるような規模の勢力は他になく、今や帝国皇帝は世界の支配者だ。リリィ、きみの敵は世界最強の国家が相手だといっていい」

「悲観するなって言ったくせにめっちゃ脅かすじゃないですか……」

リリィはさっきとは違う意味で涙目になっていた。

「そんな絶望的な状況を打破する方法が、一つだけあるからな」

「それが……魔王になることだって言うんですか？」

「そうだ。帝国が魔王復活を恐れて命を狙ってくるならば、実際に再臨してやればいい。今、魔王の座は空席だ。リリィが先代魔王セイラの転生であることを証明し、魔族の代表者となっている元魔王軍四天王たちの支持を得ることができれば、きみが魔王の座に君臨することも可能だろう。公に魔王としての権威を取り戻してしまえば、帝国に対して大きな抑止力となる。いかに世界を牛耳る帝国皇帝といえど、簡単には手を出せなくなる」

「は、話が大きすぎて理解が追いつかないんですけど……」

「なに、やることは単純さ。要するに、魔術を勉強し直して魔王の力を取り戻し、かつての仲間たちと会って後ろ盾を得、魔王の座に復帰しようというだけだ」

リリィは胸に手を当ててふうと息を落ちつけて、考えをまとめる。

「──わたしはこのままだと、ずっと帝国に命を狙われ続けるんですよね」

「そうだな。皇帝の心変わりは期待しないほうがいいだろう。軍隊まで出したくらいだ」

「──だけど、わたしが魔王になったら、帝国は手出しできなくなる」

「ああ。公に魔族の王の命を狙ったりしたら大問題だ。帝国も魔族との全面戦争は望まないだろう。下手に敵対するより、事実上の従属関係のほうが心地いいはずだ」

時代も変わったものだ、とロウガは心の中で呟《つぶや》いた。百年も経《た》てば当たり前かもしれないが、ディアスの目論見《もくろみ》通りであると思うと腹立たしさも感じた。帝国皇帝による平和的な世界の掌握、まさにヤツが思い描いた通りになった。

「……助けてくれるんですよね？」

不意にリリィがそう口にして、ロウガは「え？」と聞き返した。

「ロウガさんは、わたしが魔王になるまで、ずっと隣にいて、助けてくれるんですよね？」

不安げな顔をしたリリィが、真剣な声色でそう訊《き》いていた。

ロウガは力強く頷《うなず》く。

「もちろんだ。それどころか魔王になったあとも、ずっとそばで支えていくつもりだ」

「じゃあ……やります。わたし、魔王になります」

「そうか」とロウガが笑みを浮かべると、リリィも安心したように明るい笑顔を見せた。

しかしシルヴィアが冷静に言い放つ。

「ちなみに、私はあなたのことを魔王だとは認めないわよ。旧友のロウガに頼まれたから一時的に匿ってあげるけど、ただの無力な小娘のことを魔王に推薦したりはしないわよ」

「…………」ロウガとリリィは閉口した。

「前途多難なんですけど……」

「魔王の道も一歩からだ。シルヴィアはこう言ったんだ、リリィ。ただの無力な小娘は推挙しないが、この先魔王の力を証明することができれば、そのときは自分も協力を惜しまないと。つまり、リリィの将来に期待していると、そういうことなんだ」

「すごいポジティブに解釈したわね。まあ、否定はしないでおくわ」

「が、頑張ります！　シルヴィアさんに認められるように！」

リリィが胸の前でぐっと両の拳を握り締める。

「そう。三年の間でどこまでできるのか、見物だわ」

「へ？　三年？」

「ええ、それが期限《タイムリミット》。帝国から匿うリスクを考えて、あなたのことを学園で保護するのは卒業までの三年間だけよ。留年は認めないわ。魔術学生としての最低限の実力さえ証明できないのであれば、魔王になる資格なんてあろうはずもない。三年を待たずとも、落第したその時点で追い出すわ」

「………………」

「大丈夫だ、リリィ。俺がきみに魔術を教える。魔王軍最強といわれた魔術師が、自分の弟子を落第なんてさせると思うか？　最高の環境を提供するよ。一緒に頑張っていこう」

ロウガに励まされ、再びリリィが気合を入れる。

「はいっ！　凄腕《すごうで》魔術師のロウガさんが教えてくれるなら安心です！　頑張ります！」

「盛り上がっているところ悪いけど、もう一つ。学園が行う通常の試験の他にも、あなたには私から個人的に〈特別な試験〉を課すわ。私が帝国に敵対するような真似《まね》をしてまで庇護《ひご》するに値する人物なのかどうか、見定めさせてもらう。自分で自分の価値を証明してみせなさい。ちなみに、この〈特別試験〉に落第しても追放するから、そのつもりで」

「………………」

「大丈夫だ、リリィ。きみならやれる。まだ試験内容が不明なだけに根拠はないが、俺はきみを信じている」

「はいっ！　最強ヒーローのロウガさんが言うんです、わたしならやれます！」

途中からおかしなノリになってきていたが、二人は前向きだった。

「まったく、二人の相性の良さは生まれ変わっても変わらないようね。見てて笑えるわ」

シルヴィアは懐かしい目をしながら、複雑な想《おも》いで微笑《ほほえ》む。

楽しいような、悲しいような。

自分とロウガとセイラ、三人で魔王軍に居た頃のことを思い出してしまった。

誰よりも一番前を歩いていく若き姫騎士のセイラ、その堂々とした背中を追いかける弟子の少年ロウガ、そしてそんな彼の小さな背中を追いかける幼い魔法使いシルヴィア――あの頃とは時代も関係性も状況も何もかもが違うのに、三人が揃《そろ》った今、なぜか同じ空気を感じたのだった。

ロウガとリリィは肩を並べ、学園の廊下を歩いていく。

窓の外には学園長室のあった主塔が聳《そび》えているのが見えており、二人は現在、研究棟のある東塔の中にいた。

「リリィ、ここがきみの部屋だ」

《ロウガ・オーキス研究室》と名札のついた扉を開けられ、中に入るよう促される。

「へ？　えっと、部屋札を見る限り、ロウガさんのお部屋なのでは……？」

「ああ、元々は俺の私室だった。だが今日からはリリィが使ってくれ。俺は隣の実習室のほうで寝泊まりする。本当は二人同室にしたかったんだが、シルヴィアに断固拒否されてな、別々の部屋になってしまった」

「お、同じ部屋にしようとしてたんですか!?　ロウガさんとわたし、二人きり!?」

部屋の端にはシーツが白く輝く綺麗《きれい》なベッドが置かれていた。リリィは一瞬二人で寝ているところを想像してしまい、頬をぼっと紅潮させた。

「ヘルメスの学生寮と研究棟は距離が遠く離れている。リリィに何かあればすぐ駆け付けられるようにな」

「な、なるほど。わたしを守るために、ですね」

リリィは変なことを一瞬でも考えた自分が恥ずかしくなった。

「ああ。シルヴィア学園長によれば、いくら非常時であっても、男性教師と女子生徒が同室で寝泊まりするなど許すわけにはいかないらしい。そして妥協案として、研究室を使うことになった。研究室なら内扉で二つの部屋が繋《つな》がっているから、警護にも支障はないだろうとな」

「風紀の乱れというやつですね。学校ならではです。本で読みました」

「もちろん俺にもその倫理観は理解できる。だが納得はいかん。昔の話だが、魔族統一のために皆で諸国を旅していた頃、野宿するときは皆一緒に雑魚寝《ざこね》が当たり前だった。セイラはもちろん、シルヴィアとだって何度寝顔を突き合わせて眠ったことか。それが今更なんだって言うんだ。だいたい、中立地帯といえど襲撃される可能性は否定できないんだぞ、護衛対象から離れてどうするんだ」

クドクドと未《いま》だに不服そうなロウガの表情が可笑《おか》しくて、リリィは笑った。

「大丈夫ですよ。何かあったら大声を出します。そのときはすぐに助けに来てくださいね、ロウガさん」

「当然だ。お前のことは俺が必ず守るよ、セイラ」

「……え？」

ロウガはリリィの目を見ながら、セイラと確かにその名前を呼んでいた。愛《いと》おしそうに。

「いや、すまない。きみは……リリィだった」

ロウガがリリィから目を逸《そ》らす。しまった、とばかりに。

「……いえ、いいんです。ロウガさんが言うには、記憶喪失なんですよね、わたし」

リリィは部屋の中に入り、ベッドの端に腰掛けた。

ふうと一息ついて落ち着く。浮かれた気持ちが冷めていくのを感じた。

「セイラのことだが、何か思い出したことはあるか？」

ロウガは扉の前で立ったまま、リリィのことを見る。どこか期待したような眼差《まなざ》しで。

その瞳に映っているのは、リリィではなく、彼女だ。出会ったときから、ずっと――そうなのだ。ロウガはリリィの向こうにあるセイラの影を見ている。リリィにはセイラの生まれ変わりである実感などないから、その事実を時々忘れてしまいそうになる。

「いえ……何も。時が経てば思い出せるのかなと思ったけど、今の所ダメみたいです」

リリィはロウガに愛想笑いを浮かべて見せた。

「十六年も違う人生を歩んできたんだ、そう簡単にはいかないだろうな。無理に思い出そうとする必要もないよ、リリィ。どちらにせよ、俺の誓いが揺るぐことはない」

「そうですか……安心しました」

「だがこれから先、魔王の力を取り戻していけば、それに伴って失った記憶も戻っていくかもしれない――そう期待している部分もある」

なるほど、そういうことか、とリリィは腑《ふ》に落ちた。ロウガが魔王再臨に拘《こだわ》る理由に。帝国の脅威に対抗するため、という理由だけではなかったのだ。

――ロウガは、彼女に、もう一度会いたいのだ。

「……今までずっと、セイラさんのことを探していたんですもんね」

リリィは学園に来るまでの道中で、自分と出会うまでのロウガの話を聞いていた。

ロウガは蘇生《そせい》魔法によって復活を果たしたあと、三年以上、セイラの生存を信じて世界中を探し回った。

その間には、シルヴィアの説得を受けて一度は諦め定職に就いたこともあった。半年ほどだが、過去にもヘルメスの魔術教師を務めていたのだ。

しかし諦めきれず、捜索を再開。数ヶ月前、帝国の辺境にて、ついに生まれ変わりであるリリィのことを見つけた。そして、平凡に暮らすリリィのことを陰ながら守り続けていた。不審者扱いされようとも、リリィの平穏を守るべく帝国の追手と戦っていたのだ。

だが、業《ごう》を煮やした帝国が軍勢を差し向け、現在に至る――

『すべては、セイラのために』

ロウガがリリィのことを守るのは、セイラの生まれ変わりであるからだ。

大切な、セイラのためだ。

「そういえば、二人のことについて、きちんと聞いたことなかったですね。ロウガさんは、セイラさんとどういう関係だったんですか？」

「え……？　あぁ……そうか、そうだな。きみは――リリィは知らないわけだからな」

ロウガは一瞬寂しそうな顔をしたが、首を振って感情を押し込めた。

「命の恩人、尊敬する師匠、忠誠を誓った主君、長年共に戦い連れ添った仲間、かけがえのない家族――そのすべてが当てはまる。一人の人間として愛してもいた。ただ、それが恋愛感情なのか家族愛なのかと聞かれると……よく分からない。単純な言葉では言い表せないほど関係が長く複雑だからな。しかし、ただひとつ言えるのは……陳腐な言葉になるが――世界で一番大切な人だ。彼女の助けを求める声が聞こえたら、俺はどこへでも駆け付ける。たとえそこが火の中水の底、それこそ地獄の淵《ふち》であろうと――必ず助けに行く」

暗闇の中から聞こえた、セイラが助けを求める声。幻覚や幻聴だったかもしれない、それでも彼女の声が聞こえたから、ロウガは探し続けた。セイラを助けるために、三年以上も世界中を探し回った。それほど……大切に思っていたのだ。

リリィは黙ってロウガのことをぽーっと見つめる。微《かす》かな希望を頼りに、当てもなく一人の人間を探し続けるなんて、一体どういう気持ちだったのか、想像もつかなかった。

「……まあ、結果から言えば、地獄の淵にいたのは俺のほうで、きみはりんご園で農作業をしていたがな」

ロウガが口の端を歪《ゆが》め冗談めかして話を締め括《くく》る。リリィは思わず笑ってしまった。

「これがこの部屋の鍵だ。今日はゆっくり休むといい。ただ、ちゃんと鍵は掛けてくれ」

ロウガに鍵をひょいと投げ渡され、リリィはぱっと両手で挟んで受け取った。ロウガが退室すると、リリィはしっかりと部屋のドアに鍵を掛けた。

ふうと一つため息を吐《つ》き、ベッドの上に倒れ込む。

いかにも高級そうな柔らかい布の枕に顔を埋《うず》めながら、リリィはぽつりと呟《つぶや》いた。

「名前、間違えられちゃったな」

ロウガはリリィとセイラを同一視しているが、いくら生まれ変わりだと言われても、リリィにとってセイラは見知らぬ赤の他人としか思えなかった。

魔王セイラだったときの記憶を失っていて、今は村娘リリィとしての記憶しか持っていないから――ロウガがそう言うように、そういうことなのかもしれないけれど。

しかしロウガと話していると、ときどき口からこんな言葉が出そうになる、口をついて出てきそうになる。

『わたしはセイラじゃない』

反論しそうになる。

一番最初に出会った頃は素直に否定できた。

でも、もう言えない。

ロウガがリリィにここまで尽くしてくれるのは、わたしがセイラだからなのだ。

それを否定したら、この関係は終わってしまうかもしれない。

独りになってしまうかもしれない。

故郷も、両親も失った。他に頼れる人などいない。

本当に、独りになる。

そうなったら、もう耐えられない。今のように明るく強がっていることもできなくなる。

それだけじゃない。ロウガやシルヴィアに守ってもらえなくなったら、なんの力も持たない自分などあっという間に帝国に殺されてしまうだろう。

魔王を否定したわたしの未来には、死と絶望しか待っていないのだ。

「…………」

顔を埋めた枕をぎゅっと抱き締める。

だが――リリィは前向きだった。枕に向かって大声を出して自分を鼓舞する。

「やめ！　やめ！　暗いことばかり考えてもダメだ！　わたしは魔王を目指すって決めた

んだ！　前世を否定も何も、関係ない！　なるんだ、魔王に！」

ロウガのセイラへの想いを聞いて、どこか嬉《うれ》しさを感じるのは、自分の中にセイラがいるからなのかもしれない。わたしはリリィだけど、セイラでもあるのかもしれない、そう曖昧に締め括る。

今はそれでもいいと思った。生き残りを賭けた戦いの最中なのだから。

「魔王になるために、明日から頑張って魔法の勉強をしないと……とってもすごい魔法使いになって……わたしは……ねむい……ぐぅ」

長く馬車で移動してきた疲れもあったのだろう、リリィは柔らかいベッドに包まれて眠りに落ちた。


「それで、話ってなんだ？」

ロウガは再び学園長室にいた。シルヴィアに呼び出されていたのだ。リリィを部屋に案内したら戻って来いと。

「リリィを魔王に推薦する気になったか？　ずいぶん早い心変わりだが有り難い」

ロウガの軽口を聞いても、シルヴィアは厳しい表情のまま正面に立っていた。

「違うわ。話をしたいのは、あの子のことじゃない。あなたのことよ、ロウガ」

「俺に話？　そういえば、シルヴィアと会うのは数ヶ月振りだったな。俺がいなくて寂しかったのかな、シルヴィーちゃんは。ハグでもしようか？」

おどけて両腕を広げてみせるが、シルヴィアは相手にせず自分の腕を組んだ。

「知ってた？　隠しごとがあると、慣れない軽口で話を逸らそうとする――子供の頃からのあなたのクセよ。ふざけてないで、左腕を見せなさい」

「………」

「〈霊痕〉のことよ。分かるでしょう？　見せて」

シルヴィアが心配げに表情を曇らせる。そんな顔をされては仕方がなく、ロウガは渋々左腕の包帯を解いて、蒼《あお》い火傷《やけど》を露出させた。

「……霊体化が進行してる。〈魔人の力〉を使ったわね？」

シルヴィアが労《いた》わるように指先で霊痕をなぞる。二の腕全体に広がる蒼い傷は、燃えては消えてを繰り返す残り火のように色の濃淡が変移していた。色が濃いときには腕の原形を保っているが、淡くなったときには向こうの景色が透けて見え、まるで存在そのものが揺らいでいるかのように形を失《な》くすのだった。火傷と呼ぶべきかも分からない、異常な肉体の損傷だった。

「北の領主軍と戦う際、黄泉《よみ》の軍勢を召喚した。たった一人で二百の兵と正面からぶつかるのは、さすがに厳しい」

「召喚兵の規模は？」

「加減したさ、百程度だ。大口を叩《たた》いて脅しておいたから、向こうは千だと勘違いしていただろうがな」

　シルヴィアがロウガの腕の包帯を巻き直す。

「ロウガ。あなたは今ここに生きているけど、蘇生は不完全なものだった。現世にいるのに、今も冥界との繋《つな》がりを断てていない。常に半死半生の曖昧な存在よ。その異能を使うことで冥界との繋がりがより密接になっていけば、いずれ肉体は完全に霊体化して消滅――死ぬことになるかもしれない」

「ああ、そうかもな」

　ロウガは軽口をやめた。包帯を巻くシルヴィアの手が震えていた。

「そう――あくまで推測。全部、仮定して心配することしかできない。蘇生魔法は現代に於《お》いても確立された魔術じゃないから。蘇生が叶《かな》った人類なんて歴史上あなた一人しかいないんだから、前例がない。分からないことだらけよ。あなたがいつどうなってもおかしくない。今この瞬間にも消滅したって、全然不思議じゃないの。だから――」

　シルヴィアが目に涙を潤ませながらロウガの顔を見つめる。

「だから、もう二度と魔人の力を使わないで。お願い」

「帝国との戦いは避けられない。約束はできない」

「せっかく蘇《よみがえ》ることができたのに、二度も死ぬなんて許さないから。遺《のこ》された私がどんな気持ちで生きてきたと思ってるの？　約束してよ、もういなくならないって」

「……すまん。命を懸けて戦うことを決めている以上、死なない約束はできない」

「ホント……正直ね。軽口っていうのはこういうシーンで使うものなのよ、バカ」

シルヴィアは顔を伏せ、ロウガの胸板をトンと叩いた。


湖の水平線から朝日が顔を出し、ヘルメスの学園城を明るく照らし出す。学生寮のある東塔からちらほらと生徒たちが登校し始め、次第に数を増していく。

迷って遅刻しないようにと早めに自室を出たリリィは、教室の一番後ろに座っていた。教室の窓から差し込む爽やかな光で、彼女の緊張した面持ちが浮かび上がる。

期待と不安で落ち着かない気持ちを紛らわせるように、リリィは左肩に羽織ったマントを手で引っ張って整える。この片側だけのマントが、ヘルメス魔法学園での制服のようなものらしい。ここの生徒である証《あかし》だった。

「今日から魔法学校の生徒なんだよね、わたし」

——リリィはロウガとの早朝のやり取りを思い出す。

「わたしは、ロウガさんの弟子ってことになるんですか？」

「そうだ。〈魔法使いを目指すなら、まずは魔法使いの弟子になること〉という古来の伝統を踏まえて、ヘルメス魔法学園は弟子入り制度を取り入れた教育制度になっている」

一般教養や魔術基礎などの〈一般科目〉を除いて、基本的に師匠となった教師が弟子である生徒たちを卒業まで付きっきりで指導するという形式だった。

そのため、師によって得意とする魔術も異なり、授業内容にも特徴が出る仕組みである。

また、自由意志のもと、教師と生徒がお互いに選び選ばれてようやく師弟が成立するため、技量や人気によって、教師が抱える弟子の数や名前のブランド力にも差があった。

「ちなみに、ロウガさんって何人くらいお弟子さんがいるんですか……？」

不安そうにリリィが尋ねる。ロウガほどの魔術師範なら大勢の弟子を抱えていてもおかしくないだろう。物理的にも精神的にも、距離が離れてしまわないか心配だった。

「いないぞ。リリィだけだ。他に弟子を取るつもりもない。リリィを鍛え上げることだけに集中したいからな」

「ロウガさんの弟子は、わたしだけなんですね」

――リリィはそう確認したときと同じように、教室の後ろで一人、安心して頬を緩める。

教師と生徒という関係になったからと言って距離ができることはなく、むしろたった一人の弟子という、より近い関係になれた、そう思えたのだ。

（でも、ロウガさんの授業って午後からなんだよね。午前の〈一般科目〉の授業、大丈夫かな。村に学校なんてなかったし、知らない人ばかりで緊張するよ……）

教室内に他の生徒たちが増えてきて、リリィはびくびくしていた。読み書きを教えてくれたのは父であり、集団で勉強をするのは初めてのことだった。

ヘルメス魔法学園の授業はおおまかに二つに分類されている。師との授業である〈師伝科目〉の他に、〈一般科目〉という生徒全体が受ける基礎的な授業があった。

語学や数学などの一般教養、そして薬草学やエーテル論などの魔術基礎を学ぶ科目で、ほとんどが座学であり、他の生徒たちと共に教室に集まり団体で勉強することになるのだ。

そうなると当然、リリィの周りは知らない子たちだらけだ。

しかも、見たことのない様々な種族がいる。帝国の辺境に位置するブルーオーチャードの村には人間しかいなかったため、魔族を見るだけでも初めてなのに、獣人やエルフ、ドワーフに至るまで多種多様だ。この学園に来てから、見るものすべてが新鮮だった。

一際目を引く女生徒が入室してきて、席を求めて教室内を歩いている。

獣人族の女性なのだが、服装自由なヘルメスの校風といえど極めて派手な格好だった。ピンと立った猫耳に金のピアスをいくつも通しており、ロングの茶髪を鮮やかなピンク色のシュシュでサイドアップにしている。零《こぼ》れ落ちそうなほど大きな胸をシャツの間から覗《のぞ》かせ、膝上丈のミニスカートから肉付きの良い太股《ふともも》がちらちらと見えた。

都会の若者の間ではこういった服装も一般的であると、リリィは本を読んで学んでいた。しかし図説で見た絵と実際に生で見るのとでは衝撃度が違った。小さな口をあんぐりと大きく開けて、すっかり見惚《みと》れてしまう。

彼女が目の前まで迫ってきていても、まだ見つめ続けていた。

「ん？　何か用？」

リリィを不審に思ったド派手な女生徒が話しかけてきていた。

「はっ!?　す、すみません！　おしゃれな人だな、と思って……」

「そう？　けっこう普通だと思うけど、ありがと」

言いながら、ド派手な女生徒がリリィの顔をまじまじと見る。

「見かけない顔だけど……もしかしてきみ、ウワサの転入生？　オーキス先生の弟子になったっていう」

「あ、はい。わたしの師匠はロウガさんです。よくご存知ですね」

女生徒が猫耳をしゅぴーんと立て、目を見開いて驚く。

「そりゃ知ってるわよ！　あの謎の先生が季節外れの新弟子を取って唐突に復帰したっていうんだから！」

「な、謎の先生……？」

女生徒がリリィの隣の席に座り、語り出す。

「そうよ。謎の多い男、ミステリアス教師ロウガ・オーキス。突出した魔術の才能があって人気があったのにほとんど弟子を取ることはなく、しかも赴任してきて半年で休職。と思ったら、辺境の村からスカウトしてきた弟子を一人だけ連れてきて復帰。シルヴィア学園長先生との仲も噂《うわさ》されているけど、繋がりを追うと数年前に突然って感じで、詳細は不明。過去現在に渡って、ガチでミステリーだらけの先生よ」

「謎という割にはよく知っている気がしますけど……」

「あぁ、紹介が遅れたわね。私は高等部二年のミミカ・フォーチュン。学園の情報屋よ」

「情報屋!?　この学校にはそんなものがあるんですか!?」

リリィが驚くと、離れた席に座っている女生徒がツッコミを入れた。

「違う違う、そんな大げさなもんじゃないよ。ミミカ先輩がカッコつけてるだけで、実際のところは単なる噂話好きの女子だよ。噂話は全部無料で教えてくれるし」

「それはまあ、私が優しいからね。友達価格は全部無料よ、すごいでしょ。あなたも私と友達になっておけば情報通になれるわよ、転入生ちゃん」

そう言われてリリィは自分がまだ名乗っていないことに気付いた。

「申し遅れました、わたしは高等部一年のリリィ・スワローテイルです。よろしくお願いします、ミミカさん」

「うん、賢明な判断ね。新友達価格で色々と教えてあげましょう。ちなみに、自己紹介なんてしなくてもあなたの名前はお見通しだったけどね、リリィちゃん」

「さすがですね、情報屋のミミカさん！」

リリィは胸の前で両手をぐっと握って本気で尊敬していたが、離れた席の女生徒はやれやれと首を振っていた。

「じゃあ早速、何か聞きたいことはあるかしら、新入生のリリィちゃん。学園のことならなんでもござれ、お姉さんが懇切丁寧に手解《てほど》きして上げるわよ？」

「そういえば、どうしてミミカさんは二年生なのに一年生の教室にいるんですか？」

「うぐ……」

ミミカがばつが悪そうに閉口し、離れた席の女生徒はどっと笑い声を上げた。

　のちに聞いた話によると、ミミカは新鮮な情報を求めて取材に没頭するあまり授業をサボりまくったため、いくつかの一般科目を一年生から受け直すはめになったらしい。

「何から何までありがとうございます。学園を案内してもらうばかりか、お昼までご馳走《ちそう》になっちゃって」

「いーのいーの。学食のチケット余りまくってるから。無料だって言ってるのに、情報料として渡されることが多くて」

　食堂から出て渡り廊下を歩きつつ、ミミカが札束のように重ねた大量の食事券を見せる。

　一般科目の座学が終わると、リリィはミミカ先輩に学園の施設を案内してもらっていた。一般科目でよく使われる講義室や実験室、図書館、体育館、医務室、事務局の場所など一通りである。その流れで食堂にて昼食を奢《おご》ってもらう運びとなったのだ。

「これでヘルメスの学生生活に必要な施設は紹介できたと思うけど、リリィちゃん、他に何か気になることはある？」

「はい。ずっと気になっていたんですけど、生徒たちの制服のマントに違いがあるのは何か意味があるんでしょうか？　三種類の模様があるみたいですが」

　リリィのマントには〈燃える太陽の紋章〉が刺繍《ししゅう》されていた。ミミカのマントにも同じ模様の刺繍がある。

しかし別の生徒に目を移せば、中庭でボール遊びをしている生徒たちのマントは〈八芒《はちぼう》星《せい》と交わる剣〉であり、ベンチに座って談笑している生徒たちのマントは〈五芒星《ごぼうせい》とドラゴン〉の紋章の刺繍があった。

「あぁ、あの紋章は所属する〈サークル〉を表しているのよ。双剣は〈マギカ〉、ドラゴンは〈フェイト〉、そして私たち太陽は〈ドーン〉ね」

ヘルメス魔法学園の生徒たちは全員、三種類の集まり《サークル》に組分けされることになる。

〈マギカ・エクステンド〉〈ルーンフェイト〉〈ゴールデンドーン〉の三つだ。

組分けの方法は単純で、師が所属するサークルに弟子も従うという形である。

つまりリリィの場合、ロウガがゴールデンドーンに所属しているので、弟子のリリィもゴールデンドーン所属ということになる。

リリィがふむふむと頷《うなず》きながら、新たな疑問を口にする。

「そのサークル分けって、一般的な学校のクラス分けとは違うんでしょうか？　ロウガさん曰《いわ》く、いろいろと複雑だから他のクラスの生徒とは話すなって。学園に慣れるまでは、太陽のマークの教室に入って太陽のマークの生徒としか話しちゃダメって言われました」

ミミカがアハハと苦笑する。

「オーキス先生って意外と過保護なのね。けど、確かに無難な選択だと言えるわ。サークルは単なる人数分けってわけじゃない。主義や流派、派閥が混ざった感じかしら。誕生した経緯はもちろん、所属する種族や貧富の差、輩出する魔術師の特徴も違うし、三つのサークル同士で因縁のようなものもあるわ。そのことを知らないまま他のサークルの生徒と関わると、トラブルの種に成り兼ねないわね」

「な、なるほど。そういうことでしたか」

「でも、ドーン以外の二つが悪の組織ってわけじゃないから安心して。あくまで同じ見習い魔術師よ。昼間ならどこかしらの生徒は授業をしているはずだし、実際に見に行ってみましょう」

　こっちに来て、とミミカに手を引かれ、リリィは渡り廊下から校庭へと向かった。

「あの攻撃魔法を使いまくってる生徒たちが〈マギカ・エクステンド〉。見ての通り、戦闘魔法に特化した、人間だらけのサークルよ」

　校庭の一角を見れば、マギカの生徒たちが戦闘訓練をしていた。師匠が遠隔魔法で操るダミー人形に向かって、弟子たちが炎や雷の魔法を次々と放って攻撃している。見る限り生徒たちに魔族はおらず、皆人間のようだった。

「魔術は元々魔族だけの文化・技術だったわけだけど、帝国は魔族との戦争時、魔法の圧倒的な力に対抗するため、魔術の研究を急ぎ、兵器としての役割に特化した〈人間式の魔術〉を発展させていったわ。この人間式の魔術を尊敬し学びましょうってサークルが、マギカ・エクステンドってわけ」

「へ～、だから人間が多いんですね」

「多いっていうか人間しかいないわね。公言はしてない、っていうか、できないんでしょうけど、マギカに魔族は入れないわ。マギカ所属の師に魔族の生徒は弟子入りできない。混血もダメ。純粋な人間の血統であることが絶対条件よ。私のように猫耳が生えてようものなら門前払いを食らうわね」

「え……。ヘルメス魔法学園は、人間と魔族の友好の象徴って……」

「哀《かな》しいかな、現実は違うわね。マギカは例外。今の時代、人間と魔族の混血だって珍しくないのに、徹底した種族差別・純血主義の魔術師集団よ。それに加え、メンバーの大半は貴族で、平民は歓迎されない。百年前の帝国の価値観そのものといえるわね。いくらリリィちゃんが人間だといえど、無闇にマギカの生徒と関わるのはあまりオススメしないわね。オーキス先生と同意見だわ」

「こ、怖い人たちばかりということでしょうか……？」

「まあ、戦闘魔法を学ぶ武闘派サークルで血の気が多いってのもあるし、仕方ない部分もあると思うけどね。それに、怖い人たちばかりでもないわよ。マギカの若き才媛、ローズマリーちゃんなんかはすごくイイ子よ。実力主義者で性格にクセがあるけど、差別なんかしないし素直で可愛《かわい》いわよ。学園最強の魔術師だって言われてるし、知り合いになれたら学ぶことも多いかもね」

「学園最強の魔術師……！」

その称号は魔王を目指すリリィにとって通過点だといえた。リリィはローズマリーの名前を覚えておくことにした。

「今度はこっちよ、リリィちゃん。この実験室を覗いてみて」

ミミカに促され、リリィは外からとある部屋の窓を覗こうとする。しかし背丈が足りず、うまく中を覗くことができなかった。

「う～ん」と必死に背伸びしていると、ミミカがリリィの体をひょいと抱き上げた。

「ええっ、ミミカさん!? お、重くないですか？」

「私、豹《ひょう》の獣人だもの。リリィちゃんくらい軽いもんよ。それよか、中は見える？」

リリィは眼前で膨らむ巨大な乳房のほうが気になりつつも、視線を部屋の中へ向けた。

「お次のサークルは〈ルーンフェイト〉。今は錬金術の実験をしているみたいね」

フラスコや蒸留器、天秤《てんびん》などが置かれた長机の向こうで、一人の教師が身の丈ほどもある巨大な釜を掻《か》き混ぜていた。そしてそれを囲うようにフェイトの生徒が並び立ち、錬成物を熱心に観察しながらメモを取っているのだった。

「単なる技術としてだけでなく、古《いにしえ》より伝わってきた魔族の文化や風習の要素を含んだ〈伝統的な魔術〉――その継承を目的としたサークルが〈ルーンフェイト〉になるわ。魔法全般を学ぶけど、座学の割合が圧倒的に多い。特に、魔法薬の調合やマジックアイテムの生成といった錬金術を専門に扱っているわね。マギカが体育会系の軍人だとすれば、フェイトは文化系の研究者や学者ってイメージね」

「マギカと比べると、魔族の生徒が多いですね」

魔族全体でも多数を占める獣人族を始めに、銀髪で褐色の肌を持つダークエルフ、上記二つと比べれば少数であるはずのライトエルフ（通称・エルフ）でさえ、この教室の中では珍しくないようだ。さらには希少種に分類されるほど全体の割合としては少ないドワーフの姿まである。

「そうね。魔族の新入生の大半がルーンフェイトに来るわ。マギカと違って種族によって差別するっていうことはないんだけど、古来魔族の伝統を尊重するっていう考えが根底にあるから、礼儀作法やルールに厳しいの。だから、堅苦しいのが嫌いな帝国の子はあんまり入ってこないわね。でも、魔法の研究者になりたい、錬金術師になりたいって子には打って付けのサークルだから、全体の二割くらいは人間の子もいるわよ」

「話を聞いていると、ルーンフェイトの生徒たちとは仲良くなれそうな気がしますが、何か問題があるのでしょうか？」

「あ～、それはリリィちゃんが人間だからね。マギカが魔族を毛嫌いしていることもあって、魔族が大多数を占めるフェイトはマギカと折り合いが悪いの。マギカ＝人間っていう図式がフェイトの生徒たちの頭の中にあるから、たとえリリィちゃんがマギカでなくても、人間という種族に対してあまりいい感情を持っていないのよ」

「差別と偏見が負の連鎖を起こしているということでしょうか。悲しいです……」

ヘルメス魔法学園は人間と魔族の友好の象徴――

憧れと感動を覚えた理想の学校像が崩れてしまい、リリィはしょんぼりと肩を落とした。

「あら、三つ目のサークルを忘れてない？　我らがサークル、ゴールデンドーンよ」

獣人であるミミカが自分のマントを見せる。人間であるリリィと同じマントだ。

そしてその後ろで、同じく〈燃える太陽〉のマントを羽織った生徒の集団が通り過ぎていく。授業が終わった帰りなのだろう、皆で仲良く談笑しながら歩を進めていた。

——人間と獣人の男子生徒同士がふざけて小突き合いながら笑い声を上げ、エルフと人間の男女が手を繋《つな》いで歩いていた。それが当たり前のように二つの種族が絆《きずな》を育んでいた。

「あ……」

ミミカの言いたいことが分かって、リリィは目を輝かせた。

「ドーンの創始者は、何を隠そう我らがシルヴィア学園長先生よ。長命なエルフだから今でも現役で活躍中。魔族領の代表としての面を持っていることもあって、人間と魔族の共存、平等な社会を築き持続させることを目標に掲げているわ。だからドーンの中で魔族差別しようものなら軽蔑される。ヘルメスに入学すること自体が難しいから実力主義ともいえるけど、来るものは拒まずの精神よ。魔術師として高みを目指す気概があるなら、種族も貧富も問わず誰でも来い、ってカンジ」

「流れでゴールデンドーンに入ることになっただけですけど、なんだか誇らしいです」

リリィは自分のマントに輝く太陽を見つめた。

「そう言ってもらえるのは嬉《うれ》しいわね。心無い生徒からは、マギカやフェイトに入れなかった生徒たちが集まる落ちこぼれ集団だとか揶揄《やゆ》されることもあるの。これはドーンが〈日常生活の助けになる魔術の習得〉っていう、ある意味縁の下の力持ち的な方針でいるせいもあるわ。輩出される人材は大工や鍛冶、商人や教育者など多岐に渡る——魔術師なのに一般人みたいだってよく言われるわ。良くも悪くも普通で、現実的ってことね。価値観も現代的で、国家種族関係なくみんな仲良く平和に暮らしましょうってわけだし」

「それが一番いいことだと思います。むしろ、どうしてマギカのような差別的な考えを持つ人がいるのか、わたしには理解できません」

「魔法の技術だけでなく、その思想も、マギカの師から弟子へ連綿と受け継がれていったからでしょうね。帝国と魔族領——つまり人間と魔族が戦争していたことはリリィちゃんも知っているでしょう？」

「……はい。簡単な歴史くらいなら」

　帝国の辺境で育ったリリィの周囲には、生まれたときから人間という単一の種族しか存在しなかった。戦争だって自分が生まれるよりずっと大昔に終わっていた。だからこそ魔族に対して思うところは少なく、極端な話、物珍しいだけだ。

　しかし歴史書を紐解《ひもと》けば、二つの種族間にある長く深い因縁の足跡を誰でもすぐに知ることができる。百年より以前の帝国は魔族の人権を一切認めておらず、奴隷にするか殺すか、戦時中は領土を奪う口実に「魔族は駆除すべき害獣《モンスター》だ」などというプロパガンダさえ堂々と掲げていた。昔はそれが常識だった。

　しかし百年前に変革が起こる。魔王を討った功績により前皇帝を退け新たな帝国皇帝となった勇者ディアスが、魔族との和平を訴えたのだ。諸悪の根源は魔王セイラであり、魔族の民衆たちは支配・扇動されていただけだと。さらに帝国の旧体制が唱えていたプロパガンダは非人道的であると非難。「魔族は害獣ではなく同じ人類であり手を取り合うべきだ」と融和の方向に動いた。そして百年の歳月を経て、常識は新しく塗り替えられた。

だが、すべての帝国国民が新たな思想を受け入れたわけではない。

「魔術師の最高学府・ヘルメス魔法学園ともなれば関係各所様々なお偉方のご意見を聞かなきゃで、シルヴィア学園長が魔族領の代表といえど魔族側に傾くことは許されない。あくまで公平に、様々な価値観を持つ人々の考えを尊重する必要があるわ。それはもちろん、純血主義者の集団も一緒よ。昔と違って、魔族を奴隷にしたり殺したりと反社会的な活動をしているわけでもないしね」

「…………」

リリィが暗い顔をして黙り込む。重い空気を察して、ミミカは明るくおどけてみせた。

「そういうわけで各方面に気を配らなきゃいけないから、「シルヴィア学園長っていっつも怖い顔をしているのかもね。美人が台無しだと思わない？　いつも鬼みたいな顔してさ」

そうしてミミカがツノに見立てて頭に指を立てた、そのときだった。

「いつも鬼みたいな顔してて悪かったわね、ミミカ・フォーチュンさん」

ミミカの背後から、聞き覚えのある女性の声が聞こえた。

ミミカは蛇に睨《にら》まれた蛙《かえる》のように身を竦《すく》ませつつ、リリィに尋ねる。

「リリィちゃん。噂《うわさ》をすれば影なんて諺《ことわざ》があるけど……もしかして……後ろにいる？」

「はい、います。シルヴィアさんのことですよね」

ミミカがわざとらしくポンと掌《てのひら》を打つ。

「あ、思い出した。このあと錬金術の授業だった。早めに行って道具を準備しなきゃ」

ミミカが駆け出す。「リリィちゃん、まったね〜」と言い残して一瞬で姿を消した。

「……逃げたわね。まったく、逃げ足だけは速い」

シルヴィアは呆《あき》れたように首を振った。

「ミミカさんのこと、ご存知なんですか？」

「ええ。友達も多いけど無断欠席も多い、問題児よ。このままだと留年するわ」

「りゅ、留年……」

リリィは、とある嫌な現実を思い出した。

「そう、留年。彼女にとってはそれ以上でもそれ以下でもないけど、あなたにとっては追放と同義ね」

シルヴィアに改めて現実を思い知らされた。

「はい、分かっています。午前中は一般科目を勉強しました。午後からはロウガさんと実技です。頑張ります！」

リリィは胸の前で両の拳をぐっと握って、やる気をアピールした。

「頑張るべきことは他にもあるわ。あなたには授業とは別に、私のほうから特別な試練を課すって話、覚えてる？」

「はい。〈特別試験〉のことですよね」

「そうよ。今日はそれを伝えに来たの。特別試験の内容が決まったわ」

『二週間以内に、ひとつでも上位魔法を使え』

それが〈特別試験〉の内容だった。魔族領代表シルヴィアの第一の試練である。

魔法は難度と効果によって、レベルⅠ～Ⅴの等級が付けられている。

レベルⅠ～Ⅱは下位魔法に当たり、見習い魔術師（学生）級。Ⅲ～Ⅳが上位で一流魔術師（教師）級、Ⅴになれば大魔術師（世界に数人の超一流）級となる。

つまり上位魔法（レベルⅢ以上）とは、一流魔術師レベルの魔法であり、学園を卒業するくらいの実力がないと使用不可能なほど、難易度の高い魔法なのだ。

……リリィは『魔術基礎』の教科書をそっと閉じる。

「ひとつだけでもいい、とはいえ、まったくの魔法初心者がたった二週間で上位魔法を使えるようになるのでしょうか……？」

目の前にいるロウガに、恐る恐る質問をぶつけてみる。

「無理だな」

「ええーっ!?　そんな!?　即答だし！　なんで!?」

意外過ぎる絶望的な返答にリリィはしどろもどろになってしまった。いつも励ましてくれるロウガさんらしくない。

「普通の人間には、無理だ。しかしきみには才能がある。不可能ではないだろう」

　リリィはホッと胸を撫《な》で下ろす。

「眠れる魔王の力ってやつでしょうか。正直、実感ないです。座学の授業でも知らないことばかりで、暗記するのが大変でした」

「すでに発揮されている才能もあるだろう。〈エーテルの眼《め》〉だ」

「確かに珍しい能力みたいですけど、ホントにただ視《み》えるというだけですよ？」

「それが重要なんだ。改めて基本的な説明をするが……エーテルとは、魔力とも呼ばれ、森羅万象に宿るエネルギー体のことを指す。様々な性質を併せ持ち多様に変化する万能物質であり、一説にはこの世界の根源を成す元素だとも、あるいは原初の精霊だとも云《い》われている。そして魔術とは、その万能の力・エーテルに干渉することで魔法と呼ばれる超常の現象を引き起こす術のことだ。魔術の真髄はエーテルと上手《うま》く通じ合うことができるか否か――簡単に言えば、魔術とは万能の存在《エーテル》との対話だ」

「お、お喋《しゃべ》りってことですか？」

「そうだ。こちらが話しかけ、向こうをその気にさせる。意識の集中、詠唱といった形でお喋りだ」

「なるほど、分かりやすいです。エーテルさんたちに、これやってくださいってお願いして、上手く聞いてもらえたら不思議な奇跡を起こしてくれるんですね」

「そういうことだ。だがエーテルは誰の言うことでも聞くわけじゃない。生まれつき素質を持った者だけだ。このエーテルと通じ合う能力のことを〈エーテル感応能力〉と呼ぶ。そしてこの感応能力の高さが、魔術師としての潜在能力の高さを示す。エーテルと深く通じることができるなら、それだけ多様で効果の高い魔法を扱うことができるからな」

「わたしって、エーテル感応能力は高いほうなんでしょうか？」

リリィの純粋な質問に、ロウガがふっと笑う。リリィの双眸《そうぼう》を見る。

「エーテルの眼は、感応能力の究極形だ。通常、エーテルは目には見えない。どんなに修業を積んだ一流魔術師でも、なんとなく気配を感じ取れるくらいだ。肉眼でエーテルを捉えられるということは、それだけ自分の肉体とエーテルとの親和性が高いという証《あかし》なんだ。魔術師を志す者なら喉から手が出るほど欲しい、天賦の才だよ」

「そもそもエーテル感応能力が高いから、この眼を持っているということでしたか」

「ああ。だが、それだけじゃない。エーテルを可視化できるということ自体が大きなメリットになる。視覚としてエーテルを捉えることができるから、扱いが容易《たやす》い。目に見えないものより、目に見えるもののほうがアプローチしやすいのは当然だろう？」

「なるほど～。そう言われてみるとすごく便利な気がしてきました」

「では、実際に魔法を使ってみよう。まずは意思の力でエーテルを動かす方法を教える」

ロウガとリリィの二人は、学園の西側に茂る森林の中にいた。

ロウガの案内で奥に進めば、少し開けていて広場のようになっている場所に着いた。朽ちる前は何かの施設だったのか石壁の残骸があったり、木造の物置小屋が建っている。昔は授業で使用されていた場所だったのかもしれない。

学園の喧騒《けんそう》も届かずひと気もない、静かなものだった。

「…………」

リリィは片膝をつき、地面に掌を押しつけていた。

意識を集中させる――

二つの眼で、世界に溢《あふ》れるエーテルを視る。

赤・青・黄・緑……色取りどりの光の球体《オーブ》が、点々と浮遊していたり、塊になって流動していたり、大気や大地あらゆる場所に遍在していた。

〈赤色のエーテルは〈動〉の性質が強く、青色のエーテルは〈静〉の性質が強い――〉

空間に散らばっているエーテルに向かって〈意識の手〉を伸ばし、手繰《たぐ》り寄せるように自分の目の前まで導いていく。目的とする魔法の行使に必要なエーテルを組成していく。

――今だ。

ロウガから教わった〈創造魔法〉を発動させる。

ドン!!　と音を立てて地面がせり上がった。

一瞬にして、リリィの目の前に、地面が隆起して生じた土の壁が出現した。

リリィの体を覆い隠すほど縦にも横にも大きな壁で、形の整った立方体である。

魔法で土の壁を作る、という地味な初級魔法ではあったが、間違いなくリリィの力で起こした奇跡だった。

「で、できた！　わたしにも魔法が使えましたよ、ロウガさん！」

興奮したリリィが後ろに立っているロウガを振り返る。

「ああ、見事だ。その眼があれば今日中には習得できるだろうと思っていたが、たった一時間で成し遂げるとは。驚いたよ」

えへへ、とリリィが嬉《うれ》しそうに笑う。

「でも、〈創造〉って種類の魔法は初めて知りました。『魔術基礎』の教科書には、見習い魔術師は小さな火を起こす〈灯〉の魔法や物を浮かべる〈浮遊〉の魔法を最初に習うって書いてあったので。実技の定期テストでは習得必須の初級魔法みたいですし」

「きみほどの才能なら教えるまでもない。自習で充分だ。それより、今の感覚を忘れないうちに練習を繰り返そう。理想としては、壁の構築や復元を一瞬でできるようにしたい。目標は二秒以内だ。戦闘の際にゆっくりと集中している時間はないからな」

「戦闘を想定してるんですか？　それなら、火や雷の攻撃魔法を覚えたほうがいいんじゃないですか？　敵を倒すために」

「きみを狙ってくる帝国の刺客はプロの暗殺者たちだ。付け焼き刃の下位攻撃魔法を身に付けたところできみに勝ち目など無い。まずは身を守るため、時間稼ぎをするための補助的な魔法を習得するほうが先だ」

「そっか……そうですね。弟子のくせに生意気言ってすみませんでした」

「そんなことはないさ。意見や疑問があればいつでも言ってくれ」

結局、リリィは一日中〈創造魔法〉の反復練習をすることになった。

あくる日も、そのまた次の日も同じ――

徹底的にスピードに拘《こだわ》っての練習である。地面を下からせりあげて土壁を築くだけでなく、広場にあった石壁の残骸を利用して横方向から簞笥《たんす》のように壁面を引き出したり引っ込めたり、多少の応用はあれど……地形を変化させる魔法のみをひたすら練習し続けた。


そしてそんな日々が続いたある日のことだった。


一般科目の座学によって少しは魔術に詳しくなったリリィは、とある疑問をロウガにぶつけてみた。

「わたしが今練習している創造魔法なんですが……教科書に載っていないのはなぜですか？　自主練の参考資料が欲しくて図書館にも行ったんですが、どこにも創造魔法を扱った本がなくて……」

一年次の教科書だけではない。二年や三年はおろか、専門書も存在しなかった。図書館の司書にも尋ねたのだが、そもそも〈創造〉という種類の魔法なんて聞いたことがないという本末転倒の答えが返ってきたのだった。まるで、存在しない魔法であるかのように。

「あぁ、それは〈禁術魔法〉だからだ」

「へ？　禁術？」

「創造魔法は現代の魔術教育に於《お》いて禁術指定されている魔法なんだ。起源はダークエルフの古代魔術で、あらゆる物質を自由自在に変化させさらにはゼロから生み出すことができ、その究極形は世界の再構築にあると云われている。ゆえに天地〈創造〉の名が付いているわけだ」

「…………」

リリィは絶句していた。知らないうちにとんでもない魔法を習得させられようとしていた。禁じられている上に壮大すぎる魔法だった。

「実際のところ、世界を作り直すことが可能かどうかは不明だが、帝国は危険視した。人間は神によって創られたという帝国の宗教観も理由の一つだろうが、帝国と魔族領の国交開始後、使用はおろか後世に伝えることも禁止され、焚書《ふんしょ》が行われた。かつてはダークエルフの魔術師に広く普及していた魔法だったが、この百年の間に術者も死に絶え、滅びた魔法と呼ばれるほど知る者は少なくなってしまった」

「あ、あの～、禁じられた魔法なんですよね？　使っちゃダメなんですよね？」

「ああ、バレたら牢屋《ろうや》行きだな。先程司書に尋ねたと言っていたが、大っぴらに創造魔法の話をするのはやめたほうがいい。一応、法律で禁止されているからな」

「な、なんでそんなアブない魔法を教えるんですかぁ!!」

驚きと怒りでリリィは大声を出していた。魔法初心者だからって知らないうちに法に触れるようなことをさせるなんて。信じていたのに裏切られた気分である。

「それは逆だぞ、リリィ。そんなアブない魔法だからこそ、教える価値があるんだ」

「へ？？」

「とっくの昔に禁術になったために、術者も居らず存在すら忘れ去られた。それこそが禁術魔法の利点になる。あらゆる魔法の対処法を知っている一流の暗殺者であろうと、百年も昔に滅びたような古《いにしえ》の魔法にまで精通している者は、まずいない。現代の魔術師との戦いで火や雷の攻撃魔法は見慣れていて即座に対応できても、今まで経験したことのない全く未知の魔法には経験が通じず対応し難《がた》い、ということだ」

「でも、壁や落とし穴が作れるだけですよ？」

「それが意外に役に立つんだよ。腕を磨いていけば、もっと色々なものを〈創れる〉ようになる。きみが通っているヘルメスの学園城も、元は創造魔法で創ったものだぞ」

「ええっ!?　この学園がですか!?」

「この城は帝国との戦いにおける魔王軍の前線基地として、セイラが戦時中に創造魔法で建てたものだ。かつては第二魔王城と呼ばれていた。それを戦後に魔法学校として改修したのが、今のヘルメス魔法学園というわけだ」

「ヘルメスって元々魔王城だったんですか……びっくりを重ねてきますね……」

「創造魔法の有用さが分かっただろう？　今はまだまだ初級編だよ。頑張ろう」

「むぅ〜……。でも、禁止されている魔法っていうのが引っかかります……」

「真面目なんだな。所詮は皇帝ディアスが強権的に制定した法律だ、守る価値のない条文もある。禁術魔法には催眠系や呪詛《じゅそ》系も含まれるから、宗教や倫理、社会秩序を守るためだと大義名分を掲げているが、その実、強力な魔法を封じることで魔族領の力を減衰させるという思惑もあるだろう。無視していい」

「ロウガさん、アウトローすぎませんか!? 教師の言うこととは思えないんですがっ」

「俺の目的は教職を全うすることじゃない。きみを帝国から守り抜き、魔王にすることだ。そのためなら手段は選ばない。禁断の魔法を教えることもその一環に過ぎない」

「うぅ……わたしのためって言われちゃうと何も言い返せないです。でも、このままずっと〈創造〉の下位魔法の反復練習だけしていて、〈特別試験〉は突破できるんですか？」

「それは無理だろうな」

「いやいや、無理て。ちょっと待ってくださいよ。試験に合格できなかったらわたし、追放されちゃうんですよ？」

「追放されても死ぬわけじゃない。生存確率が下がるだけだ。優先順位の違いだな」

「そりゃそうですけど、わたしは絶対に追放されたくないです！ まだちょっとしかヘルメスにいませんけど、学園の生活は好きですし、良くしてくれる先輩もいるんです！」

「わかったわかった、落ち着け、リリィ。創造魔法の習得も順調だし、きみが不安だというのなら、息抜きがてら練習してみよう」

ロウガに宥《なだ》められ、リリィは肩で大きく息を吐いた。ロウガにはいつも驚かされてばかりだ。リリィの命を一番に考えてくれるのは有り難いことだが、それ以外はすべて切り捨てるぐらいの極端な価値観だから、嬉しいやら恐ろしいやら複雑な気持ちだった。

「……上位に分類される魔法を使おうとするなら、火の攻撃魔法を上達させるのが一番手っ取り早いだろう。他系統と比べてエーテル組成が単純で扱いが容易い」

　ロウガがリリィの隣に寄り添うように並び立つ。

「ようやく攻撃魔法を教えてもらえるんですね」

「重ねて言っておくが、実戦で使おうなどとは思うなよ。あくまで試験突破のためだ」

「わかってますって。でも楽しみです。絵本に出てくる魔法使いと同じようなことが自分にもできるなんて」

　リリィは子供のように目をキラキラと輝かせていた。全身からワクワクが滲《にじ》み出ていた。実はマギカの生徒たちが使っている魔法を見て、密《ひそ》かに憧れを抱いていたリリィだった。

「一瞬で壁を構築する魔法もかっこいいと思うが……まあいい。見本を見せるから、エーテルの流れをよく見ておいてくれ。今回はスピードを重視しないから呪文も教えよう」

　ロウガが正面に片手を翳《かざ》す。

「**駆《クルレ》けよ、炎《フラムマ》**」

　ロウガの足元から炎が生じ、前方に向かって一直線に地面を走っていく。ごうと唸《うな》り声《ごえ》を上げて大地を蹴り進む猛虎のような火炎の塊は、十メートルほど先まで駆け抜けると破竹の如《ごと》き勢いを無くし掻《か》き消えた。

「これがレベルⅢ、見習い魔術師卒業程度の上位魔法だ。人体に当てれば瞬く間に火達磨《ひだるま》にしてやれる。威力は高いが動きが遅く直線的で使い辛《づら》い。ここから少しアレンジを加えないと実戦には——」

言いながらロウガは違和感を覚えた。ハシャいでいたはずのリリィがやけに静かだった。隣を見ると、リリィは口を横に結んで胸を手で押さえていた。

「どうした？……胸が苦しいのか？」

「い、いえ……なんでもないです」

自分でも何が起きているか分かっていないのか、リリィは怪訝《けげん》そうに眉を顰《ひそ》めていた。

「疲れているんじゃないか？　少し休憩しよう」

「だ、大丈夫ですって！　炎の勢いがすごかったから、ちょっとびっくりしただけだと思います」

それならいいが、と答えつつ、ロウガはリリィの様子に注意を払うことにした。

「最初からレベルⅢを意識しなくていい。俺が見せたやり方よりも組成するエーテルの量を抑えて、発動させることのみを目標にしよう。それなら暴発した際の危険性も下がる」

「暴発？　そんなことしませんよ。これでも魔王を目指してるんです、かっこいいとこ見せちゃいますから！」

リリィの額に脂汗が滲んでいた。強がっているのが見て取れた。

「リリィ？　本当に、どうしたんだ……？」

心配するロウガの声が耳に入っていないのか、リリィは黙って正面の空き地へ向かい片手を翳す。

リリィの前方にエーテルが集まっていく。リリィが意識した一点に向かって、無数の小さな球体がふわふわと移動していく。

それらは、赤い、エーテルだった。

闇に蠢《うごめ》く無数の灯のように、揺らめき、大きな炎の形になるべく、集う。

（あ……）

リリィは心がざわめくのを感じた。

この赤いエーテルに触れていると、嫌な気分になる。少しだけなら、気にならないのに。

リリィの脳裏に、炎の形がフラッシュバックする。

あのときに見た炎だ。

押し込めていた記憶が、感情が、溢《あふ》れ出てくる。

もう、思い出したくないのに。

すべてが奪われ、殺された思い出なんて。なんで、こんなときに。

そう思うけれど、直観的に理解している。あの、赤いエーテルのせいだ。

でも、これを使わなければ炎の魔法は使えない。

我慢して、もっと集めていく。赤いエーテルの密度が濃くなる。

脳裏に蘇《よみがえ》る火炎が――故郷の村を焼く炎が、勢いを増した。

堰《せき》を切ったように記憶が、感情が、ぶちまけられる。あのときの赤い思い出のすべてが。

……血が見えた。

お父さんの体が剣で刺し貫かれるのが見えた。

お母さんの体が槍《やり》で串刺しにされるのが見えた。

叫ぶ声が聞こえた——

たくさんの血が——

炎が——

赤い——

赤い——

（え……？　あれ……？　息が……）

魔法のために集中していた意識が途切れる。目の前の視界が狭まり暗くなっていく。

「リリィ!!」

ロウガが叫ぶ。ふらりとリリィの体が揺らいだのが分かった。

ロウガはリリィの許《もと》へ一瞬で駆け寄り、地面に倒れる前に抱き止めた。

「どうした、リリィ？」

返事がない。胸の中にいるリリィの顔を見る。

目の焦点が定まっていない。顔から血の気が失《う》せていた。口からはヒュウヒュウと異常な呼吸音……過呼吸を起こしていた。

「落ち着け、リリィ。こっちを見て、ゆっくりと息を吐け」

リリィがロウガのほうを見る。不安でいっぱいになった目を向ける。

「大丈夫。少しパニックになっているだけだ。すぐに回復する。大丈夫だ」

対処法は心得ている。ロウガはリリィにゆっくり息を吐くよう促し、安心させるために優しく声を掛け続けた。

大丈夫だ。大丈夫――

静かな森の中で、リリィを案じるロウガの声が、いつまでも……虚《むな》しく聞こえていた。

このときにはもう、ロウガは気付いていた。

非凡なる魔術の才能を持ちながら、リリィは、攻撃魔法を使うことができないのだった。


「すぅ……すぅ……」

医務室の白いベッドでリリィが静かに寝息を立てている。

ロウガは安堵《あんど》の息をつくと、退室して廊下に出た。

窓から月明かりが差し込んでいる。

夜空に重なって並ぶ二つの月を見上げながら、ロウガは廊下の奥から歩いてきた人物に声を掛けた。

「リリィが心配で見に来たのか、シルヴィア？」

　シルヴィアが耳に掛かった髪を掻き上げる。月明かりに照らされて、金色の髪がキラキラと輝いて見えた。

「医師から少し話は聞いた。極度の不安と緊張によって過呼吸を起こしたって。でも、どうして？　普通に授業していただけなんでしょう？」

「特定のエーテルへの干渉が精神に作用し、辛い過去を想起させるようだ。攻撃的な性質を持つエーテルとの相性が悪い。少しだけなら耐えられるが、一定を超えると精神に過負荷が掛かり肉体にも影響を及ぼす。具体的には、殺傷性の高い魔法の組成が引き金になり、過呼吸等の発作を起こす」

「攻撃的な性質を持つエーテルって――火や雷はもちろん、動的なエーテルはすべてある程度の攻撃的な性質は持っているわ。唯一例外なのは〈光〉や〈治癒〉とかそのくらい。そんなの、ほぼすべての攻撃魔法が使えないのと一緒じゃない。ううん、攻撃魔法に限らず、エーテルの一部が使えない以上、すべての魔術に支障が出るわ」

　ロウガが顔を下に俯《うつむ》ける。表情に影が差す。

「原因は精神的なものだ。それが解消されれば問題なく、すべての魔法を使うことができるようになる」

「解消、できるのかしら。戦禍による心的外傷《トラウマ》なんて簡単に癒えるものじゃないでしょう？　私たちだって少なからず抱えているわ」

「それでも戦っている。あの子にもできるさ」

「できなかったら終わりね。魔王を目指すどころじゃない。学園の進級すら危ういわ。基本的な攻撃魔法すら使えないのでは、留年することは間違いない」

「留年、許してくれるのか？」

ロウガが口の端を歪《ゆが》めてシルヴィアのほうを見る。

シルヴィアはすっと目を逸《そ》らした。

「同情はするけど、約束は約束。条件を変えるつもりはないわ」

「ということは、特別試験のほうも延長は不可か」

シルヴィアは目を伏せたまま何も言わなかった。

ロウガは廊下の壁に背を凭《もた》れ、ふうとため息をつく。

「進級試験ならまだしも、特別試験まではもう間も無い。これは……参ったな」

沈黙が流れる。

閉じられた医務室のドアの向こうでは、リリィが二人の話を聞いていた。ぎゅっと悔しそうに拳を握り締めると、ベッドに戻って布団を被《かぶ》った。

隣り合う二つの月が雲で陰り、明かりが弱くなる。

夜の闇が、一層濃くなった。


「顕現《エグゼクテ》せよ、光《エンシス》の剣《ルシス》」

リリィが魔法で〈光の剣〉を生み出し、両手で正眼に構える。

正面には、体長一メートルほどもある巨大なウシガエルがぴょんぴょんと野原を飛び跳ねていた。ロウガが魔法で創り出したダミーである。

光の剣を携え、リリィが駆け出す。

「――このっ！」

ウシガエルに向かって光の剣を振り下ろす。ウシガエルの体に刀身が当たるも肉を斬り裂くことはなく、スッと中を通り抜けていった。

〈光の剣〉の魔法は非殺傷性の戦闘魔法であり、対象を傷つけることはない。体力を奪って気絶させるための魔法だった。

光魔法の力に当てられたウシガエルは、キュウと鳴いてひっくり返り、昏倒《こんとう》した。

「見事だ。剣を振るう姿も様になってきたな」

ロウガがパチンと指を鳴らし、魔法で出来たウシガエルを消滅させる。

「お世辞ですか？　光の剣には重さなんてほとんどないですし、一日中素振りしてれば誰でもこのくらいはできると思います。それよりも、この魔法のレベルはいくつですか？」

褒められたのにも関わらずニコリともせず、リリィが光の剣をロウガに見せる。その形は刀剣というよりも、出来損ないの噴水のようだった。吹き上がる勢いが強すぎて四方八方に水をぶちまけてしまっているような、歪《いびつ》な形である。

「本来はレベルⅡに分類されるが……きみはまだ上手《うま》く制御し切れていない。安定性に欠けるし出力も弱い。魔法として未完成だ。評価できない」

「くっ……！」

ショックを受けたリリィが顔を伏せる。

「光の剣の魔法は衛兵や軍人が実戦でも使用する戦闘魔法で、マギカの新入生の登竜門だ。本来なら数ヶ月掛けて必死になって習得するもので、一朝一夕で使いこなせるような簡単な魔法じゃない。たった二日で形に出来ているだけでも凄《すご》いことだよ」

「そういうお世辞はいらないです！　このままだと特別試験に間に合いません！　レベルⅢの魔法を使わなきゃいけないのに、レベルⅡの魔法すら習得できないなんて……！」

すでに特別試験の期限まで残り一週間を切っていた。

リリィがほとんどの攻撃魔法に対して拒絶反応を起こしてしまう中で、〈光〉系統の魔法は唯一レベルⅢへの上達が見込める魔法だった。創造の魔法は公にできない禁術であり練習可能な場所も限られ、〈治癒〉の魔法は最難関といわれるほど難易度が高い。比較的容易なのが光魔法だったが、火や雷の攻撃魔法と比べてしまうと高難度の魔法だった。リリィの類《たぐ》い稀《まれ》なる才能を以《も》ってしても、圧倒的に時間が足りなかった。

「リリィ……」

ロウガが悲しそうな顔をする。焦って苛立《いらだ》ちを露《あら》わにするリリィを見て。

リリィはすぐにハッと気付いて謝ったのだが、ロウガにキツく当たってしまったことを深く後悔した。

授業が終わったあとも、ずっと落ち込んでいた。

恩知らずにもほどがある。一番お世話になっている人に八つ当たりするなんて。

「……嫌われちゃったかな」

リリィは部屋の窓を開け放ち、遠く湖に沈む夕陽《ゆうひ》をぼうっと眺めていた。

また一日が終わる。何も進歩しないまま。

バサリと翼を羽ばたかせる音がして、一羽のカラスがリリィの部屋のほうへ飛んでくる。

リリィが凭れている窓枠へと降り立ち、「カア」と鳴いて留まった。

学園の警備をしているという魔法生物・三つ目カラスだ。ロウガが魔法で創ったダミーのような無生物と違い、きちんと感情があり野生の動物と変わりない。むしろ頭が良いくらいで、リリィはたびたび話相手になってもらっていた。

「今は休憩の時間なんだっけ。また林檎《りんご》が欲しいの？」

「カア！」と三つ目カラスが元気よく返事をする。飼育係の人から餌はもらっているはずなのだが、林檎が好物のようで、こうしてよくリリィの部屋におやつをもらいに来ていた。

そしてそういった理由もあり、リリィは彼のことをリンゴくんと勝手に名付けていた。

いつものように林檎をナイフで半分に切り、片方をリンゴくんの足元に置いた。

リンゴくんは鉤爪《かぎづめ》で器用に林檎を押さえ、嘴《くちばし》で果肉を突っつく。しばらく林檎の魅力に夢中になっていたが、ふと気付いてリリィの顔を見た。何か言いたげにじっと見つめる。

「またダメだったのか、って？」

「カア」と小さく鳴いて肯定する。

「うん。火の魔法を使ってみようとしたけど、途中で気持ち悪くなっちゃって、結局ずっと光の魔法の練習。世界一の魔術師・魔王セイラの生まれ変わりなのに、ほとんどの魔法が使えないなんて、笑っちゃうよね」

「カア」

「あぁ、近くで見てたんだ。そっか、学園の見回りをしてるんだもんね。……あの剣、カッコよかったって？　ありがとう。きみもロウガさんと同じで優しいね」

リンゴくんが食いかけの林檎を嘴でずいっと押して寄こす。くれるらしい。

「気を遣ってくれるのは嬉《うれ》しいけど、それはいらないかな。穴ぼこだらけだし」

リリィは苦笑した。

コンコン、と部屋のドアがノックされる。廊下側ではなく、ロウガの部屋になっている実習室側の内扉のほうだ。鍵は閉めていないので、どうぞ、と返事をする。

「盗み聞きをしたようで悪いんだが……一体誰と話をしているんだ？」

ロウガが不思議そうな顔をしながら部屋を見回す。一度カラスのほうに目を留めたが、そんなわけないと首を振った。

「合ってますよ。この子です」

「冗談はよせ。どう見てもそいつは学園が飼っている普通の三つ目カラスだ。魔法生物とはいえ、ただの動物と喋《しゃべ》れるわけないだろ」

「え？　ロウガさんは動物と喋れないんですか？」

「え？　きみは喋れるのか？」

お互い、言葉を失う。見つめ合ったまま沈黙が流れた。

「あ、その……喋れるって言っても、エーテルの流れを視《み》ることで、なんとなく言いたいことが分かるってだけですけど……」

「ヒトの感情だけでなく、ケモノの感情もか？」

「はい。人間と比べると分かりにくいですが」

ロウガはリリィのそばにいるカラスまで近づき、片目を閉じて左目で視る。ロウガが持つエーテルの眼《め》で視ても、生物特有の複雑なエーテル波形こそ確認できるが、感情まで察することはできなかった。ヒトの場合は感情の動きによってエーテルの流れが大きく変移するので推察可能だが、ケモノの場合は振れ幅が微小なのか認識できないのだ。

ロウガは試しにカラスの頭部を中指でピンと弾《はじ》き、エーテルの動きがないか視るが、やはり分からなかった。

「俺には見えん。こいつは今なんて思ってるんだ？」

「怒ってるに決まってるじゃないですか。頭叩《たた》かれたんだから」

「そうだな。すまん」とロウガはカラスの頭を優しく撫《な》でた。

「リンゴくんは、林檎くれたら許してやるって言ってます」

「は？　リンゴくん？」

「この子の名前です。わたしが付けました。林檎が大好きな子なので」

ロウガはリリィの顔をじっと見た。カラスに向かってリンゴだと？　センスを疑うネーミングだが、冗談で言っているわけではないようだ。

「へ？　なんですか、ロウガさん？　わたしの顔に何か付いてます？」

「いや、大丈夫だ。カラスへの謝罪のために林檎を贈りたい。リリィのを貰《もら》えるか？」

リリィに場所を教えてもらい、棚から一つ林檎を手に取る。魔法を使い掌《てのひら》の上で三等分に切り分けると、カラスとリリィに配った。自分でも食べる。

「リンゴくん、ロウガさんのことを褒めてますよ。さすがはお前の師匠だなって」

リリィは林檎を啄《つい》ばむカラスを眺めながら、楽しげにそう通訳した。

「……動物と意思疎通ができるなんて前代未聞だ。セイラでさえ、そこまで高い感応能力は持っていなかった」

リリィの表情が曇る。

「でも、肝心の魔法が使えないんじゃダメダメですよ。情けないし、申し訳ないです。わたしの心が弱いせいで、魔術の才能を持っていても使いこなせないなんて。イライラをぶつけちゃったりもしてるし。たくさん迷惑を掛けてしまってごめんなさい、ロウガさん」

ロウガは首を横に振る。

「きみのせいじゃない。故郷を焼かれ、目の前で両親を殺されたんだ。少しもトラウマを抱えないほうがどうかしている。自分を責めないでくれ。心が辛《つら》いのは、それだけ故郷や家族を大切に想《おも》っていた証《あかし》だ。むしろ、誇りに思っていい」

予想外の言葉に、リリィの目に涙が滲《にじ》む。

「ホント、いい師匠ですね、ロウガさんは。わたしにはもったいないくらいです」

「それは師匠冥利に尽きるな。きみ以外の弟子を取るつもりはないが」

「そうですか。ロウガさんのほうも才能を無駄にしちゃってますね。唯一の弟子が落ちこぼれ魔術師のわたし一人きりなんて」

リリィは自分が泣きそうになっているのが分かって、慌てて顔を伏せた。そのまま、歩いて部屋を出ようとする。

「リリィ？　どこへ行く」

「聞かないでくださいよ。お手洗いです」

すまない、と気まずそうな顔をしたロウガの脇をすり抜けて廊下へ出る。

目の前で泣いたりしたら、ロウガさんを困らせてしまう。

これ以上迷惑を掛けたくなかった。弱い人間だと思われたくなかった。

魔王になることを目指して二人で頑張ろうと決めたのに、一人前の魔術師にさえなれないかもしれないのだ。

本来なら、弟子の資格はないと、見捨てられていてもおかしくない。普通の魔術学生だったら、魔法が使えないと分かった時点で退学を勧められることだろう。

それなのに、ロウガはそうしない。

ロウガの心を繋《つな》ぎ止めているのは、リリィがセイラの魂を持つから。それが理由だろう。

その……一点だけだ。

セイラだったときの記憶は何一つ思い出せないままだし、魔王の転生としての力を発揮することもできなくなってしまった。

ロウガの期待に、リリィ《わたし》は何一つ応えられないままだった。

――そんなわたしに、一体なんの価値があるのだろうか。

たくさんの可能性を失った今も、ロウガさんはわたしに命を懸けて守るほどの価値があると思っていてくれているんだろうか。

特別試験に落ちて学園から追放されるのと同時に、ロウガさんにも見捨てられてしまうんじゃないだろうか。

こいつはセイラじゃないし、魔王になる素質もない、一緒にいる価値などない――と。

「そんなの嫌だ。もう何も……失いたくない」

ロウガさんを失望させるわけにはいかない。これ以上の醜態を晒《さら》すわけにはいかない。

わたしが魔法を使えない原因は、精神的な問題だ。ならば、心を強く持っていれば払拭できるかもしれない。

リリィは喉から溢《あふ》れ出す嗚咽《おえつ》を噛《か》み殺し、涙を拭った。

沈みゆく夕陽が赤く燃える。強くなった西日が、リリィの背中に深い影を落としていた。

「待ってください！　どういうことですか⁉」

静かな森の中にリリィの大声が響き渡る。

森の深くに一部ぽつんと開けた広場で、リリィが最初に魔法を習った場所だ。ひと気がなく、人に知られたくない魔法を使うにはうってつけである。つまり今現在、リリィが授業を受けようとしている魔法とは――

「どうして今、創造魔法の修業をするんですか⁉」

師匠の意図が全く理解できず、リリィはロウガの腕を掴《つか》んで詰め寄っていた。ただただ困惑していた。

「……その必要があると判断したからだ」

「特別試験の期限まで、あと三日しかないんですよ？　一刻も早く光魔法の練度を上げてレベルⅢの魔法を使えるようにならなきゃいけないのに、どうしてここで別の魔法の修業をするんですか？　意味が分からないです！」

リリィが必死に訴えかけるも、ロウガは厳しい顔をして黙ったままだった。

意味不明だ。禁術魔法の件を代表としてロウガの行動には驚かされることが多かったが、今回ばかりはまるで理解できなかった。

それもそのはず、沈黙したまま一切の理由を説明してくれないからだ。

「どうして何も言ってくれないんですか……？」

「それは……」

ロウガは言いかけるが、結局目を逸《そ》らして口を噤《つぐ》んだ。

説明できないような理由なのだろうか――リリィはそう思って、ハッと気づいた。

「あぁ、そういうことですか……。ロウガさんは、諦めたんですね……」

「諦めた？　何をだ」

リリィがロウガの腕をぎゅっと強く摑む。

「わたしのことを……特別試験のことをですよ」

「そんなわけないだろう。何を言っている」

リリィが縋《すが》るような眼差《まなざ》しでロウガの顔を見上げる。

「じゃあ、どうして今の状況で、試験と関係ない魔法なんか――」

「待て。誰か来る」

「え？」とリリィが後ろを振り向くと、広場の入口からぞろぞろと十人ほどの生徒たちが歩いてきていた。その先頭には一人の男性教師の姿がある。

「こんな辺鄙《へんぴ》な所で授業ですか、ロウガ・オーキス先生？　噂《うわさ》通りの変わり者のようだ」

彼らが羽織っているマントには〈八芒星《はちぼうせい》と交わる剣〉が描かれている。マギカ・エクステンドの教師が大勢の生徒を引き連れてきたらしい。

「何か御用でしょうか？」

皮肉を相手することなくロウガが敬語で応じていた。

「ロウガ先生に実技の授業への協力を頼みに参りました。私の生徒たちに、教師同士が行うレベルの高い魔術戦闘というものを見せてやりたいと思いまして。私の練習試合の相手になって欲しいのです」

「なぜ俺に？」

マギカの教師が片眼鏡《モノクル》の縁をくいっと上げる。

「加減はしますが、それなりの実力者でないと私の相手は務まりませんからね。弟子が一人しかいないにも関わらず、腕が立つと聞いています。学園長がエコ贔屓《ひいき》するほどの才能を持つ魔術師範だと」

言葉の端々に棘《とげ》を感じる言い方である。ロウガの横で話を聞いていて、リリィは目の前のマギカ教師の素性に思い当たるところがあった。

ウワサ好き女子・ミミカから聞いた話だ。マギカには、弱い者いじめが趣味の元帝国軍人教師が今年赴任してきたと。戦闘魔法を得意としないフェイトやドーンの若い教師を狙って練習試合を挑み、マギカお得意の戦闘魔法を使って大勢の生徒たちの前でボコボコにして恥を掻《か》かせる、というやり口らしい。きっと、ロウガのことを次の標的にしたのだ。

「ロウガさんロウガさんっ」と腕を引っ張り、リリィはその情報をロウガに耳打ちした。背伸びをしてこそこそと話す。「どうします？　返り討ちにしますか？」「構っている暇はない。断るさ」

ロウガは低く丸めていた背中を戻し、マギカ教師のほうへ向き直る。

「悪いが忙しい。暇潰しなら他を当たってくれ」

「……ほう。協力、できないと？」

「そうだ」

マギカ教師がニヤリと不敵な笑みを浮かべる。

「やはりあなたは教師としての自覚が足りないようだ。……この場所、きちんと許可は取ったのですか？」

「いじめが趣味の教師に自覚を問われる謂《いわ》れはないが、許可とはなんのことだ？」

「魔術の実技には危険が伴いますからね。校外で行うには事前に申請が必要なんですよ」

「ここは学園内だろう」

「残念。西側の森林区域は例外なんですよ。火災を起こす可能性が高いですからね、安全上の理由で許可が必要なんです。当然、無許可で授業を行うことなど許されない。私も教師の端くれ、ここであなたが授業を続けるというのであれば、無理やりにでも制止せざるを得ませんねぇ」

「ロウガさん……」とリリィが不安そうな顔でロウガを見上げる。

「面倒な相手に絡まれたな……」

ロウガは頭を抱えた。

戦闘魔法を専門とするマギカ・エクステンドのサークルには、専用の訓練施設が与えられていた。

　それは小規模な円形闘技場のような形をしていて、中央には直径二十メートル程度の試合場があり、その周りを囲うように観戦席が設けられていた。

　昼時という時間帯もあってか、場内はマギカの生徒たちで超満員になっており、出入り口のほうにまで人垣がごった返すほどの盛況ぶりだった。

「なになに？　なんの騒ぎ？」

　宝石の髪留めをした金髪の女生徒が、群衆の最後尾にいる男子生徒の肩をとんとんと叩《たた》く。振り向いた男子生徒は彼女の姿を見てあっと声を上げて驚いた。

「ロ、ローズマリー様⁉　帰ってきてたんですか⁉」

「ええ、さっき学園に着いたのよ。それより、この騒ぎは何？　盛り上がってるけど」

「学園長お気に入りの七光り教師ロウガ・オーキスを、ハウゼン先生が魔術の試合でシメてやるらしいです。どっちがボコボコにされても愉快な試合だから、みんな一目見ようと集まってきてますよ」

「ロ、ロウガ先生がいるの⁉　まさか本当に学園に戻ってきてたなんて！　ちょっとあんた、さっさとそこを退《ど》きなさい！」

「す、すぐに道を開けますっ」

「あと、ロウガ先生は七光りじゃない。シルヴィア学園長すら凌《しの》ぐほどの圧倒的実力を持つ、学園最強の魔術師範よ。もしまた私の師匠を侮辱したら、アンタのその舌の根引っこ抜いて犬に喰《く》わしてやるから、覚悟しておきなさい」

学園最強の魔術学生ローズマリーに睨《にら》みつけられ、男子生徒は震えながら平伏した。

「ロウガ先生、そろそろ準備はよろしいですかね？」

マギカ教師・ハウゼンが試合場の真ん中に立ち、大仰な身振りでロウガに向かって両腕を広げてみせる。観客の生徒たちへのアピールなのだろう、やけに余裕振っていた。

「こっちはいつでも構わん。観客が集まるまで待て、とお前が止めたんだろう」

都合の悪いことは聞こえないのか、ハウゼンが口上を繰り出しながらロウガのほうへ向き直る。

「では、始めましょうか。……安心してください。我が校の治癒術師は優秀ですから、死にさえしなければどんな大怪我《おおけが》でも治してくれますよ」

「そうか。ならば遠慮はしない」

二人の魔術師が、正面から相対する。

〈燃える太陽〉ゴールデンドーンの教師・ロウガと、〈八芒星と交わる剣〉マギカ・エクステンドの教師・ハウゼン――異なる紋章を付けた、互いのマントが揺れる。

ガヤガヤと騒がしかった生徒たちが水を打ったように静まり返る。

自然と訪れた静寂が、試合開始の合図となった。

先に動いたのはハウゼンである。

ロウガに向かって右手を翳《かざ》し、呪文を詠唱する。

「稲妻よ、敵を撃て《フルグル・ヴィルガ》」

ハウゼンの掌《てのひら》から魔法の雷《かみなり》が放たれる。鞭《むち》のような電光が、大気の間を縫うようにジグザグに折れ曲がりながらロウガの体へ向かって振るわれる。

「む……？」

ハウゼンは雷撃を放ちながら疑問に思った。これは対象を感電させて制圧する魔法である。本来ならとっくにロウガの体を痺《しび》れさせて身動きできない状態にさせているはずなのだが、彼は平然とした顔でこちらを見据えており、まるで攻撃を受けていないかのようだった。しかし防御魔法を使用した素振りはない。どういうことか。

「分からないか？　実力が拮抗《きっこう》しているならまだしも、実力差が大きくかけ離れている魔術師同士の戦いは、戦う前からすでに決着がついている」

「余裕ですね、お喋《しゃべ》りですか。すぐにその口、利けなくしてあげますよ！」

先程の攻撃は手加減していた。一撃で昏倒《こんとう》させては、ロウガを嬲《なぶ》って楽しむことができないからだ。防がれた理由は不明だが、今度はロウガを殺しかねないほどの高出力で雷撃を放出して、仕留めに掛かる。

「いや、無駄だよ、先生」と観客の生徒が唖然《あぜん》と口を開く。「そもそも、届いてない」

そのときやっと、ハウゼンは気付いた。雷魔法の攻撃が、途中で消滅していることに。

ロウガが静かに口を開く。

「魔術師が魔法を使えるのは、エーテルの存在があってこそだ。エーテルに願いを聞いてもらうことで初めて、魔術師は魔法の具現化が可能になる。逆を言えば、エーテルにそっぽを向かれてしまえば、どんなに高位な魔術師であろうとまともに魔法を使うことはできなくなる」

ハウゼンの放つ雷魔法が勢いを無くしていく。枯れゆく草花のようにやせ細り、ついには完全に消えてなくなってしまう。

「俺とお前では魔術師としての格が違う。この場のエーテルはすべて我が手中に収めた。最早《もはや》お前は魔法を使うことはできない。怪我をしたくなければ、負けを認めろ」

エーテルの眼《め》を持つリリィには視《み》えていた。どちらも無傷だが、すでに勝敗は決していた。通常はまばらに散在しているはずのエーテルが、今はすべてロウガの周りに集結していたのだ。ハウゼンの近くには一欠片《ひとかけら》のエーテルさえ無い。これでは魔法の組成などできるはずもない。

「バ、バカな。こんなことが……」

ハウゼンが慌てふためく。手当たり次第に呪文を詠唱するも、何も起こらない。

「きゃ〜、ロウガ先生、カッコイイ〜！　さすが私の師匠《マスター》〜！」

ローズマリーが最前列の席で黄色い声を上げていた。ちゅっちゅと投げキッスまでしている。驚いたリリィが彼女のほうを見る。私の師匠……？

「お、おのれ……！　どんなインチキを使ったんだ、キサマァァァ！」

頭に血が上ったハウゼンがロウガに殴りかかろうと走り出す。

「負けを認めるどころか肉弾戦を挑むとは。これは魔術の試合ではなかったのか」

ロウガがハウゼンに向かって右手を翳す。この魔法で幕引きとする。

「轟け、天雷《ロアルトニトルム》」

パリパリと頭上の大気が電気を帯びる。

そして次の瞬間、ハウゼンの頭上から雷が落ちた。ハウゼンの体をすっぽりと覆うほどの巨大な丸太のようなイカズチだった。

「あんた曰《いわ》く、我が校の治癒術師は優秀で死にさえしなければどんな大怪我でも治せるのだろう？　安心して眠れ」

黒焦げになったハウゼンがパタリとその場で倒れる。

魔術の試合は、ロウガの完勝で終わった。

……ハウゼンがマギカの生徒たちに担架で運ばれていく。

評判が悪いといえど自分たちの教師であり、ましてや戦闘魔法を得意とするマギカの魔術教師がドーンの教師なんかに惨敗した……場内のマギカの生徒たちは騒然としていた。

──ただ一人、ローズマリーを除いて。試合場から出てきたロウガの許《もと》へと駆け寄る。

「粋《いき》だねぇ、ロウガ先生。まさに天罰覿面《てんばつてきめん》ってやっつけ方だった！　ハウゼンの教師いじめには私もムカついてて、いつか天誅《てんちゅう》を下してやろうと思ってたんだよね。〈カーク先生《センセ》〉に止められててできなかったけど」

「マリーか。久しぶりだな。元気そうで何よりだ」

ロウガが幼子を見るような優しい目でローズマリーを見る。

「元気じゃなかったよ！　しばらく落ち込んでたよ！　ロウガ先生、急に教師を辞めるって言って居なくなるんだから！」

ローズマリーは拗《す》ねたように唇を尖《とが》らせた。

「心から謝るよ。きみには迷惑を掛けた」

「……それで？　探していた人は見つかったの？　大事な人だって言ってたけど」

リリィが人波に揉《も》まれて転びそうになりながら、ロウガの許へやってくる。

「あの……ロウガさん、その子は誰ですか？　ずいぶん親しげですけど……」

「あぁ、リリィか。彼女は――」

「ん？　あんたこそ誰よ？　私はロウガ先生の愛弟子《まなでし》、ローズマリー・キルケーよ。長年離れ離れだった師弟が感動の再会を果したとこなんだから、部外者は邪魔しないでよ」

ローズマリーが腰に手を当て仁王立ちしてリリィの前に立ち塞がる。リリィはムッと眉を顰《ひそ》めた。

「そっちこそ何わけの分からないことを言ってるんですか？　ロウガさんの弟子はわたし、リリィ・スワローテイルです。わたし一人だけです。なので部外者はあなたのほうです！」

「落ち着け、二人とも。きちんと説明するから、まずは俺の話を聞いてくれ」

ローズマリーの気の強さは知り得ていた。しかしなぜかいつになくケンカ腰なリリィの

様子にロウガは面食らいつつ、二人を諭すのだった。

まずはリリィにローズマリーのことを紹介する。

マギカ所属の高等部一年生ローズマリー・キルケー。一度ロウガがセイラの捜索を諦め、ヘルメス魔法学園で教職に就いた際の弟子である。

人間の名門魔術師一族・キルケー家のご令嬢であり、彼女も例に漏れず魔術の才能があった。入学した中等部の頃から他の生徒らよりも頭一つ抜きん出ており、その天性の魔術の素質はヘルメスの優れた魔術教師たちすら舌を巻くほどだった。

だが、その才能のせいで驕《おご》りが生まれた。元々の気が強い性格も災いして、学園で破天荒な振舞いをするようになる。

もう学ぶことはないと授業を無断欠席したり、教師相手に決闘を挑んだり、大事故を起こしかねない危険な魔術に手を出したりと……学園は天才不良生徒・ローズマリーの対応に手を焼くようになっていた。

憖《なま》じ強力な魔術師であるために普通の魔術師範では返り討ちにされてしまう。そんな中で白羽の矢が立ったのが、当時シルヴィアに教職を勧められていたロウガだった。

「ロウガ先生、めちゃくちゃ強いんだもん、びっくりしちゃった。この私が手も足も出ないなんて、初めての経験だったわ。だからこの人に一生付いていこうって決めたの！」

本来、サークルの鞍替《くらが》えなど易々《やすやす》と許されるものではないが、〈別格〉である彼女の場合は特例として認められた。

しかしながらロウガが教職を辞した（シルヴィアの計らいで休職扱いにした）ために、ローズマリーはマギカに出戻ることになり、現在に至るのだ。

「それで、ロウガ先生、そのリリィって子はなんなの？　唯一の弟子って自称してたけど。普通に考えて、復職したならもう一度私の師匠に戻ってくれてもいいんじゃないの？」

ローズマリーが恨めしそうな目でリリィとロウガのことを見る。

「マリーには申し訳ないが、お前の師に戻るつもりはない。これにはサークルの――」

「そうです、あり得ません。ロウガさんは私だけの師匠ですから。あなたはマギカで大人しくしててください」

「は？」とローズマリーの眉間にピキッと皺《しわ》が寄る。

「よせ、リリィ。なぜそこまでマリーを敵視する？」

「そ、それは……」とリリィは気まずそうに俯《うつむ》いて黙り込んだ。

「もしかして、ロウガ先生が必死で探してた人って……その子なの？」

「……ああ。そうだ」

「家族ってわけじゃないよね、前に天涯孤独の身だって話してくれたし。恋人ってわけでもなさそうだし……一体その子になんの価値があるわけ？」

ロウガは言い淀《よど》んだ。リリィが魔王の転生であることは秘密にしていた。公になればリリィの身に危険が及ぶ可能性が高くなる。極力、情報は秘匿する必要があった。

「……リリィには魔術師として優れた才能がある。それが理由だ」

「ウソだよ。私を誰だと思ってるの？　ヘルメスで一番の私よりも魔法の才能がある子なんて、どこ探しても他に居ないって」

「リリィはエーテルの眼の持ち主だ」

「えっ？　ロウガ先生と同じ!?」

「そうだ。さらに言えば、エーテル適性だけなら俺をも凌ぐ。おそらく現世界最高の魔術の才能を持つ」

「つまり、とんでもない才能を持っている子を見つけたから、ロウガ先生はその子を育てるために専任の魔術師範になったってこと？」

「そうなるな」

「じゃあ――その子よりも私のほうが才能があるって証明したら、また私だけの師匠に戻ってくれる、ってことだよね？」

「何……？」

妙な話の流れになってきた。

「リリィって言ったっけ。あんた、私と魔術の試合で勝負しなさいよ。どっちがロウガ先生の弟子に相応《ふさわ》しいのか、ハッキリさせようじゃない」

「待て。どうしてそうなる。証明するまでもない話だ。リリィを煽《あお》るな、マリー」

ロウガは話の流れを断ち切ろうとしたが、意外な人物に妨げられた。

「どうして止めるんですか？　ロウガさんはわたしが負けるって思っているんですか？

……わたしが弱いから」

リリィが真剣な眼差《まなざ》しでロウガの顔を見ていた。

「……いいか、冷静になれ、リリィ。マリーは才能があるだけでなく、幼少の頃より十年以上魔術の修業を積んでいる。名実ともにマギカ最強クラスの戦闘魔法の使い手だ。きみに勝算はない上、そもそもの話、こんな馬鹿げた争いに付き合う必要はない。相手にするな、無視するんだ」

行くぞ、とロウガがリリィの腕を引いてこの場から去ろうとする。

しかしリリィは動かなかった。ローズマリーのほうを向き、ハッキリとした口調で言い放つ。

「いいですよ。あなたと勝負します。証明します、わたしの価値を」

「リリィ!?」

「止めないでください、ロウガさん。わたしは冷静です。何も売り言葉に買い言葉でケンカをしてるわけじゃないんです。証明……したいんです。誰よりも——ロウガさん、あなたに。なんの価値もない、期待外れのお荷物なままじゃ嫌なんです」

その表情は悲しげだったが、リリィは覚悟を決めた目をしていた。ロウガは引き止める言葉を失った。

「やったね！」とローズマリーが胸の前でぐっと拳を握る。「見かけによらず根性あるじゃん、あんた。別に、ロウガ先生に許可をもらわなくても大丈夫よ。他の先生でも練習試合の許可は出せるもの。やっていいよね、カークセンセ！」

ローズマリーが観客席の後ろを振り返る。訓練施設から去っていくマギカ生徒たちの集団に紛れて、一人、男性教師が腕組みをしながら静かに佇《たたず》んでいた。

「ええ、構いませんよ、ローズマリーさん。僕が試合の立会人になります」

細身のメガネを掛けた神経質そうなタイプの人間の男だった。ローズマリーと話しながらも、ロウガのほうをじっと見ている。なぜか、敵意を感じる鋭い視線だった。

「マリーの現在の師匠か？」

「そうだよ、ロウガ先生の後任。若くしてマギカの大魔術師《グランドマスター》にまで上り詰めた天才なんだって。実際、勉強になることも多いよ。まあ、ロウガ先生には負けるけど」

ローズマリーに雑な紹介をされたカークはロウガから視線を外して、呆《あき》れたように頭をぽりぽりと搔《か》いた。

「毎度のことですが、曲がりなりにも自分の師匠に対してそんな口の利き方がありますかね……。加えて僕はマギカの代表なので、顔を立てる意味でももう少し気を遣っていただきたいのですが」

ヘルメスにおける魔術師の序列は三つに分けられる。大魔術師《グランドマスターウイザード》、魔術師範《マスターウイザード》（魔術教師）、見習い魔術師《ウィザード》（魔術学生）だ。大魔術師は各サークルの代表者《トップ》二名ずつの計六名で構成されており、学園の経営にも関わる重要なポストだった。言わばサークルの顔である。

本来ならば全校生徒から畏怖や尊敬の念を集める御上《おかみ》の存在なのだが、傍若無人なローズマリーが相手ではそれも形無しだった。

「そんな大人の事情なんて興味な～い。ややこしくて面倒。強いやつが最強、一番偉い、でいいじゃん。何か欲しいものがあるなら、正々堂々正面から殴り合って勝ち取ればいいんだよ。あんたもそう思うでしょ、リリィ？」

「はい。あなたにロウガさんは渡しません。わたしの居場所は、わたしが守ります」

ヒュウとローズマリーが口笛を吹く。「あんた、思った以上に熱い女じゃない。こっちもテンション上がってきたわ」

カークがロウガのほうを見る。ローズマリーというムードメーカーのおかげか柔らかい表情ではあったが、向ける視線はやはり鋭い。

「弟子たちはやる気ですよ。それとも、公衆の面前でリリィさんに魔術の試合をさせたくない理由でも？」

「……いや」

ローズマリーが試合場に上がったのを見て、帰ろうとしていたマギカの生徒たちが観客席へと次々にとんぼ返りしていく。今度は我がサークルのエースが誰かとやり合うようだ――場内が再び騒がしくなっていく中、ローズマリーとリリィの二人が試合場の中央で真っ向から相対する。

「フッかけたのは私のほうだし、先攻は譲るわ。掛かって来なさい」

ローズマリーが片手を扇《あお》いで挑発する。

「では、行きます……！　顕現せよ《エグゼクテ》、光《エンシス》の剣《ルシス》」

リリィが魔法の剣を召喚し、ローズマリーに向かって走り出す。

「はん？　光魔法？　しかも試合の初《しょ》っ端《ぱな》から近接武器って……馬鹿にしてんの？　なんで中距離用の攻撃魔法を撃ってこないのよ」

ローズマリーは首を傾《かし》げながら、左手で横一文字に空《くう》を切る。のんびりとした余裕の動作で魔法障壁《マジックシールド》を張る。

リリィは光の剣で斬撃を見舞うも、ローズマリーの周囲を覆う半透明の球体に攻撃を弾《はじ》かれる。二度、三度と斬りつけるが魔法障壁はビクともしなかった。

「そんな威力の低い魔法で攻撃しても、傷一つ付けられないわよ。火でも雷でもなんでもいいから、破壊力のある攻撃魔法を撃って来なさいよ。こんなんじゃ、魔術の試合にすらなっていないわ」

ローズマリーはあえて魔法障壁を解除し、身のこなしだけでリリィの斬撃を回避する。ふわりと後方に飛び退《の》いて体勢を整えると、華麗な動きで後ろ回し蹴りを放った。リリィの鳩尾《みぞおち》に革のブーツがめり込む。

「この近接格闘術、ロウガ先生に教わったのよ。効くでしょ？」

リリィはその場に足元から崩れ落ち、ゲホゲホと咳《せ》き込んだ。苦悶《くもん》の表情を浮かべながらも、自分を見下ろすローズマリーの視線に真っ向から応え、キッと睨《にら》みつける。

「絶対、負けない……！」

ローズマリーが肩をすくめる。

「だったら、そんな子供騙《こどもだま》しみたいな魔法じゃなく、本気で攻撃してきなさいよ。手加減なんていらないわ、殺すつもりでいらっしゃいな」

リリィがぐっと奥歯を嚙《か》み締め、視線を逸《そ》らす。

——彼女を見守っているロウガも、歯痒《はがゆ》い気持ちだった。

いくら実力差が大きいといえど、〈火〉や〈雷〉の攻撃魔法が使えていればもう少しまともに戦うことはできたはずだった。しかし心的外傷が原因でそれは叶《かな》わない。

創造魔法もダメだ。あくまで対暗殺者用に学んだ禁術魔法であるため、公の場では使用禁止にしている。

つまり、今この場でリリィが使えるのは、特別試験用に練習していた光の剣の魔法のみだった。一種類の戦闘魔法しか使えないのだ、どう転んでも、戦闘魔法特化魔術師《マギカ・エクステンド》のエースに勝つことなど不可能である。

現段階ではまだ、剣術や格闘術の修業も開始していない。あらゆる視点から考えても、リリィに勝ち目など万に一つも無いのだ。

（それはリリィ自身にも分かっていたはず……）

がむしゃらに剣を振るうリリィの姿を、ロウガは静かに見守っていた。

魔法障壁によって、光の剣が弾かれる。何度繰り返しても、その硬い壁を壊すことはできない。リリィはハアハアと肩で荒い呼吸をしながらも、諦めずに立ち向かってゆく。

「もしかしてあんた、その魔法しか使えないわけ？　どういうことよ」

ローズマリーが右手を翳《かざ》し、〈衝撃〉の魔法を放つ。

見えない槌《つち》で打たれたかのように、リリィは後方に吹っ飛ばされた。そのまま地面に倒れ込む。

ローズマリーがガッカリしたように肩を落とす。

「あんた、本当に魔法の才能があるの？　何もできないじゃない。弱い者イジメしているみたいで嫌なんだけど。こんな出来損ないが弟子なんて、ロウガ先生と釣り合っていないわ。あんたみたいな雑魚《ざこ》を育てなきゃいけないなんて、ロウガ先生が可哀《かわい》そうよ」

リリィは地面に倒れたまま、ロウガのほうを見上げた。

彼のほうもリリィのことを見ていた。リリィの、無様な姿を見ていた。

――ロウガさんは、今のわたしの姿を見て、どう思っているんだろう。

見っとも無く恥を晒《さら》すばかりのわたしを見て、どう思っているんだろう。

そう考えたら、涙が出てきた。

悔しくて、怒りが溢《あふ》れた。

ぐっと拳を握る。

リリィは、よろめきながらも立ち上がった。

じっと、正面に立ち塞がる敵を――ローズマリーを見据える。

……赤いエーテルが、ゆらゆらと揺れていた。無数の灯のように。

リリィのほうへ向かって、群れを成しながら、不気味に蠢《うごめ》く。

「もうわたしは負けるわけにはいかないんだ……！　嫌いなエーテルだって、力で捻《ね》じ伏せてやる……！」

〈炎〉の攻撃魔法が組成されていく。赤いエーテルは不自然にブルブルと鳴動していた。

「よせ、リリィ！　強引すぎる！　危険だ！」

ロウガは叫び、リリィの許《もと》へと駆け出す。

しかし間に合わない。

「――え？」

リリィの顔が赤い光で照らされる。

次の瞬間、爆発が起こった。


ハッと瞼《まぶた》を開けると、リリィは自室のベッドの上で寝ていた。

視界を覆う違和感に気付き、上半身を起こして右目のほうに手を遣《や》る。……顔の右半分が包帯で巻かれていた。

「なにこれ……なんで……」

「炎の魔法が暴発したんだ」

ベッドの傍らで、ロウガが椅子に座っていた。

リリィはロウガの声に耳を傾けながら最後の記憶を辿《たど》っていく。心が悲鳴を上げるのを無理やり抑えつけ、強引に赤いエーテルを掻き集めていたときのことを思い出す。

「組成途中のエーテルが爆発を起こし、きみの体は炎で包まれた。すぐに水の魔法で消火したが、無傷とまではいかなかった」

「他に誰か、爆発に巻き込んでしまいましたか？」

「いや、他に怪我人《けがにん》はいない。マリーも無事だ」

「そうですか……安心しました」

リリィはベッドから這《は》い出る。おぼつかない足取りで、鏡台の前まで歩いていく。鏡の中を覗《のぞ》き込み、自分の顔を見た。

顔の半分を覆い隠す、ぐるぐる巻きにした白い包帯。その隙間から、赤く変色した皮膚が見えた。

「…………」

ロウガがリリィの背後に立つ。鏡越しにリリィの顔を見る。

「大丈夫だ、リリィ。火傷《やけど》の痕は残らないそうだ。この学園の治癒術師は本当に優秀らしい。二、三日も経《た》てば綺麗《きれい》さっぱり消えてなくなると言っていた」

リリィが鏡越しにロウガの顔を見る。

そのとき、リリィの目から、涙が溢れた。

大粒の涙が、一つ、また一つと零《こぼ》れ落ちていく。

「どうしたんだ、リリィ？　顔の火傷のことは心配ない。実際、全体の怪我としても軽傷で済んだ。大丈夫だというのは安心させるための方便ではなく、本当のことだ」

「違いますよ……そういうことじゃないんです」

リリィが首を横に振る。涙の雫《しずく》がきらきらと弾けた。

「それなら、何故《なぜ》？」

泣き濡《ぬ》れた顔で、リリィが悲しげに笑みを浮かべる。

「こんなわたしじゃ、ロウガさんに見捨てられても仕方ないなって、そう痛感したんです。ローズマリーさんの強さに手も足も出ないどころか、最後は勝手に自滅して怪我して……バカみたいだなって。落ちるところまで落ちて、さすがに諦めが付いてしまいました」

「リリィ。俺はきみを見捨てはしない。命を懸けて帝国の手から守り抜く。ずっと支え続けると約束しただろう」

「わたしが魔王になれなくても、ですか？」

ロウガは口を横に結び、目を伏せた。

「今のわたしの価値なんて、セイラさんの生まれ変わり。それだけですよ。ロウガさんはセイラさんに会いたいんですよね？　でもわたし、セイラさんだったときの記憶を何一つ思い出せていません。何もロウガさんに恩返しできていません。わたしはただの村娘、リリィのままです。もしかしたら、これから先も、ずっと」

「………」

「攻撃魔法を使うことができません。魔王の力を取り戻して実力を証明し、魔族の代表者たちの承認を得る予定でしたが……まともに魔法を使うことができない人間を、誰が魔王だと認めてくれるでしょうか？　少なくともシルヴィアさんは、実力のない人を魔王に推薦するような、甘い人物ではないと思います」

リリィは涙を流していたが、しっかりと前を向いて話をしていた。

「今のわたしは将来が期待される魔術師の弟子、ではなく、何もできないただのお荷物です。ロウガさんの負担でしかありません。今まで自分のことばかりでロウガさんのことを考えていませんでした。これから先、ロウガさんの人生を考えるなら、わたしは一緒にいないほうがいいと思います。帝国に狙われているわたしが近くにいたら、ロウガさんを危険に巻き込んでしまいます。だから、わたしのことは、もう……」

リリィが顔を伏せる。小さな背中が不安で震えていた。学園から追放されて根なし草になるだけならまだいい。リリィは帝国に狙われていた。学園やロウガの庇護《ひご》がなくなればあっと言う間に捕まり、そのあと、どんな酷《ひど》い目に遭わされるか分からない。それを覚悟した上で、リリィはこの答えを口にしていた。

「……リリィ。きみに受け取って欲しいものがある。お守りを作ったんだ」

「はい？　お守り？」

予想外の返答に面食らったリリィが顔を上げる。

ロウガは後ろからリリィの首筋に革紐《かわひも》を通し、首飾りを着けた。

「ダークエルフに古くから伝わるまじないの一種だ。厄難消除。災いがなくなりますように。単なる願掛けだから、効果のほどは期待するなよ」

「別れの餞別《せんべつ》ですか……？」

ロウガは苦笑いをした。

「悪いほうに捉えないでくれ。いつも魔術師の修業を頑張っているきみにプレゼントだ。これからも一緒に頑張っていこう」

ロウガの答えを聞いて、リリィが後ろを振り返る。ロウガの目を見つめる。

「いいんですか？　今日を逃したら、またわたし、ロウガさんのことを頼りにしますよ？」

「頼りにしてくれ。俺はきみの師匠だ」

リリィの目に大粒の涙が溢れた。嗚咽《おえつ》が込み上げて何も言えなくなる。言葉の代わりに、ロウガがくれたお守りを両手でぎゅっと握り締めた。

「なぜ俺がきみを——リリィを守るのか、きちんと話していなかったな」

泣いているリリィをロウガが穏やかな眼差《まなざ》しで見つめる。

「俺はセイラを救うことができなかった。世界で一番大切な人を、守ることができなかった。彼女の悲しみに気付けず、心の支えになれず、最悪の結末を選ばせてしまった。思い返せば救う機会はいくつもあったはずなのに、結局、死なせてしまった」

世界で一番大切な人を失った——

「俺は生きる意味を失った。それなのになぜ、俺は今も生きているのか。理由はひとつだ。

死の淵《ふち》で、セイラの声を聞いた。永久に続く闇の中、一筋の光が差し、彼女の声が聞こえた。セイラが俺に助けを求めていた」

現実に起こったことではないかもしれない。ただの幻聴かもしれない、夢を見ていただけかもしれない。その程度でしかない、弱く、微《かす》かな希望だった。

だが――

「俺は、その声で再び立ち上がることができた。もう一度、生きる意味を見つけることができた。この三年間、それだけを理由に生きてきた。そして、セイラの生まれ変わりであるきみ、リリィを見つけた。きみの中にあるセイラの魂が俺を呼んだのか……どういう理屈であの声が聞こえたのかは分からない。だが、俺がすべきことは分かった。記憶を思い出せなくてもいい、魔法が使えなくてもいい――きみを守ることが、俺の生きる意味になったんだ。もう少しだけ、この微かな希望に縋《すが》らせてくれないか」

「ロウガさん……」

リリィがロウガを見つめる。ロウガは眼差しに憂いを秘めながらも、リリィに優しく微笑《ほほえ》みかけた。

「リリィのほうこそ、いいのか？　こんな心の弱い男が師匠で。今日を逃したら、またきみのそばから離れなくなるぞ？　四六時中、守られ続けることになる」

ロウガの冗談めかした言い方に、リリィは思わず笑ってしまう。

「はいっ。いいです。これからもわたしはロウガさんの弟子で居たいです」

嬉《うれ》し涙《なみだ》を湛《たた》えながらそう答えると、満面の笑みを浮かべた。

ロウガは出窓に腰掛けて、夜の空を眺めていた。

暗雲が一面に垂れ籠《こ》めており、月は隠れて見えない。ポツポツと雨が降り始めていた。

嵐の前触れである。

ロウガの腰に下がる小さな鈴が、風に吹かれるでもなく震えて鳴った。チリン、チリンと一定の間隔で繰り返し音を放つ。

「……やはり、今日だったか」

鈴の音は〈侵入者〉の存在を報《しら》せていた。ロウガが事前に学園の敷地内に張り巡らせた結界魔法の一種だ。

嵐の夜ならば外にひと気もなく物音も目立たない。さらに今日は学園長シルヴィアも出張で不在だ。今夜は襲撃に打って付けだった。

ロウガは立て掛けていた脇差を手に取り、リリィの部屋のドアをノックする。

返事がないため、「入るぞ」と声を掛けて入室した。

ベッドに横になっているリリィに声を掛けようとして、ロウガは躊躇《ためら》った。

「すぅ……すぅ……」

安らかな寝顔でリリィは眠りについていた。安心しきった幸せそうな表情である。ここのところリリィの表情はずっと張り詰めていたように思う。しかし今は、長い不安からようやく解き放たれたかのように穏やかな顔をしていた。

「…………」

携えていた刀の鞘《さや》をぐっと握り締め、逡巡《しゅんじゅん》する。起こすべきか迷った。

ふと、リリィの胸元が目に入る。片手で何かをぎゅっと握り締めていた。

ロウガが渡したお守りだった。寝息を立てながらも、大事そうに五本の指でしっかりと包み込んでいる。

「……俺一人ですべて終わらせればいいだけだ」

ロウガは静かにリリィの部屋のドアを閉めた。


厚く積み上がったドス黒い雲の中に稲妻が走り、雷鳴が轟《とどろ》く。

ごうごうと荒れ狂うような雨風が吹き、森の木々は葉を散らすほど激しく揺れていた。

夜闇に満ちた泥濘《ぬかるみ》の上を、四人の男たちが歩いていく。皆一様に黒いマントを身に纏《まと》っている。

「最終確認だ。標的は一人。リリィという名の見習い魔術師だ。見つけ次第殺せ」

先頭を歩いていた男が言う。白い髭《ひげ》を蓄えた老境の男性だった。

「分かってますよ、〈死神の手《リーパーハンド》〉の旦那。小娘一人殺すだけでいいなんて、ずいぶんちゃちい仕事ですね」

赤い髪の若い男がナイフを片手で弄びながら答えた。

「護衛が一人付いていることを忘れるな。凄腕《すごうで》の魔術師だ」

「たった一人で帝国兵千人を撤退させたっていう？　あんな噂話《うわさばなし》、信じてんですかい？」

頬傷のある男が、赤髪の男の肩を小突いて話に加わる。

「亡霊兵士を召喚して領主軍を壊滅させた、とも聞いたぞ。生き残った兵たちの間では、魔王軍の亡霊だとか言われているそうだ」

鼻ピアスをした男が舌打ちをする。

「チッ、くだらねえ。逃げた言い訳をするならもっとマシな作り話をしろってんだ。何が亡霊だよ、アホらしい」

「………」

白い髭の男は黙って歩を進める。

「それよか、ターゲットの女だよ。十六の若い娘なんだろ。今から楽しみで仕方ねえぜ」

赤髪の男が下卑た薄笑いを浮かべる。頬傷の男はやれやれと首を振った。

「殺す前に楽しむつもりか？　お前も好きだねえ」

「すげえ方法を見つけたんだよ。首を締めながら犯して、果てると同時に喉を掻《か》き切るんだ。おめえもやってみろって。ハマるぞ」

鼻ピアスの男がふっと笑う。

「退屈そうな仕事だしな。それくらいの報酬があってもいい。どうでしょう、旦那？」

白い髭の男は表情を変えずに口だけ動かす。

「構わん。お前たちの好きにしろ」

「よっしゃあ！　それならオレが一番乗りだ！　リリィちゃん、待っててね～っ」

四人の隊列の中から先んじて赤髪の男が駆け出す。

「待て。オレも興味が出てきた」と頬傷の男がそれを追う。

突風が吹き、一本の大樹が大きく撓《しな》る。夜の闇に暗い影を落としながら頭を垂れるその巨体は、まるで小さな獲物に襲いかかろうとする巨大な怪物のようだった。

白い髭の男が森の出口に差し掛かった頃だった。稲光がチカチカと瞬いた。

雷の光に照らし出され、赤い髪の男が道の先で立ち尽くしているのが見えた。

光の瞬きから数秒遅れて、雷鳴がドーンと轟音《ごうおん》を響かせる。

「どうした、なぜ立ち止まっている？」

「ヤツの姿が見えない」

赤髪の男が茫然《ぼうぜん》と言う。

「一緒に行ったのではないのか？」

「途中まではな。突然……消えた」

「どういうことだよ。意味不明なこと言ってんじゃ――」

鼻ピアスの男が言いかけた、その瞬間だった。

——どしゃり。
何かが空から降ってきた。
音からして、泥の塊が何かだろうか。
足元の地面に落ちたそれを、赤い髪の男が目を凝らして良く見てみる。
「ヒッ……！」
思わず息を呑《の》んだ。
見えたのは、目と鼻と口……人の顔。
生首だった。
頬傷のある男の、切断された頭部が泥濘の上に転がっていた。
「……上を見ろ」
白い髭の男が頭上に聳《そび》え立つ城の屋根を見上げていた。
彼の視線を追い、赤髪の男が天を仰ぐ。
「何か、いる……？」
暗くて確かではないが、影が動いたのが分かった。
雨樋《あまどい》のガーゴイル像の上に、誰かが立っている。
そのとき、近くの空で稲妻が落ちた。
轟音と同時に雷光が瞬き、正体不明の影の姿が照らし出される。
それは……銀色の髪の男だった。マントを風に靡《なび》かせ、高くから三人の賊を見下ろしている。その眼光は氷のように冷たく殺気に満ちており、赤髪の男は目を合わせただけで震え上がった。

「あ、悪魔だ……！」

白い髭の男がふっと笑う。

「亡霊の次は悪魔か。散々な言われようだな、あの男も」

鼻ピアスの男が敵の正体に勘付く。

「あいつが魔王軍の亡霊って呼ばれてる男か。おい、旦那、聞きてえことがある。ヤツのイカれた噂話は本当のことか？」

「……〈亡霊〉に気付かれた以上、始末するしかない。まずはヤツを殺せ」

「おい、話が違うぞ。小娘一人殺せばいいだけだろうが」

「分からないか。ヤツは腕が立つ。背中を見せれば一人ずつ後ろから刺されて全滅だ。まずはヤツを片付ける。私は施設を回り込み背面から突く。お前たちは正面から行け。仕留める自信がないなら、足止めだけで構わん。私が亡霊を殺す」

そう言いながら、白い髭の男は愉《たの》しそうな笑みを浮かべていた。まるで危機的状況を喜んでいるかのようだった。

「……この目で見るまでは信じ難い話だったが……伝説の戦士が蘇《よみがえ》り、それと戦えるとは。これほど血湧き肉躍る戦場は無い……」

白い髭の男がぶつぶつと意味不明なことを呟《つぶや》いている。気味悪く思った鼻ピアスの男は

舌打ちをし、赤髪の男の肩をポンと叩《たた》く。

「おい、二人がかりでヤるぞ。相手はたった一人だ。いつまでもビビってんじゃねえ。オレたちはいつも通り、獲物を狩るだけだ」

「お、おう。そうだな。オレたちは狩る側の人間だってことを忘れてたぜ」

賊の二人が城内に侵入し、廊下を歩いていく。

ランプは消され、明かりは窓ガラスから差し込む外光だけで非常に暗く、不気味な雰囲気だった。さらに、時折瞬く稲光が城内の不気味さをより一層深めていた。

「亡霊の野郎は暗殺が得意のようだ。後ろだけじゃなく、上にも警戒しとけよ」

「おう。暗殺術ならオレたちだって負けねえぜ」

ダガー片手に夜目を凝らして周囲を警戒しながら進んでいく。

しかし、そのせいで足元が疎《おろそ》かになっていた。

鼻ピアスの男がつんのめるようにして前に転ぶ。赤髪の男は笑った。

「何やってんだよ、お前。お前が一番ビビってるじゃねえか」

「ち、ちげえよ……誰かがオレの足を摑《つか》ん――」

そう言いながら鼻ピアスの男が自分の右足のほうを見る。

足首に、何か青白い炎のようなものが見えた――その瞬間だった。見えない手で摑まれた足が強い力で引っ張られた。

そのまま、走る馬に縄で繫《つな》がれたかのように、廊下の床を凄《すさ》まじい勢いでザーッと引き摺《ず》られていく。

「ひいやああああああああ!!」

ジタバタと抵抗した甲斐《かい》もなく、鼻ピアスの男は真っ暗な廊下の奥へと姿を消した。悲鳴も聞こえなくなる。

「……………」

目の前で起こった理解不能な出来事に、赤髪の男はしばらく言葉を失っていた。必死に理解しようと考えを巡らす。なんだ今のは？　魔法か？　なんの魔法だ？

亡霊の野郎は、一体、何をしたんだ？

いくら考えても分からない。絶望的な無力感を覚えた。オレはなんて得体の知れない敵と戦っているのか。本当に亡霊や悪魔、悪鬼羅刹の類いを相手にしているかのようだった。

「ク、クソが！　ガチで亡霊みたいな真似《まね》をしやがって！　魔王軍の亡霊だと？　ふざけんな！　どうせなんかの魔法なんだろ!?　ヒトをおちょくりやがって、畜生！」

赤髪の男はへっぴり腰になりながら歩を進める。無意味にダガーで虚空を斬り、鼻ピアスの男が消えていった廊下の奥へ向かった。

床に、引き摺ったような血の跡を見つける。

〈第三講義室〉の表札が付いた扉の向こうへと、血は続いていた。

赤髪の男は静かに扉を開け、隙間から中の様子を窺《うかが》う。

部屋の奥に鼻ピアスの男の姿を見つけた。こちらに背を向け椅子に座っている。

「な、何してんだ、お前。亡霊の野郎はどこだ？」

声を潜めて話しかけるが、反応がない。仕方なく、ビクビクしながら部屋に入り仲間の許《もと》へと歩み寄っていく。

「おい」と座っている男の肩を揺すった。

すると、その勢いで鼻ピアスの男は床に仰向《あおむ》けに倒れ込んだ。

「ヒッ……！」

思わず息を呑む。

鼻ピアスの男は喉を掻き切られて絶命していた。衣服が血で真っ赤に染まっている。

ドーンと雷鳴が轟いた。

チカチカと稲光が瞬く。

閃光《せんこう》に照らされて、赤髪の男の後ろにある暗がりが明るく浮かび上がる。

……刀を持った、銀髪の男が立っていた。

ふと気配を察して、赤髪の男が視線を横に動かす。ダガーを握る手に力を込める。

振り向き様に斬りかかろうという算段だったが、素早く姿勢を変えた瞬間、銀髪の男の刀が先に動いていた。

「いてえっ！」

手を斬られ、ダガーを床に落とす。指も二本落とされていた。血を流す右手を左手で押さえながら、ヒイヒイと情けなく声を漏らす。

「ま、待ってくれ、亡霊の旦那！　降参だ！」

「…………」

銀髪の男は冷ややかな目で賊を見ていた。赤髪の男が愛想笑いを浮かべる。

「オレは雇われただけなんだ。標的の女になんか興味はねえ。見逃してくれ」

「リリィの名を呼んでいたな。若い女を犯しながら殺すのが楽しみ、だそうだな？」

「え？　あ、まあ……そうっすね、ハハハ。旦那も興味あります？」

銀髪の男は歩き出し、擦れ違い様、赤髪の男の肩をポンと叩いた。

「**焼け死ね**《フラムマ》」

炎に包まれ、赤髪の男の体が一瞬で火達磨《ひだるま》と化す。

「ぎゃあああああああああ!!」

断末魔の叫びを残して、黒焦げになった骸《むくろ》が床にどさりと転がった。

「弱すぎる。三人は囮《おとり》か」

銀髪の男――ロウガが部屋を出て、廊下へと足を踏み出した瞬間だった。

天井の梁《はり》から白い髭《ひげ》の男が飛び掛かってくる。

首筋を狙ったダガーの鋭い一撃だった。

ロウガは刀を傘のように斜めにして凶刃を受け流す。

生死紙一重のその刹那、白い髭の男の手が垣間見《かいまみ》えた。死神の刺青《いれずみ》が入っていた。

「死神の手《リーパーハンド》――皇帝直属の暗殺部隊。こいつが本命か」

白い髭の男は防御されたと分かるや否や、ロウガが反撃に転じる間も与えずに後方にさっと飛び退《の》き距離を取った。

「今の不意打ちをいとも簡単に防ぐとは。さすがは伝説の四天王ロウガ・オーキスだな」

白い髭の男が不敵な笑みを浮かべる。ロウガの素性を知り得ているようだ。やはりこの老人は囮の三人のような単なる賊とは別格、プロの暗殺者だ。

「容易では無かった。俺は魔術師だ。剣術は得意じゃない」

ロウガは脇差を霞《かすみ》の上段に構えつつ間合いを詰めていく。

「その刀はあくまで護身用だと？　面白い冗談だ」

白い髭の男が投げナイフを二つ連続で放つ。

ロウガはすげなく二つを刀で打ち払い、〈衝撃〉の魔法を放った。爆《は》ぜたような大気の振動を受け、一瞬だけ白い髭の男の姿勢が揺るぐが、腰を据え体幹で耐える。

続け様にロウガが喉元を狙い刀で突くも、ダガーで弾《はじ》いて後方に飛び退き難を逃れた。

白い髭の男がふうと息を入れる。その表情は晴れやかで、さも愉快そうに笑みを浮かべていた。

「この高揚感、久しぶりだよ。平和呆《へいわぼ》けした軍を抜け皇帝直属の暗殺部隊《リーパーハンド》に入ったものの、ここ数十年、一方的な暗殺ばかりで飽き飽きしていた。当初は偉ぶった貴族でさえこの手で誅殺《ちゅうさつ》できることに快感を覚えたが、やがてそれにも飽いた。この退屈を抱えたまま天寿を全うしてしまうのかと、戦士としての生涯に絶望すら覚えていた。だが……今はどうだ？　この生死を掛けた刹那の攻防こそ、戦士の戦い。あなたと戦えて光栄だよ、ロウガ将軍」

白い髭の男は右と左でダガーを二つ持ち、ぐっと腰を低く落とした。獲物に飛び掛かる前の虎のように。必殺の奥義を放つつもりだろう。

ロウガは刀を中段に構え半身で立ち、身構える。技を見極める。

瞬間――

疾風怒濤《しっぷうどとう》の勢いでダガーの剣閃《けんせん》が二つ走った。

一つは刀で弾き、二つ目は体を捌《さば》いてかわす。

しかしあまりの剣閃の鋭さに完全にはかわし切れなかった。あるいは二つ目が喉元の急所を狙った本命か、頰を掠《かす》め僅かに出血する。

「我が奥義も破るか。恐れ入る」

脇に斬り抜けて行った敵を振り向きつつ、ロウガは呪文を詠唱する。

「切り裂け《セクアレ》、旋風《トルヴォ》」

大きく距離を取ってかわすべきだ。白い髭の男はそう思ったが、渾身《こんしん》の大技の直後で体勢が整っていなかった。回避は不可と判断し、懐に秘めた魔法薬を地面に投げて使用する。

エーテルの動きを阻害し、魔法を無効化する薬品だ。煙幕のように白い粉塵《ふんじん》が舞い、魔法の風を収束させる。

再び難を逃れた……はずだった。

視界を覆った白煙の中から大きく飛翔《ひしょう》し、ロウガが刀を振り上げて正面から突っ込んでくる。

「奥義には奥義で応えよう。**炎の魔力極限付加《イギスクアトアダウルテマ》**――」

脇差の刀身が灼熱《しゃくねつ》の炎で包まれる。溶岩のように赤熱するほど刃が熱を帯びる。

「魔法剣・火産霊《ホムスビ》の神威《カムイ》」

ロウガが敵の胴へ向かって横一文字に打ち込む。

灼熱の刃は胴を守る鎖帷子《くさりかたびら》の鉄をも赤く溶かし、腹に深く斬り込んだ。

そのままグッと抉《えぐ》るように刀身を流し、脇に斬り抜ける。

「……見事」

白い髭の男が手にしていた二つの得物を落とす。切り裂かれた腹を押さえながら、崩れ落ちるようにカクリと両膝を地面についた。

ロウガが白い髭の男の脇に立つ。

「叙事詩に伝わる英雄と戦えて嬉《うれ》しく思う。ましてや介錯《かいしゃく》まで頼めるとは、光栄の極み」

「……そうか。任せてくれ、一振りで済ませる」

ロウガが男の首筋に向かって刀の狙いを定める。

「その礼だ。独り言を言わせてくれ。先程の三人と同様、私も囮だ。我々は陽動部隊で、もう一人の男が本命だ。主君を守りたいのなら急ぐがいい、ロウガ・オーキス」

ロウガは刀を天高く振り上げた。

「問題ない。手は打ってある」

十分前――

大きな雷の音で目を覚ます。

リリィが窓のほうを見ると、外は嵐になっていた。強く吹き付ける雨風でガタガタと窓枠が揺れている。

コンコン、と部屋の扉がノックされた。無意識に「はい」と返事する。

しかし、こんな夜中に誰だというのか。不審に思いドアをじっと見つめていると、ドアの下の隙間から一枚の手紙が差し込まれた。

リリィは恐る恐る手紙を拾い上げ、内容を読む。

『ロウガ・オーキスの身柄は帝国が捕らえた。返して欲しくば、一人で第六監視塔の屋上まで来い』

「ロウガさんっ」

リリィは弾けるように駆け出し、慌ててロウガの部屋の扉を開け放った。

……部屋は蛻《もぬけ》の殻《から》だった。ロウガの姿もなく、彼がいつも腰に差している脇差もない。

「そんな……本当に」

ロウガは捕まったのだろうか。

罠《わな》、かもしれない。だが実際にロウガの姿は武器と一緒に消え失《う》せている。彼の身に何かあったことは間違いないだろう。

リリィは寝巻きから外着に着替え、魔術師のマントを羽織る。

ロウガからもらったお守りをぎゅっと握り締めて気を奮い立たせると、覚悟を決め、部屋から出た。

息を切らしながら真っ暗な城内を走り抜け、監視塔の梯子《はしご》を登っていく。

頭だけを上に出して屋上の様子を探るが、誰もいなかった。

思い切って屋上に上がり、雨の中歩きながら周りを見回す。

「場所はここで間違いないはず……」

「ああ、合ってるよ」

不意に後ろから降ってきた声に驚き、リリィが振り向く。

梯子が掛けてある出入り口の前に、一人の男が立っていた。

右目に眼帯をした長髪の男である。腰に巻いているベルトには長さの異なる短剣をいくつもぶら下げており、妖しい輝きを放っていた。

帝国の刺客。リリィの命を狙ってきた、プロの暗殺者だろう。

リリィはごくりと唾を呑《の》み込み、口を開く。

「ロウガさんはどこですか？」

「どこだと思う？　探してみたら？　そこら辺の壺《つぼ》とかに隠れてるかもよ」

暗殺者の男はいたずらっぽく笑いながら屋上の隅に置かれた壺を指差す。

壺は小さく、人が入れるような大きさではない。男がふざけていることは明白だった。

「……ロウガさんを返してください。生きていることを確認できたら、交渉に応じます」

「交渉かー、そりゃ無理だな。だって捕まえてないもん」

やはり、罠だった。だが――

「それなら、ロウガさんはどこにいるんですか？」

「どこだと思う？　探してみたら？　やっぱりあの壺が怪しいんじゃない？」

暗殺者の男は吹き出し、さも可笑《おか》しそうに大笑いした。

「何がそんなに面白いんですか？」

「そりゃ、お前に決まってんじゃん。親から離れて迷子になった小鹿みたいな目ぇしてるぜ。ガクガクブルブル、ロウガさん助けてーってカンジ」

「くっ」とリリィは奥歯を噛《か》み締めた。

「魔王の転生だっていうから少しは期待してたんだが、相手がこんなガキとはな。わざわざ魔族領から出張ってきたのによ。老いぼれエルフとやり合うほうが百倍マシだぜ」

先程と打って変わって暗殺者の男はつまらなそうにため息をついた。

リリィが〈光の剣〉を召喚し、正眼に構える。

「ロウガさんの居場所を言いなさい。でなければ倒します」

「おいおい、手が震えてるどころか、魔法の剣までブルブルになっちゃってるぞ。大丈夫かよ。無理せず、降参しな。楽に殺してやるからよ」

暗殺者の男が目にも留まらぬ速さで投げナイフを放つ。

ヒュン、と音がして、リリィの頬を掠めた。

「…………」

リリィが言葉を失う。攻撃の兆候すら読み取ることができず、全く対応できなかった。

剣を構えて棒立ちしたまま唖然《あぜん》と立ち尽くす。

「わざと外したんだよ、リリィちゃん、分かってる？　喉に刺さってたら苦しかったぜ。ホントにいいの？　あんたのためを思って言ってるんだよ？　仕事だから殺すけど、ガキを嬲《なぶ》る趣味はねえからな」

暗殺者の男が肩をすくめる。広げたその手には死神の刺青があった。

「あ……」

思わずリリィの口から情けない声が漏れる。恐怖で体が固まってしまった。実力が違いすぎる。以前ロウガの言っていたことを、身を以《も》って実感した。一流の暗殺者が相手では、初級の攻撃魔法を身に付けたところで自分に勝ち目などない。戦ってはダメだ。逃げるしかないんだ。

逃げるしか――

そう思うが、恐怖で体は動かないままだった。少しでも動いたら殺されてしまいそうで。本当は早く逃げなければ死ぬって分かっているのに、体が言うことを聞いてくれない。

リリィの光の剣が弱々しく力を失《な》くし、完全に消える。意識してやったわけではなく、勝手にだ。無意識に心が降参を選んだのかもしれない。

「そうそう、それでいい。跪《ひざまず》け。首を刎《は》ねてやる。それが一番ラクに逝けるってよ。途中で引っかけるようなヘマはしないから、安心しろ」

暗殺者の男が背中のロングソードを引き抜き、リリィに向かって歩いていく。

そのときだった——

嵐吹き荒れる上空から、雨風がぶつかるのも厭《いと》わず、一羽のカラスが急降下してきた。

勇猛なカラスは暗殺者の男の行く手を遮り、「カア！　カア！」と威勢良く鳴いて羽ばたきを見舞う。

「リ、リンゴくん!?」

林檎《りんご》大好きなリリィの友達・リンゴくんと名付けられてしまった三つ目カラスだった。

「あぁ？　うるせえな。邪魔だよ」

少しだけ足止めできたものの、籠手《こて》で殴られ地面に叩《はた》き落とされる。

「リンゴくん！」

リリィはカラスに向かって駆け寄っていた。動かなかったはずの体が動いていた。

「ったく。なんで起きてる警備カラスがいるんだ？　アイツ、しくじりやがったな」

リンゴくんは「カア……」と弱々しい声を出すも、二本の足ですっくと立ち上がった。

リリィを見つめて情報を伝える。

「ロウガさんは西塔にいるの？　敵を一方的に殺戮《さつりく》してるからほっといても大丈夫……そ、そうなんだ。リンゴくんが助けを呼びに行ってくれるんだね。わかった。わたしはそれまで逃げ回ってる」

「チッ、させるかよ」と暗殺者の男が投げナイフを放つ。リンゴくんはローリングして華麗に回避すると、監視塔から身を投げ出し滑空しながら遠方へと姿を消した。

「クソッ。だから化け物カラスは全部殺しとけっつったんだ」

「リンゴくんの御蔭《おかげ》で体も動く。勇気をくれてありがとう。わたし、絶対に生き延びる」

リリィはしゃがみ込んだまま床に手を当てる。

「おい、何してんだ、ガキ。どうせ逃げ道なんてない。諦めて首を差し出せ」

暗殺者の男は屋上の唯一の出入り口の前に立っていた。

「なければ、創ればいい」

「あ？」

リリィの足元の床が、円形に切り取られたようにパッと消失した。開いた穴から、そのまま階下へと姿を消す。

「はあ!?　なんだそりゃあ！」

暗殺者の男は目を丸くして驚いていた。なんだ今の魔法は。見たことねえぞ。

リリィが創った穴を落ち、男も階下へ降りる。着地した床がボヨンと弾み、落下の衝撃を和らげてくれる。堅固な煉瓦《れんが》で作られているのに、なぜか弾力を持っていた。

「これもあのガキの魔法か？　錬金術の一種かね。なんにせよ、面白いことするじゃねえか。まあ、所詮は素人、詰めは甘いが」

床に濡《ぬ》れた足跡が続いていた。姿は見えないが、追跡は容易だった。

監視塔を離れ、塔同士を繋《つな》ぐ回廊に出る。

「おお、ここもか。すげえ、すげえ。こいつは少し評価を改めないとな」

左右の壁から不自然に煉瓦がせり出し、進路を妨害していた。本来なら直進できる道が、まるであみだくじのような曲がり角だらけの迷路と化していた。

「真っ向勝負じゃ勝ち目がないから時間稼ぎってわけね。いい判断だ。ちょっと急がねえとやべえな。カラスに助けを呼ばれちまったこともある」

……リリィは中庭を望む渡り廊下へと逃げてきていた。

ハアハアと肩で荒く息をしながら、一度立ち止まって後ろを振り向く。

追手の姿はない。撒《ま》けたのだろうか。

少し呼吸を整えよう。リリィは胸に手を当てながらゆっくりと歩き出す。

しかし二歩ほど進んだだけでハッと足を止める。踵《きびす》を返し、慌てて来た道を走って戻っていった。

「……なんでバレたんだ？」

天井の梁《はり》から暗殺者の男が飛び降りてくる。暗がりに身を潜めていたし、まだ距離が離れていたから、気付く術《すべ》などないはずだが。

「そうか……エーテルの眼《め》ってやつか。事前情報よりも精度が高いじゃないの。やるじゃねえか、ちびっこ魔王さんよ。こいつは難敵だ。だが……相手が悪かったな」

暗殺者の男はニヤリと口の端を歪《ゆが》め、闇の中に姿を消した。

リリィは創造魔法を使い、廊下の真ん中で壁を生成する。行き止まりを作って進路を遮断する作戦だ。回り道をしなければいけなくなるから、かなりの時間が稼げるはずだった。

リリィは壁に凭《もた》れ掛かり座り込む。ずっと走り続け、たくさん魔法を使ってきたから、体力が限界にきていた。少し休まないと本当に動けなくなってしまう。

「あらら、失敗したねぇ～。自分で退路を塞いじゃって～」

前方の廊下から暗殺者の男の声が聞こえた。暗がりの中からのんびりとした足取りでリリィのほうへと歩いてくる。

「そ、そんな……！　さっきまで後ろにいたはず！」

「あれはわざと姿を見せたのよ。実際、そのあとすぐ見えなくなっただろ？　いくらあんたに透視の能力があっても、視界に入らなきゃ見えはしない。あんたの視界に入らないように動いただけさ。暗殺のプロを舐《な》めないで欲しいね」

リリィが疲弊し切った両足を根性で奮い立たせる。早く逃げないと。しかし逃げ道がない。どうすれば。

「おぉ、必死に頭を働かせてるねぇ。でも、どうしようもないよ。詰みさ。種明かしをすると、疲れたあんたが不思議な魔法で休憩所を作ることは予想できた。全部、オレの手の内ってわけ。王手だよ、小さな魔王様。始めから手駒はなく、盤上を逃げ回るしか他に打つ手はなかったんだ、仕方ないさ。諦めて投了しな」

暗殺者の男が投げナイフを放つ。リリィの左肩に浅く突き刺さった。

「うあっ……痛……！」

苦痛で思考が中断してしまう。リリィは顔を歪めながら刺さったナイフに手を伸ばし、覚悟を決めて引き抜いた。浅い切傷だったものの血が流れる。痛い、怖い、再び頭の中が負の感情でいっぱいになってしまう。

暗殺者の男がすぐ近くまで歩いてくる。片手にナイフを持って。

「今度は情けなんて掛けない。油断すると逃げられちゃうかもだし。ガキのくせにオレを本気にさせるなんてやるじゃねえか、褒めてやるよ。でも悪いけど、容赦しないから、少し苦しむ殺し方をさせてもらう」

言葉通り、躊躇《ちゆうちよ》は一切なかった。

リリィの心臓にナイフを突き立てる。

「あ……」

あまりの呆気《あつけ》なさにリリィの口から声が漏れる。自分の胸にナイフが突き刺さっているのを見た。

死んだ。

わたし、殺されたんだ。

こんなにも、あっさりと。

ごめんなさい、ロウガさん。

「……ん？」

暗殺者の男が違和感に気付く。

確かに標的の心臓にナイフを突き立てたのに、手応えを感じない。まるで刺さっていないかのようだ。

改めて、ナイフを刺した自分の右手を見る。

……暗く、鈍い光。禍々《まがまが》しいオーラを放つ魔術式が、男の右手を覆い尽くしていた。

「呪詛《じゅそ》魔法!?　てめえ、謀りやがったな！」

暗殺者の男は慌ててナイフを投げ捨て、リリィから距離を取って離れた。

「え……？　呪詛魔法？」

ふとリリィが自分の胸元を見ると、ロウガからもらったお守りが鈍い光を放っていた。

暗殺者の男に取り憑《つ》いた呪いの魔術式と同じ刻印が浮かび上がっている。

「クソが。こいつは一杯喰《く》わされたわ。必死こいて逃げまくるから、保険掛けてるなんざ、夢にも思わなかったぜ」

暗殺者の男がゴホゴホと咳《せ》き込んで血反吐《ちへど》を撒き散らす。呪いの魔術式は男の心臓に集まり、その肉を群がり喰らうように不気味に蠢《うごめ》いていた。

リリィは何が起こったのか分からず、茫然《ぼうぜん》と立ち尽くす。ナイフはリリィの心臓に刺さったはずなのに自分は無傷で、代わりに敵の男が傷ついていた。もらったお守りに何か特殊な魔法が掛けられていたのだろうか。

「ロウガって腕利きの魔術師に頼んだんだろ？　たった一人残った忠臣の命さえ捨て駒にするなんて、恐れ入ったぜ。さすがは帝国の恐怖の象徴・魔王様ってところか」

「え……？　ロウガさん？　捨て駒？　なんのこと？　何を言っているの？」

「いつまで猿芝居してんだよ、クソガキ。今日のところはオレの負けだ。覚えてろよ、次は必ず殺してやる」

暗殺者の男が心臓を押さえながら駆け出す。夜闇の中に身を投じる。

「待って！　どういうことか説明して！　この魔法は一体なんなの!?　ロウガさんが捨て駒って、なんのことなのよ!?」

リリィが必死になって呼び掛けるが、闇の中からは何も聞こえてこなかった。

パキン、と軽い音を立ててロウガのお守りが爆《は》ぜる。役目を終えたように、粉々に砕け散ってしまった。

「ロウガさん……どこなの？　無事だよね？」

リリィは傷を負った肩を押さえながら走り出す。ロウガは西塔にいる、リンゴくんはそう言っていた。

城内を通ると遠回りになる。大雨の中走るのもいとわず、最短距離の中庭を進んでいく。泥濘《ぬかるみ》に疲れ切った足を取られ、前のめりに転ぶ。服も顔も汚泥に塗《まみ》れたが、構わず前を向いて必死に足を動かした。

「あっ……！」

地面に倒れているロウガの姿を見つけた。ロウガのほうも、リリィを探して中庭を抜ける途中だったのだろう。力尽きたように前のめりに倒れていた。

「ロウガさん、大丈夫ですか!?」

リリィがロウガの肩に手を回して助け起こす。

「リリィ……？　怪我《けが》はないか？」

血の気が失《う》せた青い顔をしてロウガが言う。

「そんな顔して何言ってるんですか！　わたしのことより自分の心配をしてください！」

ロウガの体は冷え切っていた。雨に打たれるのを避けるため、リリィはロウガの肩を支えて歩き出す。すぐ近くに、高く聳《そび》える大樹が生えていた。

鎧《よろい》のせいもあってかロウガの体は重く、リリィは潰れそうになりながらも必死に足を踏み出し、引き摺《ず》るように運んでいく。大樹の下にロウガを座らせる。

木の幹に凭れ掛かるロウガの姿を改めて見て、リリィは気付いた。

同じだ。ロウガの心臓の辺りに、呪いの魔術式が纏《まと》わり憑いている。

「ロウガさん……これは一体なんですか？　わたしにくれたあのお守りに、一体なんの魔法を掛けていたんですか？」

「呪詛魔法の一種だよ。呪いの魔法は効果が高い代わりに相応の代償がいる。きみのお守りに施したのは〈逆寄せの呪印〉――致命傷となる一撃を相手にそのまま返す、強力な反撃の魔法だ。代償として、呪印を作成した術者も同じ呪いを受けるがな」

「身代わりになったってことですか……？　わたしがやられたから、ロウガさんが代わりに……。どうしてそこまでするんですか⁉」

「命を懸けて守ると約束しただろう。その理由もすでに説明したはずだ」

リリィは言葉を失った。泣きそうな目でロウガの顔をじっと見つめる。

思い返せば、出会った頃からロウガは一貫してその誓いを口にしていた。命を懸けて守る――それはつまり、守るためなら死ぬ覚悟があるということ。身代わりのお守りも、彼の覚悟を示すものの一つだった。死んでも守る。

ゴホゴホ、とロウガが苦しそうに咳き込む。口からどっぷりと血が溢《あふ》れた。

「ち、治癒術師の人を呼んできます！」

「無駄だ。呪いが回るまで、ものの数分といったところだろう。間に合わん。それより聞いてくれ、リリィ。今後のきみのことだ」

「今後の、わたしのこと……？　何言ってるんですか？　どうしてまたわたしのことなんですか？　ロウガさん、死んじゃうかもしれないんですよ？」

「そうだ。俺は死ぬ。これからのきみの未来に、俺の姿はない。だからこそ今、話しておくんだ」

「そんな話し聞きたくないです！　わたしのせいなのに……わたしのせいでロウガさんが

……それなのに！」

　リリィが錯乱したようにいやいやと頭を振る。自分のせいでロウガが死ぬ。冷静で居られるはずが無かった。

「違う、きみのせいじゃない。俺の慢心が自らの死を招いた。一人で戦わず、きみに注意を促し、シルヴィアに助力を請えば、異なる結末もあっただろう。すべて俺の責だ」

「そんなわけ――」

　リリィが顔を上げると、ロウガがそっと手で頬に触れてきた。血で濡れた、冷たい手だった。びっくりして言葉を呑《の》み込む。

「いいか、リリィ。俺が死んだあとは、シルヴィアを頼れ。確かに簡単には力を貸してくれないだろう。だが根は優しい奴《やつ》だ。弟子入りしたい、といえば時間をくれるかもしれない。土下座でもなんでもしろ。あいつ自身がプライドの高い奴だからな、こちらがプライドをかなぐり捨てて頼み込めば、きっと耳を貸してくれる」

「いやです……！　わたしの師匠はロウガさんだけです……！」

「そうか……そうだったな。わかったよ」

「はい。だからそんなこと言わないで――」

　ロウガがはっきりとした口調で宣言する。

「リリィ、現時刻を以《も》って、きみを破門とする。俺は……ロウガ・オーキスはきみの師匠では無い。これよりはシルヴィア・クロウリーを師と仰げ」

「え…………」

リリィの口から小さく声が漏れる。

時が止まったかのように感じた。

頭が真っ白になった。

全身の力が抜け落ちてしまい、まるで自分の体じゃなくなったみたいだった。

「そろそろ行け、リリィ。肩の傷を治癒術師に治してもらえ」

肩の傷？

あったことすら忘れていた。そんな些細《ささい》なことはどうでもいい。

「何もできない骸《むくろ》に価値はない。死にゆく兵のことなど忘れ、前を向け。きみと帝国との戦いは終わっていない。後ろを向いている時間はないぞ」

「わたしはロウガさんの弟子です。どこにも行きません」

リリィはか細い声でそれだけ言う。それだけしか言えなかった。

ロウガは歯を食いしばり、感情を押し殺す。

「……お前は弟子でもなんでもない。さっさと消えろ」

「いやです」

「いい加減にしてくれ」

「いやです。離れたくないです」

「…………」

「約束しました。ずっと一緒にいるって。守り続けてくれるって言いました」

ロウガは溢れ出す感情を押さえつけることができず、大声を張り上げた。

「俺だって無念だ！　お前を最後まで守り続けたかった！　だが死は避けられない！　もう行ってくれ、リリィ！　死に行く俺の姿などお前に見せたくない！　これ以上、お前に無様な姿を晒《さら》したくないんだ！」

リリィの目から大粒の涙が零《こぼ》れ落ちる。

ロウガに怒鳴られたのは、初めてだった。

大人で、優しいから。魔法を教えるときも、いつも。余裕があった。

だから、多分、本当に、これで最後なのだ。

ロウガさんは死ぬんだ。

感情的になっているロウガさんを見て、それを痛感した。

「さあ、行け、リリィ。最期は一人にさせてくれ。セイラとの思い出に浸りながら死を迎えたい」

「……はい」

リリィは頷《うなず》いて、ロウガに背を向けた。

「今まで、ありがとうございました」

小さな声でそう言った。他に感謝したいことなんて山ほどあったはずなのに、それしか出てこなかった。

そのまま、歩き出す。

一歩、また一歩、と土を踏みしめる。ロウガの許《もと》から離れていく。

あぁ、まただ、と思った。

また、大切な人を失うんだ。

お父さんやお母さんみたいに。

わたしのことを大切に思ってくれる人が、また先に逝ってしまう。

ロウガさんも、わたしを守って、死ぬんだ。

「いやだ……離れたくないよ……わたしにとっても、大切な人だったんだよ。お母さんも、お父さんも、ロウガさんも」

両膝をついて地面に蹲《うずくま》る。ぼろぼろと涙が零れ落ちた。

これもまた、繰り返しだ。

そうやって、わたしはまた泣いている。

何もできず、守られてばかり。

非力を嘆き、ただ涙を流す。

いつまでこんなことを繰り返すんだろう。

何もできないまま、失い続けるんだろう。

……いやだ。

もう、こんな終わり方はいやだ。

「わたしだって、大切な人を守りたい。お父さんが、お母さんが、ロウガさんが、命を懸けてわたしを守ってくれたように――わたしも命を懸けて大切な人を守りたい」

リリィが顔を上げる。

その瞳には、強い覚悟の光が宿っていた。

ロウガの許へと戻り、彼の足元に跪《ひざまず》く。

「リリィなのか……？　何をしている？」

気配を察したロウガが弱々しい声で言う。ロウガの瞳から生気がなくなっていた。目の焦点を失い、虚《うつ》ろに空を見ている。最早《もはや》リリィの姿も見えないようだ。

「治癒魔法を試します」

「教えていない魔法だ……きみには使えないだろ。たとえ使えたとしても、この強力な呪いを解くことはできない。無理だよ」

「無理なんかじゃないですよ。ロウガさん、教えてくれましたよね？　結局のところ、魔法は奇跡を起こす不思議な力なんだって」

一番最初に魔法を教えてくれたときのことだ。森の中での授業中、リリィが創造魔法を使って壁を作り上げたあのとき……一時間という短時間で習得したことをロウガは褒めてくれたけど、最初のほうは全然上手《うま》くいかなかったのだ。

しかし、ロウガにとある言葉を掛けてもらってから、不思議と上達していった。

『リリィ。きみが好きな本の物語にもそう書かれているように、結局のところ、魔法は奇跡を起こす不思議な力だ。呪文の知識や経験だけがすべてでは無い。最も重要なのは、術者の意思の力だ。心の底から強く想《おも》えば、エーテルは応えてくれる。ましてや、魔王の転生であり、魔術師として世界最高の才能を持つきみなら、どんな奇跡だって起こせる』

そしてリリィは、魔法を初めて使うことができた。土の壁を創るという、地味な奇跡ではあったけれど。

「魔法で奇跡を起こします。わたしが持つすべての力を捧《ささ》げて、ロウガさんを救います」

リリィはロウガの心臓に手を翳《かざ》し、エーテルの眼《め》を開く。

……ある日突然、魔王セイラの生まれ変わりだと言われた。

わたしはリリィとして生きてきたし、セイラのことを否定しようとした。

でも、ロウガさんは魂の形を見せて間違いないって言うし、帝国も襲ってきた。

故郷を焼かれ、家族を失った。

魔王の転生であることを恨んだ。

たくさんのものを失って、自分が何者かも分からなくなって、最後に残ったわたしすらも失いそうになったから。

わたしからすべてを奪った魔王——そんなものの力なんて要らないのに。そう思った。

でも……今は違う。

わたしに魔王の力があれば、きっと、ロウガさんを救うことができる。

世界一の魔術師と謳《うた》われた魔王の力があれば、きっと奇跡を起こせる。

だから、わたしの中に魔王セイラが居るのなら、力を貸して欲しい。

必要なら、あなたがわたしの体を乗っ取ってもいい。わたしという人格が邪魔なら、消してくれたって構わない。ロウガさんを助けてくれるなら、喜んでこの身を捧げる。

だから、お願い、セイラ――

「わたしに魔王の力を貸して……！」

そのときだった。

一面の世界が、白い光で包まれた。

雷光ではない。

エーテルの光だった。

リリィとロウガの二人を優しく包み込むように、たくさんのエーテルが蛍のように光を放ってふわふわと地面から浮かび上がってきていた。

白く光るエーテルの群れは、やがて魔法陣の形を描き、強く光り輝いて、リリィの願いに応じて魔法を発動させる――

「なんだ、この光は……？」

虚ろだったロウガの瞳に輝きが戻る。

眩《まぶ》しくて目の前の景色が良く見えない。

すぐそばに誰かが居るということは分かる。

徐々に輪郭を帯びていく。色彩が分かるようになる。

この景色、以前にも見たことがある。懐かしいとさえ、ロウガは感じた。

子供の頃のことだ。行き倒れていたところを、彼女に助けられた。

俺は最初、天使のお迎えが来たんだと思っていたっけ。その実、真逆の存在だったが。

当時の彼女は、志《こころざ》しこそあれどまだ幾人かの戦士を率いているだけの団長だったが、のちに小国を束ねて数万の兵を率い、魔王と呼ばれることになる。

「きみなのか……セイラ」

彼女の名前を呼んだ。

「また間違えてますよ、ロウガさん。わたしの名前はリリィです」

ぼやけていた視界が明瞭になる。

目の前に飛び込んできたのは、リリィの満面の笑みだった。

少し目の端に涙を溜《た》めていたけれど、明るく元気で、とても嬉《うれ》しそうな笑顔だった。

「すまない、リリィ。今わの際《きわ》に立ち、意識が混濁していたようだ」

「いいんです。きっと、セイラさんが力を貸してくれたおかげだから。ロウガさんが無事なら、それでいいです」

ロウガは自分の体を見た。心臓に取り憑《つ》いていた呪いの魔術式が、綺麗《きれい》さっぱり消えてなくなっていた。暗殺者との戦闘時に負った頬のかすり傷すらも完治している。

「呪いすら撥《は》ね退《の》けてしまうほどの治癒魔法を使ったのか……これは間違いなく、大魔術師級の上位魔法だぞ」

気付けば、周囲の大地には色取り取りの花々が咲き乱れていた。強力すぎる治癒魔法の影響を受けて活性化し芽吹いたのだろう。いつしか雨も上がり、顔を出した月の光を受けて色彩豊かに美しく輝いている。幻想的な光景だった。

「大魔術師級……なるほど。だからロウガさんを助けられたんですね。意味も無くいっぱい花を咲かせちゃいましたけど、良かったです」

「いや、良かったって、それだけか？　大事なことを忘れていないか」

「へ？」

リリィは本当に分からないようで惚《とぼ》けた顔をしていた。ロウガは思わず笑ってしまった。

リリィが起こした奇跡は一つだけではなかった。

『二週間以内に、ひとつでも上位魔法（レベルⅢ以上）を使え』

それが、シルヴィアがリリィに与えた〈特別試験〉の内容だった。

大魔術師級の治癒魔法はレベルⅤに相当する。目的のレベルⅢを軽々と超えていた。

リリィは本人も無意識の内に特別試験を突破していたのだった。

「……なるほど。オレの呪いが消えたのはそのせいか。術者が代償を支払うのをやめたから、オレも死なずに済むと。呪詛《じゅそ》魔法ってのは律義なもんだな」

眼帯を付けた暗殺者の男がニヤリと嗤《わら》う。城の屋根の上からリリィのことを見下ろしていた。腰に下げたナイフの一つを手に取り、その輝きを眺める。

「これでまた仕事に取り掛かれる。早速、リリィちゃんを殺しに行きますかね」

「あら、せっかくのハッピーエンドに水を差さないでくれる？」

不意に背後から女の声が降ってきた。いつの間にか何者かに後ろを取られていた。

自分が気配を全く察知できなかったことに何よりも驚く。〈死神の手《リーパーハンド》〉なんて銘打たれた暗殺の精鋭部隊に所属するこのオレが、こんなにも簡単に背を取られるだと？

何者だ、この女。

暗殺者の男は身を翻し一瞬で背後を振り向きナイフを構える。

謎の女の顔を目にした途端、彼の表情は恐怖で凍りついた。

「シルヴィア・クロウリー魔王代行!?　あんた、なぜここに……!?」

シルヴィアは優雅に足を組んで屋根の上に腰を下ろしていた。

「今日は出張先で泊まる予定のはずだろって？　急な来客があったみたいだから、ちょっと様子を見に戻ってきただけよ。感謝なさい」

カアと空から鳴き声が聞こえ、シルヴィアの肩に三つ目カラスが舞い降りた。リリィがリンゴくんと名付けた彼だ。

「て、てめえ！　あのときの化け物カラス……！」

シルヴィアが三つ目カラスの喉を撫《な》でて愛《め》でてやる。

「私の学園でずいぶん好き放題してくれたみたいね。どう落とし前を付けるつもり？」

暗殺者の男はナイフで斬り掛かってやろうとしたが……できなかった。

なぜか、体がピクリとも動かない。

「あぁ、無理無理。抵抗しても無駄よ。あなたはすでに私の術中にある。眼球は動かせるはずだから、頑張って足元を見てみて？」

……魔法陣が展開し、妖しい輝きを放っていた。黄と紫に交互に明滅を繰り返している。効果から考えても拘束系の魔法であることは間違いないが、こんな術式は見たことがない。シルヴィアという古《いにしえ》の大魔術師のことだ、おそらく禁術魔法の類いだろう。未知の魔法を使われた上に身動きできない……対抗策が何一つとして思いつかなかった。

為《な》す術《すべ》なく、捕らえられた暗殺者が取れる選択は一つだけだ。

「そうそう、奥歯に仕込んである自決用の毒も使えないわよ。口、動かないでしょ？　あなたみたいな厄介なお客さん専用の魔法なの。つまり、生かすも殺すも私次第。簡単に死ねるとは思わないことね」

シルヴィアは「よっこいしょ」と立ち上がり、暗殺者の男からナイフを取り上げる。鍔《ガード》に宝石が埋め込まれ、握り《グリップ》には彫刻が施された美しい短剣だった。

「あら、綺麗なナイフを持っているのね。もらっていいかしら？」

返事はない。

暗殺者の男は小さく口を開けたまま「ハー、ハー」と荒く呼吸をすることしかできなかった。口どころか舌も動かせないのだ、言葉を話せるはずもない。

「大丈夫よ。あなたのために特別な部屋を用意してある。そこに着いたらお話しできるようにしてあげるわ。あなたには聞きたいことがたくさんあるの、死神の手《リーパーハンド》さん」

シルヴィアが男の髪の毛を鷲掴《わしづか》みにして引き倒す。

夜の月に向かって、およそ人のものとは思えぬ獣のような絶叫が響き渡った。


無数の宝石がちりばめられた豪華絢爛《ごうかけんらん》な服を身に纏《まと》う人間がいた。

極彩色の民族衣装を身に纏う獣人がいた。

傷一つない立派な銀鎧《ぎんよろい》を身に纏う騎士がいた。

ドラゴンの紋章が金糸で刺繍《ししゅう》されたマントを身に纏う魔術師がいた。

帝国と魔族領――双方の錚々《そうそう》たる面々が一堂に会し、一つの円卓を囲んでいた。

帝国の大臣や魔族領の代表はもちろん、第二十四代帝国皇帝・グレイ・A・パウロニアの姿もそこにあった。

カールした金色の長い髭《ひげ》が特徴的な小太りの中年男性である。黄金を基調とした上着《ダブレット》と幅広のマントを身に纏っていた。

「なんのことだか、さっぱり分からんな。そこらにいる夜盗に襲われただけであろう？」

グレイ皇帝が自慢の髭を指先でいじりながらそう言い放つ。

「しらばっくれるつもり？」と皇帝の発言に喰《く》い気味に異を唱える女性がいた。

「聖域とされる我がヘルメス魔法学園を襲撃してくるなんて、あなたもずいぶん肝が据わったことをするようになったわね。その根性は認めるけど、重大な条約違反よ。百年続く両国間の平和的な関係をぶち壊しにするつもりかしら？」

グレイ皇帝の対面にいたのは、魔族領代表の一人・シルヴィアだった。

彼女の気迫に気圧《けお》されて目を泳がせたグレイ皇帝の代わりに、隣に座る大臣が返答する。

「それはこちらのセリフですよ、シルヴィア殿。帝国がヘルメスを襲うなど有り得ません。言いがかりはよしてください。証拠もなしに皇帝陛下を疑うなど……あなたこそ我々の平和的な関係に罅《ひび》を入れるつもりですか？」

獅子《しし》の獣人がシルヴィアの足元にある麻袋を見ながら言う。

「あるんだろう、証拠が。勿体《もったい》つけず、見せてやればいい」

シルヴィアは麻袋をグレイ皇帝の前に放り投げた。ぐしゃっと腐肉が潰れた音がした。

恐る恐るグレイ皇帝が麻袋の中身を確認する。

目にした途端、ひいっと悲鳴を上げてひっくり返った。

麻袋の中身は、眼帯を付けた男の生首だった。目を刳《く》り抜かれ耳を削《そ》がれ歯を砕かれ、生前とは変わり果てた姿ではあるが、リリィを襲ってきた帝国の刺客で間違いなかった。

「躾《しつ》けが行き届いていたし、催眠魔法で精神防壁を張ってあるし、さぞかしバレない自信があったんでしょうけどね……私を誰だと思っているのかしら。元魔王軍四天王の大魔術師を舐《な》めないで欲しいわね。なんなら、目玉から引き出した過去の映像をこの場で映し出してやってもいいのよ？」

「いや、それは……」

グレイ皇帝は目を逸《そ》らして言葉を濁した。大臣も難しい顔をしたたま沈黙を貫いていた。獅子の獣人やその他の重鎮も口を噤《つぐ》んでいた。

シルヴィアがため息をつく。

「私たちは皆同じく、帝国と魔族領の平和を願っているはず。その首は返すわ。二度とこんな真似《まね》はしないで」

……会合が終わると、シルヴィアは会議場の来賓室に戻り、マギカの大魔術師であるカークと合流した。

気心の知れた仲間同士のように視線を交わすだけで通じ合い、すぐに話の本題に入る。

「予想通り、〈ヤツ〉もここに来ています。おそらく接触するでしょう」

カークが水晶玉を取り出す。〈使い魔〉の眼《め》を通して、シルヴィアに映像を見せる。

一匹の蜘蛛《くも》が天井から糸を垂らしてぶら下がり、四つの眼で下の様子を眺めていた。

廊下を歩いていく人影が見える。グレイ皇帝ともう一人――髑髏《どくろ》の鉄仮面を被《かぶ》った不気味な風貌の男がいた。

「早速ね。側近をすっ飛ばして最優先で相談なんて、ずいぶん仲良しなのね」

水晶玉越しの映像を見ながらシルヴィアとカークが話す。

「髑髏の鉄仮面……死神の手《リーパーハンド》の首領だという噂《うわさ》は事実なのでしょうか？」

「少なくとも見た目はそうね」

カークはふっと笑った。髑髏の死神と、その手先。確かに、ここまで分かりやすい容姿もないだろう。

グレイ皇帝と鉄仮面の男が部屋の扉を開け、中へと入っていく。

使い魔の蜘蛛が壁を這《は》ってあとを追うが、扉の前でピタリと静止した。

「今回も部屋に結界を張っています。僕の使い魔でも侵入できません。露骨な容姿に反して、抜かりのない男ですね。まるで尻尾を出さない」

「充分よ。鉄仮面の男はグレイ皇帝と懇意であり、わざわざ結界魔法を使ってまで誰にも聞かれたくない話をしている。何度もね。収穫はあったわ」

ヘルメスに帰るわよ、とシルヴィアが背を向ける。カークは水晶玉を懐に仕舞い、学園長のあとを追った。

……グレイ皇帝が部屋を施錠しながら愚痴を吐く。

「あのエルフババア、このボクに向かって好き放題いいやがって！　ボクを誰だと思っているんだ、ボクは第二十四代帝国皇帝グレイ・アーサー・パウロニアだぞ！」

「そう、世界の支配者だ。だからこそ深く追及せず、あそこで退《ひ》いたんだ。黙して静観した、他の連中もな」

鉄仮面の男は腕を組み机に腰掛けながら話していた。相手が皇帝にも関わらず、悠然と。

「自分は魔王や〈亡霊〉を匿《かくま》っているくせに、よくもあんなに高圧的な態度を取れるもんだ！　そうは思いませんか、グリムさん！」

「そうだな。しかしよく匿っている事実を公に糾弾せず、我慢したな。成長したものだ」

鉄仮面の男に褒められ、グレイ皇帝は鼻を高くした。

「ええ、言いませんとも！〈マガツヒ〉のことを気取《けど》られるわけにはいきませんからね！　絶対に口外しません、任せてください！」

「………」

鉄仮面の男は机から腰を上げ、グレイ皇帝に向かってゆっくり歩み寄ると、その頭を平手でパンと叩《はた》いた。

「イテッ」

「褒めたことを早々に後悔させるな。お前は紙に書いてあることさえ言っていればいい。余計なことは口にするな」

「は、はい……申し訳ございませんでした」

帝国皇帝であるはずのグレイは、鉄仮面の男に向かってペコペコと頭を下げるのだった。

「さて……魔王を殺そうにも、取り憑《つ》いた亡霊が邪魔のようだ。魔王のみを標的に絞るのではなく、護衛のほうも殺す算段を付ける必要があるな。如何《いか》にして殺してくれようか、ロウガ・オーキス」

髑髏の鉄仮面――その眼窩《がんか》の暗がりから生身の眼が覗《のぞ》き、不気味に笑っていた。

第三章

リリィがヘルメス魔法学園に転入して一ヶ月が経《た》っていた。

第一の特別試験を突破したことで一先《ひとま》ず学園に残ることが許され、教室で行う座学や師匠ロウガの実技と――魔術学生として魔法の修業に邁進《まいしん》する毎日を送っていた。

魔法の暴走事故で負った顔や体の火傷《やけど》も、何事も無かったかのように完治して元気いっぱい体調は万全。

トラウマが原因で殺傷性の高い攻撃魔法とは相性が悪いものの、〈創造〉や〈光〉の魔法はレベルⅡ程度の術がいくつか使いこなせるほど上達した。不安定だった光の剣も、今や実際の刀剣のように美しい形に仕上げることができるようになった。

同時に、剣術や体術の戦闘訓練を開始。万が一のとき自分の身を守れるようになる程度には、と護身術の習得に精を出している。

新しい友達もできた。ルーンフェイトに所属する魔族の女の子で、名前をアオイ・フィシーノという。

きっかけは、創造魔法の自主練中にアオイに目撃されたことだ。

「それ、禁術魔法……!?」

「え……？　い、いや、違うよ。普通の魔法だよ？」

一般的な魔術学生なら禁術魔法など知る由もないので適当な言い訳をして誤魔化すこと

ができるのだが、アオイは古くからの魔族領の名家出身であり、しかも勤勉な性格で古代魔術の知識に明るく一目で見抜いてしまったのだ。

「そんなことない。それ、創造の魔法。お婆《ばあ》ちゃんに教えてもらったから、知ってる。でも、実際に使える人を見るのは初めて。すごい」

アオイは滅びた魔法に対して学術的な興味があるらしく、もっと見せてと魔法をねだられる事態に発展した。そういう経緯でリリィとアオイは頻繁に学内各所で話すようになり、友達になったのだ。

サークルは違えど同学年で同い年ということもあり、厳しい修業の合間、息抜きの時間には二人で一緒に過ごすことが多かった。

時にはドーンの先輩ミミカも加わることがあり……今日の昼休みも女子三人で集まっていたところだった。

場所は全学生用の錬金工房である。錬金術を多用するルーンフェイトの生徒たちは別箇所に設けられたサークル専用の錬金工房を利用するため、全学生用の工房は空室になっていることが多く、三人の溜《た》まり場《ば》として打って付けだった。

神秘的な魔法の薬品や実験器具に囲まれながら、リリィとアオイとミミカの三人で椅子を突き合わせる。他愛のない話に花を咲かせていた。

「リリィちゃん。そういえば、あの本、手に入れたよ」

アオイがおっとりとした口調で話す。元々のんびりとした性格でいつも眠たそうな目をしているのだが、実際に遅くまで実験をしていたりして常に睡眠不足気味らしい。将来の夢は魔術学者で、特に錬金術を専門とする研究者になることを志していた。

「あの本？」とミミカが猫耳をヒクヒクさせて興味を露《あら》わにする。

「護符の作り方を書いた本です。魔族領に伝わる伝統的な文化らしくて、学園の図書館にも詳しく書いた書物はないんです」

「確か、護符ってお守りのことよね？　なんでそんなの作りたいの？」

「え？　えっと、それは……アオイちゃんにあげようかなって」

アオイは自分の鞄《かばん》からくだんの本を取り出そうとしたところで、「へ？」と顔を上げる。

「わたし？　リリィちゃん、ロウガ先生にあげたいからって言ってた。なんでウソ？」

「うっ……」

「ほぉ……なるほどね。リリィちゃん、教師であるロウガ先生に手作りのお守りをプレゼントしたいのかぁ～」

学園のウワサ好き女子ミミカが、シュピーンと耳を立てる。

最悪だ、とリリィはガックリ肩を落とした。この人にだけは聞かれたくなかった。

「ごめん、リリィちゃん、内緒だった……？　でも、なんで内緒……？」

アオイはまるで理解していないらしく、「？？？」としきりに頭を左右に振っていた。

「大丈夫よ、リリィちゃん。私は応援するわ。それがたとえ……禁断の恋でもね！」

「禁断の恋……？　よく分からないけど、すごそう」

「ち、違います！　そんなんじゃないです！　大切なお師匠様だからです！　日頃お世話になっているお礼と、その……危ない目にも遭わせてしまうので……だから……」

「はいはい、わかってるわよ。安心して、このことは誰にも言わないから。……多分」

「多分ってなんですか！　絶対に言わないでください！　ミミカさんが話したら全校生徒に伝わっちゃいますから！」

「禁断の恋……禁術魔法みたいなものかな……やっぱりリリィちゃんはアウトロー」

「違うから！　わたし、アウトローじゃないから！……多分」

　リリィが急に自信を失《な》くす。禁術魔法を使っているし、魔王を目指しているし、帝国側から見たら充分無法者なのかもしれない。

「多分!?　うわ、認めた！　不良生徒だ！　不純異性交遊だ！　いやらしい！」

「いや、違いますってば！　今のはそういう意味じゃなくて別の――」

　リリィが椅子から立ち上がって必死に弁明していると、その後ろにあった出入り口の戸がゆっくりと開け放たれた。

　シルヴィア学園長先生が顔を出す。

「盛り上がってるところ悪いわね。リリィに大事な話があるの。少し借りれるかしら？」

「あ……はい」とリリィが落ち着きを取り戻して返事する。ごめんね、と二人に断ってからシルヴィアに従ってあとを付いていった。

　閉められた戸を見ながら、ミミカが戦慄したように口をパクパクさせていた。

「やばい、やばいよ。シルヴィア学園長の存在を忘れていたわ。とんだ修羅場じゃん。一体全体どうなっちゃうのかしら、リリィちゃん。女子トイレでシメられるのかしら」

「修羅場……？　シメる……？　良く分からないけど、怖そう」

「そうよ、アオイちゃん。怖いのよ、女同士の戦いは。傍《はた》から見てる分には、めっちゃ面白いけどね！」

「よく分からないけど、ミミカちゃんが最低なのは分かった」

急に笑顔を輝かせたミミカを、アオイは軽蔑したような目で見るのだった。


庭園に建てられた噴水が、綺麗《きれい》な放物線のアーチを描いている。水盤の上には妖精たちが舞い踊る姿を模《かたど》った彫像が据えられていた。

シルヴィアが石造りの縁に足を組んで座り込む。

リリィがその前で棒立ちしていると、シルヴィアは隣の席をぽんぽんと叩いた。

「あら、どうしたの？　あなたも座りなさいな」

「あっ、はい」

リリィはヒト三人分くらい大きく間を空けてシルヴィアの隣に座った。

「……もしかして私、嫌われてる？」

「い、いえっ、そんなことは！　緊張してるだけです！」

実を言うと怖かった。シルヴィアは表情も言動も常に厳しいイメージがあった。学園長兼魔王代行と、人の上に立って導く仕事をしているから、現実的なモノの考え方をしているせいもあるかもしれない。一ヶ月の学園生活を通して知ったのだが、生徒たちの間でも、すべての魔術師の憧れと称されるほど尊敬されていると同時に、あの人だけは絶対に怒らせてはならないと畏怖されているのがシルヴィア学園長先生だった。

「リリィ。あなた、小腹が空《す》いてない？　お菓子食べる？」

シルヴィアが腰に下げた瓶詰めを手に取り、席を詰めつつリリィに渡す。

「蜂蜜クッキーよ。砂糖も入っているからとっても甘いわよ。仕事の合間によく摘《つ》まんでいるのだけど、あなたも良かったら食べて」

リリィはいただきます、と断って一枚口の中に放る。

一噛《ひとか》みしただけで、リリィの脳内に衝撃が走った。

シルヴィアの言う通り大量の蜂蜜と砂糖が贅沢《ぜいたく》に練り込まれており、顎が落ちそうになるくらい激甘である。甘党であるリリィの嗜好《しこう》にガッチリ嵌《は》まっていた。

「美味《おい》しいです……！　最高です！」

リリィが頬をユルユルに緩ませて至福の笑みを浮かべる。

「そう。気に入ったのなら、好きなだけ食べて」

「す、好きなだけ……!?　この最上のスイーツを!?」

なんて優しい人なんだ、とリリィはシルヴィアへの認識をあっさりと変えていた。こんな美味しいお菓子をただでご馳走《ちそう》してくれるなんて、まるで慈愛に満ちた聖母だ。

　思い返せば他にも優しいところはある。特別試験のことだ。レベルⅤの治癒魔法が使えたのはロウガさんを救った一回きりだったのに、それでも試験は合格だとシルヴィアは言ってくれた。未《いま》だにレベルⅡまでの魔法しか使いこなせていないのに、学園に残ることを許してくれたのだ。

「ごめんなさい。わたし、シルヴィアさんのことを誤解していました。シルヴィアさんはとても優しい方です。怖い人じゃありませんでした」

「あぁ、嫌われているんじゃなくて、怖がられてたのね。誤解が解けて良かったわ」

「はいっ」と明るい笑顔で軽快に返事をする。

「じゃあ、話の本題に入るわね。次の〈特別試験〉の内容が決まったわ」

「え……。特別試験、まだやるんですか？」

「やりたくないのならいいわよ。その代わり、私があなたを魔王として認めることはないし、学園を追放するけど、それで構わないのなら」

「や、やらせてください……」

　リリィの明るい笑顔が凍りついていた。

『使い魔を使役せよ』

　それが次の特別試験の内容だった。

「リリィ。使い魔がどういうものかは分かるかしら？」

「はい。授業で習いました。使い魔とは、魔術師と主従契約を結んだ動物や精霊のことです。ざっくり言えば助手やサポート役みたいなものだと。動物ならカラスや梟《ふくろう》など、精霊ならピクシーやコボルトなどを使い魔にするケースが多いと聞きました」

「その通りよ。真面目に勉強しているみたいね」

「はい。でも、それが特別試験なんですか？　使い魔を使役するのは魔術師ならそこまで難しいことじゃないはずですが……むしろわたしは、どんな子を使い魔にしようか、今から楽しみなくらいですっ」

リンゴくんみたいなカラスもいいし、ピクシーのような可愛《かわい》い妖精もいい。リリィの期待は膨らむばかりだった。

「そう――重要なのはここからよ。動物や下級精霊の使役なんて誰にでもできる。リリィ、あなたは〈ドラゴン〉を使い魔として使役してみせなさい。それ以外は認めないわ」

「え……ドラゴン？」

ドラゴンといえば、魔族の中でも最強の種族として全魔族から敬われている大いなる存在だ。空を駆け、火を吹き、鱗《うろこ》は鋼鉄のよう、城塞の壁すら一息に踏み潰す、世界最強の生物。寿命は千年を軽く超え、不老不死だという噂《うわさ》もある。

そんな神の如《ごと》き存在ドラゴンを、見習い魔術師のリリィが使い魔に？

「魔王の後継者になるのなら、それくらいはやってもらわないと箔《はく》が付かないわ。魔王セイラの使い魔もドラゴンだったのよ」

「なるほど……そういうことですか。セイラさんと同じことをすれば、他の魔族領代表の方たちも認めてくれるだろうと。でも、ドラゴンを使い魔に出来たのって、セイラさん以外にどなたか居られるのでしょうか？」

「誰一人として、居ないわよ。ドラゴンは人を超えた神に等しい存在だもの。人間風情が従えられるようなもんじゃないわ」

「わたし、人間風情なんですけど……」

「違うわ、魔王でしょ。すべての魔族の王を名乗るなら、たとえ最強種のドラゴンだろうと従えてみせなさい。あなたが魔王だというのなら、不可能を可能にしてみせなさい」

ロウガの命を救ったときのようにね、とシルヴィアが期待するような眼差《まなざ》しでリリィのことを見る。

前回の特別試験を合格したことでリリィのことを少しは信頼してくれたのかもしれない。

それに関しては喜ばしいことだが、如何《いかん》せん壁が高すぎる、とリリィは心の中で泣いた。

「やっぱりシルヴィアさんのことを誤解していました。優しい人じゃないです、めちゃくちゃ厳しい人です……」慈愛に満ちた聖母じゃなくて、スパルタママです……」

「そう。誤解が解けて良かったわ。ママがクッキーあーんしてあげましょうか？」

シルヴィアが一つ摘まんでリリィの口に宛《あて》がう。

リリィは素直にもぐもぐしながら会話を続けた。

「ところで、期限はいつまでですか？　一ヶ月くらいくれたりします……？」

「期限はないわ。決める必要がないもの。成功か失敗か、二つに一つだから」

「へ？　どういうことですか？」

「交渉に失敗したら、ドラゴンに食べられちゃうから。無礼者めーガブリ。もぐもぐ」

シルヴィアがまた一つ摘まんでリリィの口に宛がう。

「ひっ……！」とリリィは恐怖で凍りつき、いくら極上のクッキーでも食う気が失《う》せた。

シルヴィアがいたずらっぽく笑う。

「冗談よ。ドラゴンは人を食べない。殺すけどね。期限がない理由は、ロウガに聞けばすぐに分かるわ」


「よし。来い、リリィ」

森の中の修練場にて、ロウガが十数メートルの距離を空けてリリィの前方に立っていた。

合図を聞いた瞬間、リリィは素早く地面へと片膝をついて掌《てのひら》を押し当てた。

創造魔法によって、リリィの目の前に土砂で構築された巨大な球体が出現する。

「いけ〜っ、転がれ〜〜っ」

リリィが両手を使って全力で大玉を押す。大玉の生成の際に進行方向の地面を利用し削ることで、なだらかな坂道を同時に形成していた。

坂下のロウガのほうへ向かって、ゴロゴロと大玉が転がっていく。

「きゃあ！　イタッ！」

転がるスピードに勢いがつき、途中でリリィが前のめりにステンと転んだ。

リリィは顔を上げ、慌ててロウガに声を掛ける。

「土の大玉、そっちに行きましたよ！　本当に大丈夫ですか⁉」

「これでいいんだ。攻撃するつもりで取り組んでもらわねば意味がない」

猛然と巨大な土の塊が迫り来るが、ロウガはその場で立ち尽くしたままだった。

「ろろろろろ、ロウガさん⁉　危ない！　避《よ》けて！」

衝突の瞬間、ロウガが大玉に手を伸ばしてその土に触れる。

途端、大玉が脆《もろ》くもバラバラに瓦解した。魔法で構築される前の、元の土砂へと還《かえ》る。

目の前に土くれが散らばっただけで、ロウガは無事だった。

「脅かさないでくださいよ……」とリリィがホッと胸を撫《な》で下ろす。

ロウガは地面に手を添えて創造魔法を使い、坂道を元通りの平らな道に復元する。

「だがこれで実証できた。創造魔法を使えば、リリィが魔法で敵を攻撃することも充分可能だ。トラップや進路妨害などの守備や撤退のみではなく、攻勢に転じる戦術も取れる」

リリィが自分の手を見る。

「創造魔法って、全然嫌な感じがしないんですよね。むしろ、使うために必要なエーテルに触れていると心地いいくらいで」

「創ることが目的の魔法だからな、トラウマを呼び起こす引き金となる死や破壊を想起させるようなエーテルから遠いおかげもあるだろう。分解という要素も併せ持つが、それすら別の何かを創るという目的である以上、負のイメージには繋《つな》がりにくいと考えられる」

「このまま創造魔法を上達させていけば、ロウガさんの隣に立って一緒に戦うこともできるでしょうか？」

「一緒に戦う？」

「はい。わたし、決めたんです。ロウガさんのことを守るって。そのために強くなるんだって。ロウガさんがわたしを守って、わたしがロウガさんを守れば、三百六十度全方位守ることができて死角がありません。つまり、無敵です！」

　リリィがさも自信有り気に胸を張って晴れやかな笑みを浮かべる。

　最近のリリィはよく笑うようになった、とロウガは思った。以前の張り詰めた様子は微《み》塵《じん》も感じられない。感情豊かで素直で前向きでよく笑う。これが本来のリリィの性格なのだろう。学園生活に慣れて新しい友達も出来たおかげか、あるいは大きな不安を払拭できるほどの強い意思を持ち、過酷な現実に挑む覚悟を決めたためか。

　ロウガを守るために強くなりたい——その想《おも》いがリリィの心を支えているのだとしたら、ここで自分が否定的な言葉を投げるのは無粋だと思った。

「ああ、互いに守り合えば無敵だな。俺の背中は頼んだ」と冗談めかして微笑《ほほえ》みかける。

「はいっ、任せてください！」

　そして、修業が一段落した休憩時間、丸太のベンチに座って〈特別試験〉の話を始める。

リリィはシルヴィアからもらった瓶詰めクッキーをお裾分けしたが、ロウガは一つ齧《かじ》って顔をしかめると、それ以上口にしなくなってしまった。

「ドラゴンを使い魔にせよ――か。シルヴィアのやつ、無理難題を押し付けてきたな」

ロウガが水筒の水を呷《あお》ってごくごくと飲み干す。普通の菓子なら好みだったが、シルヴィア手製のクッキーは昔から常軌を逸しているのだ。彼女の性格に反して甘過ぎる。

「ですよね！　ドラゴンなんて絵本や図鑑でしか見たことないけど、素直に使い魔になってくれるような温厚な生物だとは思えませんし。でもシルヴィアさん、意味深なことを言っていました」

「意味深？　どんなことだ？」

「今回の特別試験に期限は必要ない。成功か失敗かの二つに一つ。その理由はロウガさんに聞けば分かる、って」

ふむ、とロウガが顎に手を当てて考え込む。

リリィは隣に座るロウガの顔を見ながら、新たな激甘クッキーに手を伸ばす。

「……そうか。シルヴィアの真意が分かった。〈アクア〉に会いに行けと言ってるんだ」

「アクア……さん？」

「セイラの使い魔だったドラゴンの名前だ。今は国境近くの山奥に隠れ住んでいる」

「あ、そっか。セイラさんのドラゴンってまだ生きているんですね。盲点でした。ドラゴンの寿命が千年以上もあることを忘れていました」

ロウガが腕組みをしながら語り出す。

「セイラは五歳のときにドラゴンの卵を拾った。それがアクアだ。子供の時分から共に過ごし、俺よりもセイラとの付き合いが長い。家族同然の存在だ。つまり、アクアとセイラの関係は誰よりも強く深い」

「使い魔と言っても単なる主従関係じゃなくて、二人は強い絆《きずな》で結ばれているんですね」

リリィはロウガの目をじっと見つめていた。

「その強い絆を取り戻せるかどうか、それが今回の特別試験の真の内容だ。シルヴィアとしては、セイラの生まれ変わりであるリリィが古参のパートナーであるアクアの信頼を得られるか否か、その結果如何で自分も評価しようということなんだろう」

リリィはこくこくと頷《うなず》いて納得しつつ、ふうと安堵《あんど》のため息を吐《つ》く。

「でも安心しました。いくら恐ろしいドラゴンといえど、セイラさんと仲良しだったのなら契約交渉に失敗してもいきなりガブリと食べられることは無さそうですね」

「そいつはどうだろうな？　いきなりとはならずとも、腹が減っていたら、火炎を吐いて焼き肉にしてからペロリといくかもしれん」

「え、ウソ!?　それ冗談ですよね!?　ドラゴンは人間を食べないって聞きましたよ！　なんでシルヴィアさんもロウガさんもそうやってわたしのこといじめるんですかぁ！」

ロウガは慌てるリリィを見てひとしきり笑うと、膝に手をついて立ち上がる。

「さて。そうなると、旅の支度をする必要があるな。向かうは魔族領南方に位置する高山、

〈霊峰デヴァド〉だ」

ロウガとリリィが丸太のベンチから離れて修練場を去っていく……そんな二人の後ろ姿を、じいっと見つめる四つの眼《め》があった。

一匹の蜘蛛《くも》である。他の野生の蜘蛛がそうするように木の幹に張り付いて自然に溶け込んでいるのだが、その一匹だけはなぜかロウガとリリィのほうに視線を固定したまま微動だにしていなかった。

二人の背中が見えなくなるまで監視し続けると、用は済んだとばかりに幹から飛び降り、森の木陰に姿を消すのだった。

全身を覆うローブに身を包んだ二人組が、一頭の馬に二人乗りして歩を進めていた。

二人ともフードを深く被《かぶ》って顔を隠している。

馬の手綱を引いている男が、背中にしがみついて顔を伏せている小柄な人物のほうへ振り返って声を掛ける。

「もう顔を隠さなくてもいいぞ、リリィ」

「はい、ロウガさん」

リリィはフードを上げて、ぷはっと顔を出す。そして、後方の景色を振り返った。

湖に浮かぶヘルメスの学園城が遠くに見える。

自分たちの乗る馬が木々に囲まれた小道に入ったこともあり、ヘルメス魔法学園がトンネルの向こう側にある別世界のように感じた。

一度襲撃されたとはいえヘルメスは安全な場所という認識だから、今現在危険な外の世界にいるのだと思うとリリィは少し怖くなった。前を向いて、ロウガの背中にぎゅっと抱きつく。二人乗りしていて危険という名目もあるので、そうしてもなんら問題はないのだ。

「馬に乗るのは初めてか、リリィ？」

「へ……？　はい、そうです」

「そんなに必死にしがみついていたら腕が疲れてしまうぞ。馬の脚でも二日ほど掛かる」

「あ……はい。了解です」

リリィは複雑な想いで腕の力を緩め、体を離した。

静かな沈黙の中、パカラッ、パカラッと馬の蹄《ひづめ》が大地を蹴る乾いた音が鳴っていた。

その後、馬を休ませながらも移動を続け、陽《ひ》が暮れて二つの月が輝く夜になる。

リリィはパチパチと小気味の良い音を立てる焚《た》き火《び》を眺めながら、膝を抱えて地べたに座り込んでいた。

そこへ薪《まき》の束を小脇に抱えたロウガが帰ってくる。

「周囲に結界を張り終えた。そっちの首尾はどうだ、リリィ」

「簡単に創れました。創造魔法ってこういうときにも役立つんですね」

リリィが後ろを振り向く。

自然のもので作った、三角錐型《さんかくすい》の簡易シェルターが建てられていた。骨組みは木で出来ており、屋根は大量の葉っぱで覆っている。一人用なので小型だが、風を凌《しの》げ保温性もある立派な作りだった。

「見事だ。小屋のような複雑な構築も可能になったか。腕を上げたな」

ロウガが薪の束を地面に降ろす。

リリィはいくつか薪を手に取り、焚き火にくべた。

「ロウガさん。やっぱり見張りは交代制にしませんか？　一人で一日中起きてるなんて大変だと思います」

「俺のことは気にせず床《とこ》についてくれ。慣れているから、一日くらい寝なくても平気だ」

ロウガは焚き火を挟んでリリィの対面側に座った。

「そうやって一人でなんでも背負い込まないでください。シルヴィアさんから聞きましたよ、〈魔人の力〉の話」

「……どこまで知っている？」

「不完全な蘇生《そせい》のせいで肉体の一部が霊体化《エーテル》してるって。魔人の力を使い続け、死後の世界との繋がりが深くなればいずれ全身が霊体化して消滅する――もっと言えば、肉体の霊体化現象なんて前例はないから、いつ死んでしまってもおかしくないって」

ロウガは頭を抱えた。

「全部か。シルヴィアのやつ、余計なことを……」

「それでシルヴィアさんに頼まれたんです。ロウガさんが魔人の力を使わないように見張って欲しいって」

「いいか、聞いてくれ、リリィ。この力は大きな可能性を秘めている。単なる無限のエーテル供給源としてだけでなく――」

リリィはロウガの話を遮り、立ち上がる。

「わたしにもその傷跡を見せてください。霊痕って言われているものです」

「見てどうする？　治癒魔法でも使う気か？　勘弁してくれ、また大量の花を咲かせるつもりか、焚き火が燃え移って山火事になったら大変だ、やめておけ」

リリィがロウガの左脇にしゃがみ込む。

「シルヴィアさんから、こうも聞きました。ロウガさんは隠しごとがあると、慣れない軽口で話を逸《そ》らそうとするって」

「どこまで喋《しゃべ》っているんだ、あいつは！　本当に余計なことまでベラベラと……！」

失礼します、とリリィがロウガの左腕の包帯に手を掛ける。すぐに違和感に気付いた。

「霊体化は二の腕だけだって……肩のほうまで進行してる」

半透明な蒼《あお》い傷は左肩全体まで広がっていた。

「俺だって無駄に命を削るつもりはない。実際、前回の襲撃の際もほとんど力は使っていない。だが、この有様だ。生身の傷も処置しなければ悪化していく。対処法が無い以上、こうなることは自明の理だった」

リリィは沈痛そうに下唇を噛《か》み締め、ロウガの包帯を巻き直す。

「……約束してください。もう二度と魔人の力を使わないって。力を一切使わなければ、進行を遅らせることくらいはできるはずです」

「約束はできない。帝国との戦いは死闘だ。切り札として残しておく」

「分かりました。それならわたしは宣言しておきます。もし、ロウガさんがわたしを守るために魔人の力を使うようなことがあったら、わたしは舌を噛み切って死にます」

「な、なんだと!?」

予想だにしない自死の宣言にロウガがリリィの顔を振り見る。リリィは真剣な眼差《まなざ》しでロウガの目を見つめていた。冗談ではなく本気であることが伝わる。

「魔人の力のことだけじゃないです。呪詛《じゅそ》魔法を掛けたお守りのようなことも、二度としないでください。自己犠牲はもうたくさんです。もし同じようなことをしたら、そのときもわたしは舌を噛みます。覚えておいてください」

「……きみがそんなに強引な交渉を持ち出すとは思わなかったよ。ほとんど脅しだ」

「じゃあ、魔人の力は二度と使わないって約束してください。どんな危機的状況でも」

ロウガが深くため息をつく。

「分かった。約束しよう。だが今晩の見張りは俺に任せてくれ。これは自己犠牲ではなく、技量の問題だ。俺なら不意の襲撃にも対応できる。きみにはできないだろう?」

「むぅ……」とリリィは悔しそうに口を尖《とが》らせた。

「これだけは譲らん。明日の朝は早い。さっさと寝ろ。起きなかったら置いていくぞ」

「ロウガさんのイジワル！」

「お互い様だ」

　リリィは怒りを込めて地団太を踏みながら小屋へと入っていくのだった。


　枯れ木の枝が陽の光を遮り、蜘蛛の巣のような複雑な影を地面に落としていた。

　砂と石くれだらけの荒地を、二人は馬に乗って進んでいく。

「……山の様子がおかしい。どうしてこうも荒《すさ》んでいる？」

　ロウガは周囲の景色を見渡して眉を顰《ひそ》めた。

　リリィが後ろからひょこっと頭を出してロウガの顔を見る。

「確かに枯れ木ばかりですけど、昔は違ったんですか？」

「霊峰デヴァドを含め、その周囲は精霊が宿る聖地だ。精霊たちの祝福を受け、自然豊かな美しい風景が広がる場所だったはずなんだ。あれから百年の時が過ぎたとはいえ、開拓されるでもなくここまで荒廃が進んでいるというのは異常だ」

「そう言えば、ヘルメスと同じでデヴァドも龍脈の通り道なんですよね。それなのにどうしてこんなにエーテルの量が少ないんでしょうか。誰かに根こそぎ力を奪われちゃったみたいです……」

そのとき、行く先の道端から一羽の野兎《のうさぎ》がピョンピョンと飛び跳ねてきた。

なぜか道の真ん中で立ち止まり、二本脚で背伸びをしながらリリィのほうをじっと見る。

「……え？　そうなの？　わかった、ありがとう」

リリィは動物との意思疎通が可能だ。何か教えてもらったのだろう。

再びピョンピョンと飛び跳ねながら去っていく野兎に向かって、リリィが「ばいばーい」と手を振って見送る。

「兎はなんと言っていた？」

「この先は危ないから行かないほうがいいって。悪い人間たち……山賊かな？　その悪い人たちのせいで森から精霊がいなくなったって言ってました」

「……そうか。馬を急がせたほうが良さそうだな」

「でも、気になる話ですね。山に住んでるっていうドラゴンのアクアさんに聞けば詳しいことが分かるでしょうか」

リリィが手で庇《ひさし》を作り、陽の光に目を細めながら天高く聳《そび》え立つ山岳を見上げる。

荒地の向こうにはまだ深い森が残っており、その中心から大自然の守り神のように霊峰デヴァドは裾野を広げていたのだった。

……青々と茂った木の上で、鳥たちが美しい歌声を自慢し合っている。

ロウガたちが乗っていた馬は仕事から解放され、のんびりと野草を食《は》んでいた。

二匹の狐《きつね》が棒立ちしたりリリィの周りを囲み、くるくると走り回ったり寝転んだりして踊りを披露している。リリィは楽しそうにきゃっきゃと笑いながら拍手を送っていた。

「なんだ、この門は。誰が作ったんだ？」

ロウガが木の板を組み合わせて作られた壁面をコンコンと拳で叩《たた》く。

直径二十メートルほどの巨大な洞窟が目の前に開いているのだが、その入口が同じく巨大な門でピッタリと塞がれていた。

ただ、素人が建築したのか作りが甘く、隙間があったり板が外れかかっている箇所が見受けられる。壊そうと思えば力ずくで剝がせそうだし、魔法を使えば簡単に突破できるが……どうするか。

おそらく山賊への防犯対策であろうと推測できるため、破壊するのは躊躇《ためら》われた。

「あなたがロウガ様ですか？」

若い女性の声が聞こえた。木の板の隙間から二つの目が覗《のぞ》き、ロウガのほうを見ていた。

「ああ、そうだ。アクアの使いか？」

「はい、シズクといいます。すぐに門を開けますね。アクア様の許《もと》までご案内します」

みんな、押して、と門扉の向こうでシズクが号令を掛けた。

やがてゆっくりと門が開いていく。

半分ほど開かれて門の内側が明らかになったとき、ロウガは驚いた。

門を押し開いていたのは、十を超えるたくさんの〈ニンフ〉たちだった。

ニンフは山川森など自然に宿る土着の精霊であり、半裸の女性の姿をしている。肉体を持つものの全身が半透明に透けており、司《つかさど》る自然によってその体色に違いがある。水精のナイアドは青、木精のドライアドは緑、山精のオレアードは灰である。

その三種のニンフたちが寄り集まり、ある者は宙に浮いて門扉の上部を、ある者は地面で足を踏ん張り門扉の下部を、と一生懸命に力を振るって門を押し開けていたのだった。

「自然に宿るニンフたちが、なぜこんな洞窟なんかに大勢集まっているんだ……？」

ロウガの訝《いぶか》しげな視線に気づき、ナイアドの一人がロウガのことを見る。

険しい表情を見て、次に腰に差した刀を見ると、ビクッと肩を跳ねさせ門扉から離れ、脱兎《だっと》の如《ごと》くピューッと洞窟の奥へと空を飛んで逃げていった。

それを皮切りに、他のニンフたちもロウガの存在に気付き、同じような反応をして瞬く間に逃げ去っていく。

最後に残ったのはシズク一人だけだった。

「すみません。彼女たちは人間が怖いんです」

シズクは水精のニンフらしく髪や皮膚、爪に至るまですべてが青色だったが、体は透けておらずまるで人間のようだった。また、ニンフは人語を解さないはずだが、シズクは会話することもできるようだ。

一人で門扉を押し始めたシズクのことをロウガが「大丈夫だ」と制止する。馬が通れるくらいには門は開いていた。

ロウガはリリィを呼び、馬を引いて洞窟の中へと入るのだった。

「す、すごい迫力……！」

リリィはドラゴンの姿を初めて自分の目で見て、身を竦《すく》ませていた。

全身を覆う鱗《うろこ》は鋼鉄のように鈍く輝き、口に生える無数の牙は両手剣から短剣まですべての刀剣を順番に並べ立てているかのようだ。

全長二十メートルは超えているだろう巨大な体軀《たいく》を持ち、体に負けず劣らず大きく広がる二つの翼が背中に生えている。今は地面に鎮座し、大樹のような太い尻尾を丸めていた。

「我に何の用だ、ロウガ」

ドラゴンが口を開き、喉から野太い声を響かせる。顔の作りは爬虫《はちゆう》類《るい》に似ていたが、あまりの巨大さと硬そうな鱗のせいで、まるで巨大な岩山が喋っているかのようだった。

「お、おおきい……こ、こわい……」

リリィがロウガの脇腹に抱きつく。ぶるぶると恐怖で震えていた。シルヴィアやロウガに取って喰《く》われるかもと脅されていたせいもある。

「魔王を復活させる。力を貸してくれ、アクア」

ロウガは表情ひとつ変えず穏やかにかつての仲間と言葉を交わす。

「……セイラは死んだ。魔王の復活など有り得ない」

「ここにセイラの生まれ変わりがいる。彼女を次の魔王にする」

「貴様の腹にひっついているその小娘のことか？　そんな臆病者がセイラの生まれ変わりだと？　笑わせるな」

「リリィ。しゃんとしてくれ。大丈夫だ、アクアはきみを食べたりしない」

「は、はいぃ」と恐る恐るリリィはロウガから離れると、気合を入れてピシッと立つ。

「リ、リリィ・スワローテイルと申します。これでもセイラさんの生まれ変わりです。次期魔王を目指しています。よろしくお願いします、アクアさん」

きっちり九十度に腰を折って深く礼をする。なんとかやり遂げた。

「素晴らしい自己紹介だった。ありがとう」

アクアから褒められた。「はいっ」とリリィは安心して笑顔で頭を上げる。

「――柔らかくてうまそうな娘だな。喰ってやろうか」

リリィの目の前で、アクアが大口を開けて待っていた。鋭い牙と大きな舌が目に飛び込んでくる。

「ひゃあ～～～～っ!!」

リリィは慌ててロウガの背中に隠れた。

「……冗談はそのくらいにしてやってくれ。リリィは帝国から命を狙われている。お前の力が必要だ、アクア。俺一人の力では守り切れん」

前回の襲撃の際にロウガが痛感したことだった。自分の身が一つである以上、陽動作戦を用いられては圧倒的に不利だ。心から信頼できる仲間が、せめてもう一名欲しいところだった。シルヴィアがこの特別試験を選んだのも、それを踏まえてのことなのかもしれない。ドラゴンのアクアならば戦力としても申し分なく信頼に足る。

「……断る。小娘と共に学園へと帰れ、ロウガ」

「なぜだ、アクア。お前のセイラへの想《おも》いはその程度のものか。忘れたのか、魔王軍で共に過ごした日々を」

ロウガの口調からは珍しく怒りの感情が漏れていた。

「……セイラは死んだ。共に戦う理由などない。貴様こそ見て分からんのか、そこにいる小娘はセイラなどではない」

「ほざけ。龍の瞳ならば魂の相くらい見通せるだろう。どういうつもりだ、アクア？」

「同じ魂か否かなど関係ない。その小娘はセイラではない。現に、我の姿を見て怖がっていたではないか。本当にその小娘がセイラならば、今頃我の背に乗って大空を飛んでくれとせがんだはずだ。セイラは空の風を浴びるのが好きだったからな、百年以上も空から離れていたのだ、早く飛べとうるさかったはずだ」

リリィはアクアのほうをじっと見ていた。あれだけ怖がっていたのに今は落ち着き、ロウガから離れてアクアの言葉に静かに耳を傾けていた。セイラのことを語るアクアの口調はとても優しく、いつしか恐怖が消え失《う》せていた。

「……記憶を失っているんだ。仕方ないだろう。そのうち思い出す可能性もある」

「ロ、ロウガさん……」とリリィが反論するようにロウガの袖を引っ張る。

「あくまで可能性の話だ。ゼロじゃない。今はアクアの力が必要だ、分かるだろう？」

「……はい」

リリィはロウガの袖から手を離した。

「分かった、アクア。今はリリィのことを認めてくれなくてもいい。だが、チャンスをくれないか。この洞窟を出て、少しの間だけでいいから学園でリリィと一緒に過ごしてみてくれ。そのあとで再び力を貸すかどうか決めて欲しい」

頼む、とロウガが深く頭を下げる。

「貴様が我に頭を下げるとはな……そこまで大事か、その小娘のことが」

「ああ。命を懸けて守ると決めた」

「今はその小娘に忠義を尽くしているのだな。新しい女と過ごすのはさぞ楽しいことだろうな？　ロウガよ、セイラへの想いを忘れたのはお前のほうではないか」

「何……？」

ロウガが頭を上げ、憎々しげな眼差《まなざ》しでアクアを睨《にら》みつける。思わずリリィがブルッと体を震わせるほど鋭い眼光だった。

「我にも教えて欲しいくらいだ。大切な家族を失ったのに、なぜ平気な顔をして居られる？　どうしてセイラのことを過去にできる？　忘れることを罪に思わないのか？」

「いい加減にしろよ、クソトカゲ」

ロウガが脇差の鯉口《こいぐち》を切り、刀身を引き抜く。

その切っ先を、アクアのほうへ向けた。

「薄暗い洞窟に引きこもり、悲しみを嘆き続けるのがお前の生き様か！　神の如き存在ドラゴンの名が、聞いて呆《あき》れる！　名誉はどうした、恥を知れ！」

「なんとでも言うがいい。かつての主君を忘れ、新しい小娘を神輿《みこし》に担いだ裏切り者め」

「言うに事欠いて、裏切り者だと!?　それは俺ではなく、お前のほうだろうが！」

「ちょ、ちょっとロウガさん」とリリィがロウガの腕を引っ張って止めに入る。「刀を仕舞ってください。アクアさんに協力を頼んで、仲間になってもらいに来たんですよ？　敵対してどうするんですか」

「くっ……」と諌《いさ》められたロウガが刀を下ろす。

「我が裏切り者だと？　どういう意味だ、ロウガ」

刀は下ろしたものの、ロウガは依然としてアクアのことを憎々しげに睨む。

「セイラの処刑の日、お前はどこで何をしていた」

アクアが言葉を失う。威厳に満ち溢《あふ》れた龍の双眸《そうぼう》が揺らぐ。

「玉座の間には居なかった。処刑のことを伏せられていたのは俺だけだ、お前は知っていた筈《はず》。大方、セイラが死ぬところを見たくなくて別の場所に引き籠っていたんだろう」

「……それがセイラの願いだった。多くを救うために犠牲になることが。それが王の務めであると、我の意見など聞き入れなかった」

「言い訳か？　力尽くでも止めるべきだった。大切な家族が自分の命を投げ捨てようとしているのに、止めない親兄弟がいるか？　お前は誰よりもセイラと近しい存在だったにも関わらず、セイラが死に向かうのを止めようとしなかった。あの処刑の日、俺とお前が力を合わせて戦っていれば、ディアスと帝国の雑兵如き容易に討つことができただろう。セイラの処刑を止められたはずだ。分からないか？　裏切り者はお前のほうだ、アクア」

「……黙れ」

「そうやって、また見捨てるつもりか？　セイラだけでなく、その生まれ変わりであるリリィのことも。帝国に殺されるところが見たくないからって、また、見捨てるのか？」

アクアが龍の顎門《あぎと》を大きく開け、大気を切り裂くような咆哮《ほうこう》を上げる。

「黙れええええええええええええええええええええええええ！！！」

アクアの怒りの感情が爆発していた。リリィがエーテルの眼《め》で視《み》るまでもなく明らかに本気で激昂《げきこう》していた。そのままロウガが食べられてしまうかと思った。

しかしアクアはロウガの体に突き刺さる寸前でその大きな鋭い牙を止め、ロウガのほうも眉ひとつ動かさなかった。まるで殺されないことが分かっているかのように。

そこに二人の間だけにある不思議な信頼関係を感じ、リリィは目をぱちくり瞬かせていた。一触即発の恐ろしい光景であるはずなのに、まるで兄弟ゲンカを見ているようだった。

「ち、違うんです。ロウガ様、誤解なんです。アクア様は仲間を見捨てるような方ではありません。お優しい方なんです。ここを出て行けないのには理由があるんです」

シズクがアクアとロウガの間に割って入る。

フンッ、とアクアはそっぽを向くように首を擡《もた》げて引き下がった。

「ここを出て行けない理由……？」

ロウガは刀を鞘《さや》に収めた。


精霊とドラゴンの棲《す》まう洞窟の内部は縦長の空洞になっており、吹き抜けの巨大な塔のような構造をしていた。

その洞窟塔の内壁には横穴が点在しており、そこが精霊たちの居住空間になっているようだ。塔の上空をニンフたちがふわふわと舞うように飛び交っていた。

最下層にはアクアが鎮座しており、そのすぐそばにも横穴があった。ロウガたちはシズクに案内され、三人で梯子《はしご》を使って彼女の部屋へと入る。

木のベッドにテーブル、竈《かまど》と鍋、大きな水瓶《みずがめ》など、人間の生活に必要なものが一通り揃《そろ》った、質素でありつつも立派な部屋だった。

「もしよろしければ、野菜のスープはいかがでしょう？　すぐに出せますよ」

「食べたいです！　急いでたから朝に干し肉しか食べてなくて、お腹《なか》ペコペコなんです」

鍋からよそってもらい、三人でテーブルに着き野菜スープをすする。三者三様に――シズクは普段のように落ち着いて食を進め、リリィはちまちまと味わい満足そうに頬を緩ませ、ロウガは一気に呷《あお》ってご馳走様《ちそうさま》でしたと手を合わせた。

「それで、アクアが洞窟を出て行けない理由とはなんだ？」

ニンフたちの避難所のようになっている洞窟の現状を見て粗方の予想は付いたが、ロウガは改めて尋ねた。

「ここにいる子たちを守るためです。この山では三十年以上も昔から、山賊団による精霊狩りが行われているんです」

「精霊狩り？」

「目に付いたニンフたちを次々と拉致しています。非力で穏やかな性格のニンフでは為《な》す術《すべ》が無く、男たちに集団で追いかけ回され、疲れて倒れたところを捕まえられます。そのあと好事家や娼館《しょうかん》に売られたり、山賊たちの慰み者にされるそうです。私の生まれも――」

「もういい、よせ」とアクアが首を伸ばして横穴の部屋に顔を出す。「あとは我自身の口から説明する」

「アクア、お前が山賊どもから彼女たちを匿《かくま》っているわけか。確かに、ドラゴンが相手ではおいそれと手を出すことはできないだろうな」

「幾度か来たぞ。丸焼きにしたが」

「しかし腑《ふ》に落ちない。それならなぜ、さっさと山賊団を潰さない？　お前の力なら、賊如《ごと》き簡単に壊滅させられるだろう？」

「奴《やつ》らはそこらに居るような、錆《さ》びた剣を振り回す貧乏な傭兵《ようへい》崩れ数人などではない。構成員二百を超える大所帯で、装備は軍隊並みだ。山の上に大規模な砦《とりで》を建て、高く強固な壁を築き防備を固めている。一番厄介なのは大型弩砲《バリスタ》だ。一度翼を射抜かれ、撃ち墜《お》とされた。あれのせいで我の力を以《も》ってしても近づくことすら叶《かな》わん」

「そんな大層な奴らが、精霊の人身売買だけで軍備を揃えているのか？　莫大《ばくだい》な資金が必要なはずだ」

「バックに帝国の影がある。救出したニンフらの話を聞けば、〈髑髏《どくろ》の死神〉を見た、と」

「髑髏の死神？」

「シルヴィアから聞いていないのか？　髑髏の仮面を被《かぶ》った不気味な男らしい。皇帝直属の暗殺部隊・死神の手《リーパーハンド》──その首領だという噂《うわさ》だ」

「帝国の息が掛かった犯罪集団など珍しくもないが……なぜチンケな山賊なんぞに大枚を払う？」

「さあな、分からん。本人に聞け」

ロウガはすっくと立ち上がった。

「要はその山賊団が邪魔で、洞窟から出られないということか。分かった。皆殺しにするぞ。アクア、力を貸せ」

「……悪いが、断る」

「何？　山賊団を消せば精霊たちも平和に暮らせる。断る理由はないだろう？」

アクアは瞼《まぶた》を閉じ、口を横一文字に結んで黙り込んだ。

「何を悩む必要がある？　俺たちが組めば二百程度の山賊団など軽く捻《ひね》り潰せるだろう。作戦はこうだ。俺が先に拠点に潜入しバリスタを破壊する。そのあとでアクアが空から強襲すればいい。この程度の無茶、昔もよくやっただろう？　楽勝だ」

「そうだな、懐かしいな。だが……今回は駄目だ。できない」

ロウガはやれやれと首を振った。

「今度はなんだ？　できないという理由は？　いい加減包み隠さず話せ、水臭い」

アクアが重たそうな首を擡げ、顎を高く上げて天を見る。

ロウガも横穴の崖に立ち、高く聳《そび》える洞窟塔を見上げた。

……そこでは、女の精霊たちが思い思いの時間を過ごしていた。

水精《ナイアド》、木精《ドライアド》、山精《オレアード》の三人が空中でダンスをするように追いかけっこをして遊んでいた。

水精の一人が崖っぺりに両足を投げ出し、美しい声で歌っている。言語は分からないがニンフの子守唄なのか、木精は彼女に膝枕をしてもらいうたた寝をしていた。

「もし我が死んだら、ここの子らはどうなると思う？」

ロウガは洞窟塔の景色を見上げるのをやめ、壁を背に凭《もた》れ掛かる。深くため息をついた。

「……一度翼を撃たれ墜とされたと言ったな。その際、洞窟が襲われ半分以上のニンフが連れていかれた。その場で犯された挙句、殺された者もいる。洞窟の出入り口を守る門は、そのあと生き残った皆で作った。我はその日からここを動かぬと決めた」

「アクアさん……」

リリィが小さく息をつく。顎を高く上げたアクアの目には涙が滲《にじ》んでいた。

「私は……ロウガ様と共に戦うべきだと思います」

シズクがテーブルから立ち上がっていた。

アクアが悲しい目をしたままシズクのことを見る。否定もせず、黙って見つめていた。

シズクが淡々とした口調で語り始める。

「母は私を生んですぐに亡くなりました。山賊の砦から逃げるときに受けた矢傷が直接の原因ですが、何ヶ月にも渡って暴行を受けたため、体力がなく、すでに瀕死《ひんし》の状態だったそうです。山賊の砦の中には、まだ囚《とら》われている子たちがいます。今この時にも、殺されたお母さんみたいな目に遭っている子たちがいます。私は、その子たちを助け出してあげたいです。もしご迷惑でなければ、ロウガ様、私に戦い方を教えてください」

お願いします、とシズクが両手を前に揃え、ロウガに向かって深く頭を下げた。

「ならん、シズク。済んだ話だろう。お主一人が剣を取ったところで犬死にするだけだ」

「お言葉ですが、アクア様にお話はしていません。ロウガ様にお願いしているのです」

ロウガはチラと横目でシズクのほうを見ると、首を横に振った。

「弟子を取るのは一人と決めている。力になれず、すまないな」

シズクが悔しそうにぐっと拳を握り締める。

「憎らしいことですが、私の体は人間の血肉で出来ています。私はニンフですが、山賊のように剣を振るい殺すこともできるはずです。なぜダメなのでしょうか？」

「なんの話をしているのか分からないな。理由は説明した。弟子は一人しか取らない。そこにいるリリィだけで手一杯だ。諦めろ」

「……そうですか。ロウガ様も私には戦うなと仰《おっしゃ》るんですね。アクア様と同じで、お優しい方です」

シズクは肩の力が抜けたかのようにぺたりと地面にへたり込み、黙って顔を伏せた。


心地良い、水のせせらぎが聞こえる。

水面は透き通るように澄み渡っており、水底の砂利が見通せるほどだ。

心を洗われるような、美しい自然の泉が流れていた。

「綺麗《きれい》なところ……」

リリィは気分転換がてら洞窟の中を歩いているうち、この場所に迷い込んで来ていた。

見れば、泉の真ん中に小島が浮いている。ぽつんと、石碑のようなものが立っていた。

靴を脱ぎ、素足で浅瀬の中を歩いていく。

石碑には、不思議な文字が刻まれていた。リリィたちが一般的に使っているような言語ではない。全く未知の形をしていた。

「………」

リリィが無言で石に刻まれた文字を指でなぞる。

「どうした、小娘。こんなところで。眠れないのか？」

アクアが入口から首を伸ばし、リリィと顔を並べる。

「これ、なんですか……？」

リリィは魅入られたように不思議な文字列を眺めていた。

「それはセイラとの思い出の石碑だ。我が精霊を守るより以前、セイラたちと共にここを訪れたことがあってな。霊峰デヴァドの神仏に、永久の絆《きずな》を誓って建てたものだ。たとえ死に別れようとも魂は共に――」

そこまで言って、アクアはハッと口を噤《つぐ》んだ。

リリィがアクアのほうを見る。

「あの、アクアさん、わたし……」

アクアはリリィの視線に耐えきれなくなって「フンッ」と荒い鼻息を立てまくしたてた。

「その言語は〈龍語〉という、我ら龍族に伝わる特別な言葉だ。発するのみで事象を変える力を持つ。お主ら魔術師が使う呪文の原型になったことでも有名だな。とはいえ魔術師が唱える呪文など、龍語の力のほんの一端に過ぎぬ。完全に理解できるものなど、我ら龍族以外にはあり得ん」

「確かに不思議な言葉ですね。ただの文字なのに、エーテルの流れを感じます」

「そうだろう。だが、小娘には読めまい。唯一読めるとしたら、セイラのみだ。本来は龍族の間で禁忌とされているが、セイラには特別に我が教えた。最上の信頼の証《あかし》としてな。

あのロウガでさえ龍語は読めんぞ。我らの絆に嫉妬して必死に解読しようとしていたが……まあ、無理なものは無理だ、ハッハッハ！」

アクアはロウガの悔しそうな顔を思い出して、愉快そうに笑った。セイラとアクアの二人だけにある絆だった。セイラ命のロウガが強い嫉妬心を抱いたことは言うまでもない。

「……セイラさんは読めたんですね」

「あぁそうだ、いいことを思いついたぞ。シルヴィアはお主に〈特別試験〉とやらを出して、次期魔王に相応《ふさわ》しいかどうかを評価しているそうだな？」

「はい、そうです。毎回とんでもなく大変なお題を出されます」

「面白い催しではないか。故に我、アクアからも特別試験を出してやろう。龍語を読め、それが我からの特別試験だ」

「え……」

「読めたら合格だ。我がお主のためにこの翼を貸そう。どこへだって飛んで行ってやろうではないか。お主が本当にセイラだと言うのなら、容易なことであろう？」

どうだ？　と挑発的にアクアが頬でリリィの肩を小突く。

リリィは石碑から目を背け、顔を伏せた。

「……読めないですよ。無茶言わないでください」

アクアは少し残念そうにしながら瞼を閉じ、深く頷《うなず》いた。

「で、あろうな。すまない、少し意地が悪かったな」

「いえ……」

　――チリン。

　そのとき、リリィたちの後ろから鈴の音が聞こえた。

　泉の出入り口で、ロウガが壁に背を凭れて待機していた。彼の腰に下がった鈴から音色が鳴り響いていた。

「なんだ、ロウガ。貴様、居たのか。盗み聞きとは趣味の悪い奴だ」

「勘違いするな。泉の水を飲みに来たらお前のでかい図体《ずうたい》で入口を塞がれていたんだ」

　そんなことより、とロウガが話を続ける。

「洞窟の外に張った結界の網に何者かが掛かった。侵入者だろう。警戒しろ、アクア。俺は様子を見に行く」

「わ、わたしも行きます！」

　リリィがぐっと胸の前で拳を握り締め、覚悟の眼差《まなざ》しを見せる。

　ロウガは深く頷き、首肯した。

　……星の瞬く夜空に二つの月が煌々《こうこう》と輝いている。

　鬱蒼《うっそう》と生い茂る森林の中、ホーホーと一羽の梟《ふくろう》が鳴いていた。ロウガとリリィが走ってくるのを察知し、音も無く翼を広げて飛び立つ。

「……気配がない。すでに逃げたあとか」

　ロウガは足元の地面に触れた。

結界の魔法陣が光を放って浮かび上がる。周辺に残る足跡を、光の軌跡で可視化した。落ち葉の上を踏み、痕跡を最小限に留《とど》めているようだ。最後に残った足跡は、結界に引っ掛かった直後、すぐに道を引き返していた。

「腕の良い斥候だな。しかも並みの人間なら結界に入ったことすら気付かない。おそらく魔術師だろう」

「山賊の中に魔術師がいるってことですか……？」

「そうだな、その可能性も否定できないが……俺たちを狙う帝国の刺客である可能性のほうが高い。訓練を積んだプロの仕事だ」

「わたしたちが学園を出たことは、シルヴィアさんしか知らないはずですよね？　どうしてバレたんでしょう？」

ロウガが腕組みをして語り出す。

「これは前々から分かっていたことだが……ヘルメスには裏切り者がいるんだ。学園の内部に帝国の課報員《スパイ》が潜伏している。ヘルメスは最先端の魔法の研究機関でもある、課報員の侵入は最早《もはや》必然だ。その正体の大半をシルヴィアはすでに摑《つか》んでいるが、中々尻尾を出さない奴が一人いる。成果より保身を重視するような、慎重な性格なんだろう。今まで大した被害はなく、泳がせていた。が、前回の襲撃の際に大きく動いた。ご主人様から指示を受けたんだろう。学園警備の三つ目カラスに眠り薬を盛り、リリィを偽の手紙で誘《おび》き寄せた。俺たちがデヴァドに向かったこともその課報員が帝国に漏らしたんだろう。さらに言えばこの足跡を残した斥候こそ、その張本人、ということもあるかもしれないな」

「ええっ!?　スパイさん、こんなところまで付いてきちゃったんですか!?」

「ただの勘だ。根拠はない」

「スパイさんは何しに来たんでしょう？」

「足跡が深い。武装している。リリィを殺しに来たんだろう」

「その割にはあっさり逃げましたね」

「全くその通りだな。腕の良い斥候だが、臆病者なのか、あるいは殺しの腕に自信がないか。死神の手《リーパーハンド》とは別の組織かもな。念のために警戒はするが、今夜再び襲ってくる可能性は低い。安心して眠っていいぞ」

ロウガは位置が露見した結界魔法を解除し、少し離れた場所に再設置しに行く。

「う～ん……不安だからロウガさんたちと一緒に寝ていいですか？」

「構わないが、あいつの鱗《うろこ》は固いぞ。慣れていないと寝づらい」

「ロウガさん、アクアさんを枕にして寝てるんですか？　本当に仲の良い兄弟ですね」

「兄弟？　そう見えるか？」

「はい。アクアさんがお姉さんで、ロウガさんが弟なんですよね」

「なぜそう決めつける？　兄弟に例えるなら、立場が逆だろう。俺が兄でアクアが妹だ。あいつは姉という柄じゃない」

む？　とロウガはリリィの言葉に色々と違和感を覚えた。

「それに、よくアクアが女だと気付いたな？　一人称は我だし、いつも野太い声で話すから、俺は半年くらい男だと思い込んでいたぞ」

「え……？　あ、いや、その……」

ロウガがリリィの瞳をじっと見る。リリィはあわあわと目を泳がせた。

「エーテル感応能力の高さが成せる業か？　動物と話せるのと違って、今回の特技はあまり役に立つことはなさそうだが」

「あはは……そうですね～、ははは……」

リリィは気まずそうに乾いた声で笑っていた。


青く晴れ渡った大空を、一羽の鷹《たか》が飛んでいる。

上昇気流に乗ってくるくると高度を上げると、山の壁面から突き出して生えていた木に留まった。眼下の景色を見渡すように首を回す。

鷹が留まっている位置よりも少し下、そこに開いた横穴にも同じように遠方の景色を眺めている者がいた。

ロウガが望遠鏡を覗《のぞ》き込む。

敵の拠点である山賊の砦《とりで》を偵察していた。高い壁に囲まれた山城といえど、さらに高いデヴァド山から見下ろせば多少は様子が見える。

　城壁の上の回廊には無数のバリスタが並んでいた。ここから見えるだけでも十基。ドラゴンのアクアでさえ、あの一斉射を喰《く》らえば一溜《ひとた》まりもないだろう。

　見張りの人数も多い。サボっている者もいるが、割かれている人員が多いため死角がない。ならず者の集団とはいえ、三十年も賊を続けているだけのことはあるようだ。

「む……？」

　砦の中央付近。大勢の賊が忙《せわ》しなく動いていた。角度の問題で子細は把握できないが、大きな動きをしていることは分かる。

「ロウガさん、何してるんですかーっ？」

　足元からリリィの声が聞こえてきた。敵地の偵察だ、と答える。

　リリィはロウガのいる場所に自分も向かおうとしたが、登るための足場が見当たらない。ロウガは洞窟塔の横穴部屋のさらに奥、見張り台のように上へと伸びる縦穴の一番高い場所にいた。登る足場もなければ立つための床も狭く、ほぼ断崖絶壁だ。背中を壁に張り付けるようにして立っている。

「どうやって登ったんですか？」

「僅かな突起と魔法の鉤縄《かぎなわ》を利用した」

「魔法の鉤縄？　それ、どうやったら使えますか？　呪文はありますか？」

「リリィは来なくていい。危険だ」

「むぅ……」

リリィが頬を膨らませていると、後ろから木精《ドライアド》のニンフに肩を叩《たた》かれた。ニコッとリリィに向かって優しく微笑《ほほえ》みかける。

「……いいの？　ありがとう！　重かったら無理しないでね」

木精《ドライアド》がリリィの脇に腕を回し、一緒にふわふわと宙に浮かび上がる。

ゆっくりとだが天高く飛び上がり、ロウガの許《もと》までやってきた。そばに降ろしてもらう。

「ニンフさんはロウガさんと違って優しいですね～」

リリィと木精《ドライアド》が仲睦《なかむつ》まじく笑みを交わす。

そのとき、リリィは狭い床でバランスを崩し「わっとと」と声を上げた。

素早くロウガがリリィの肩に手を回し、体を支える。事無きを得た。

「す、すみません」

「まったく……」

正面から抱き合っている姿勢であるため、二人の顔が近い。リリィは顔を赤くしながら会話のきっかけを必死に探した。

「て、偵察してたんですよね。わたしにも見せてくださいっ」

リリィがロウガの手から望遠鏡を掠《かす》め取る。

「おい……」

やれやれとロウガが首を振る。その後ろでは木精《ドライアド》が宙を舞いながら愉快そうに笑い声を上げていた。

「アレ、なんですかね？　みんなですっごいでっかいの運んでますけど……材木？」

望遠鏡を覗き込んだリリィが訝《いぶか》しげに首を捻《ひね》っていた。

「見せてみろ」とロウガは望遠鏡を返してもらう。

……砦の門が開かれていた。

大勢の山賊たちが列を成し、山道を下っている。最後尾には巨大な荷車があり、複数の牛と人力で牽引《けんいん》していた。積荷は広い布で覆い隠され、何を運搬しているのかは不明だ。

「たくさんの材料を運んで、新しい拠点でも作るつもりでしょうか？」

「違うな、戦《いくさ》だ。装備を見ろ、やる気満々だ。標的は俺たちか、精霊か、あるいは両方か。なんにせよ、アクアを呼び、打って出るぞ」

——我は此処《ここ》を離れぬ。

アクアの答えは昨日と同じだった。

ロウガは呆《あき》れたように頭を抱えた。

「こちらに向かって進軍しているんだぞ。どちらにせよ、戦いになる」

「山賊の狙いは精霊たちではなく、お主らではないのか？　昨夜の密偵の差し金であろう。くだんの山賊団は装備こそ立派だが腕利きではない。熟達した帝国の刺客がお主らを追ってきただけのことであろう。山賊を金で雇ってな。……我々を巻き込むな。早く洞窟から出て行け」

アクアは抑揚のない淡々とした口調でそう言った。

「正気か、アクア。山賊の狙いが精霊で、荷車の中身がバリスタだったらどうする？」

「我は此処を動かぬと決めた。二言は無い」

「馬鹿が」

「知ってるさ。悔しいが、我より貴様のほうが賢い」

アクアはリリィのほうを向き、寂しげな眼差しを注いだ。

「すまぬな、小娘。昨日知り合ったばかりの他人より、我はこの子たちのほうが大事だ。ロウガと共に居れば死にはすまい。山の裏手から逃げよ」

「ありがとうございます、アクアさん。わたしもニンフさんたちを巻き込みたくないです。ロウガさん、行きましょう」

リリィとロウガは出入り口の門へと向かった。

別れの気配を察したのか、何人かのニンフらがリリィの許へとやってくる。短い時間だったが交流する機会もあったのかもしれない、名残惜しそうに言葉を交わしていた。

ロウガの許にはシズクが来た。

「お別れですね。少しだけでも訓練して欲しかったです」

シズクは石槍《いしやり》を持っていた。作りが荒い。自作したものだろう。

「戦うつもりか？」

「ここが襲われたなら、私は全力で抗《あらが》います。悪党の思い通りにはさせません。たとえ殺されようと、一人でも多く道連れにします」

「覚悟は認める。が、必要無い。お前の怒りは引き受けた。俺が仇《かたき》を取ってやる」

「え……？」

ロウガはリリィのほうに目を向ける。リリィもロウガのほうを見ていた。

「俺は山賊団を迎え撃つ。リリィはどうする？　ここに残ったほうが安全だが」

「ロウガさんと一緒に行きます！」

「殺し合いになるぞ。血を見る覚悟はあるのか？」

リリィは真剣な眼差《まなざ》しでコクリと頷《うなず》いた。

「はい」

「きみは攻撃魔法が使えないな。しかし敵は殺すつもりで来るぞ。それでもやるのか？」

「はい、戦います。おまけにロウガさんの背中はわたしが守ります」

ロウガはふっと笑い、リリィの目をじっと見る。

リリィが曇りの無い瞳で見つめ返してくる。今更、推し量るまでも無いことだった。

「わかった。一緒に行こう」

ロウガは門に手を掛けて押す。リリィだけでなく、シズクも含めニンフたちも手伝ったのであっという間に開いた。

「ロウガ様、リリィ様、お二人ともご無事で」

シズクは深く頭を下げ、ニンフたちと共に二人の背中を見送った。

山の中に賊徒らの悲鳴と怒号が飛び交う。

一人の山賊の男は重い鉄鎧《てつよろい》を脱ぎ捨て、森の中を走って逃げていた。

「ふ、ふざけんな！　精霊女を嬲《なぶ》るだけのラクな仕事だったはずだぞ！　なんなんだよ、あの化け物みてえな男は！　突然出てきたと思ったら殺戮《さつりく》を始めやがって！」

チラと後ろを振り向く。

その視線の先——蜘蛛《くも》の子を散らすように逃げ惑う山賊たちの中心に、ロウガの姿があった。

「捕《カピ》らえ《エス》よ、水牢《アクエカルセリス》」

ロウガが呪文を唱える。魔法の水球が生じ、ガルデ山賊団副首領・グレドの体を大量の水の塊で包み込む。

「水精ナイアドの怒りを知れ。永劫《えいごう》かに思える苦しみ中で、ゆっくりと死に逝くがいい」

グレドが水の中でガボガボともがき苦しむ。空気を求めて必死に手足を動かすが、水球は彼を閉じ込めたまま離さない。

ロウガは虜囚としたグレドの肩口に刀を突き刺し、抉《えぐ》るように引き抜く。致命傷を避け激しく出血させた。傷口から噴き出す血が水球の中を赤く染めていく。グレドが苦しみもがくほどに出血は多くなり、掻《か》き混ぜられてより真っ赤に染まっていく。瞬く間に血の池が出来た。

周囲の山賊たちはその凄惨な光景をただ見ていた。猛者《もさ》と呼び声高かった副首領のグレドが呆気《あっけ》なく敵の手に落ちては、茫然《ぼうぜん》とならざるを得なかった。額から脂汗を流し、何もできずただじっと見つめていた。

そのうち、グレドの体が動かなくなる。最後に喉を押さえて悶《もだ》え苦しんだあと、ぷかりと水中に肢体を投げ出して動かなくなった。

ロウガが水球の頸木《くびき》を解き放つ。大きな水の塊は丸く浮かぶことをやめ、形を失い地面に流れ落ちた。

グレドの溺死体と共に血液を含んだ大量の赤い水がぶち撒《ま》けられ、辺りが血の海と化す。この世のものとは思えぬ地獄絵図のような光景に、山賊たちは悲鳴を上げ腰を抜かした。

ロウガが冷たい視線で山賊の男たちを見下ろす。

「罪無き精霊たちの尊厳を汚し命を奪った外道どもめ。覚悟しろ。殺された精霊たちの怨《えん》嗟《さ》の声を聞き、〈亡霊〉が復讐《ふくしゅう》を遂げに来た。貴様ら全員、一人も生きて帰しはしない。皆殺しにしてやる」

山賊の男たちの表情が恐怖で凍りつく。

「お、怨霊だ……！　死んだ精霊たちが復讐のためにあの世から怨霊を遣わしやがったんだ！　おれたちみんな、この化け物に殺されちまう！」

恐怖に駆られた山賊たちが背を向けて逃げて行く。

山賊団の戦列は瞬く間に瓦解し、ロウガは謎の荷車を運ぶ最後尾へと歩を進めていく。

「あらら、使えないねえ、山賊さんたちは。当たり前のように敵前逃亡しやがってさ。僕がそんなことしたら同僚に殺されちゃうよ」

荷車の上に、ニヤニヤと薄ら笑いを浮かべる優男が座っていた。

耳が長く褐色の肌、ダークエルフの男である。背中に弓と矢筒を背負い、腰に数本のダガー。そして手には、死神の刺青《いれずみ》があった。

「噂《うわさ》通り、帝国の差し金か」

「初めまして、ロウガさん。僕の名前はルウィン。師匠が世話になったね」

「師匠？」

ルウィンが顎を撫《な》でて見せる。

「白い髭《ひげ》の、凄腕《すごうで》暗殺者おじいちゃん。本気になるとダガーの二刀流になるの。見た？」

「ああ」

「ってことは、本気になった師匠すら殺したんだ。あんた、マジでヤバいね」

「御託はいい。仇討ちがしたいのならさっさと掛かって来い」

「師匠を殺したような強敵と、真正面から戦うわけないでしょ。僕、死んじゃうじゃん」

ルウィンが手を上げて号令を出す。

道端の木陰が動いた。

伏兵だ。

道の左右から、複数の山賊が飛び出してくる。ロウガを狙い、挟撃してきた。

「ロウガさん！」と後方に控えていたリリィが声を上げる。

「右を頼む」

はい、とリリィは返事をして、呪文を詠唱する。

「**大地の力《テラクアト》よ、我が拳《コリギト》に集え《イナルミス》**」

ロウガと共に編み出した、リリィの攻撃魔法である。本質的には攻撃魔法ではないが、攻撃に転用できる変則技——

竜巻のように周囲の土や石を吸い込み、右腕に纏《まと》わせる。瞬く間に積もり積もって巨大な岩の塊を作り上げ、右腕を包み込む。ただ集めて固めるだけでなく、拳のように成形もする。それはまるで、巨人の籠手《こて》だった。

「ぶち抜け、ジャイアントフィスト!!」

リリィが巨人の籠手を装備し、正拳突きを放つ。

右方向からロウガを狙っていた山賊たちは、巨大な拳の一撃によって根こそぎブッ飛ばされた。そのまま森の中まで吹き飛び、姿を消す。

魔法で直接攻撃するのではなく、創造魔法で武器を生成・装備し、攻撃的なエーテルを介さずリリィ本人の意思で攻撃する——この変則的なやり方ならば、リリィは魔法で敵を攻撃することが可能だった。

「**轟け《ロアル》、天雷《トニトルム》**」

左方向からの敵は、ロウガが雷の魔法であっさりと薙《な》ぎ払っていた。

黒焦げになった山賊たちがバタバタと崩れ落ちるように倒れていく。

「……ホントのところ、わたしが助ける必要って、ありました？」

「いざ実戦で使えるかどうか、試しておく必要はあった」

「なるほど、そうですか」とリリィは残念そうに頭を垂れた。

パチパチと拍手の音が二人のほうに聞こえてくる。

死神の手《リーパーハンド》のルウィンだ。

「流石《さすが》。伏兵程度じゃ無意味か。この調子だと残った賊をぶつけても時間の無駄だね」

荷車の周りにはまだ山賊が二〜三十人は控えていた。彼らは皆一様に怯《おび》えた顔をしているが、逃走しようとはしない。恐ろしい死神の手《リーパーハンド》の前だからか、あるいは——

「挟撃は前座さ。本命はこっち。きみたちも気になってたでしょ、コレ」

ルウィンが布切れに覆い隠された貨物をコンコンと拳の裏で叩《たた》く。

そして、「起動しろ」と大声で号令を掛けた。

山賊たちが貨物を隠す布切れを取り払う。

現れたのは巨大な岩石——

ではない。四肢が生えている。

両手、両足、頭部を持つ、大岩と見紛《みまが》うような巨大な人形だった。

「〈ゴーレム〉……拠点攻略用の大型魔導兵器か。大層なものを持ち出してきたな」

膝を抱えていたゴーレムが山のような巨体を伸ばし、立ち上がる。全長二十メートルは下らないだろう、巨大な体躯《たいく》である。地に足を着けば地響きが鳴り、周囲の木に留まっていた鳥たちが驚いて一斉に羽ばたき逃げていった。

高く聳《そび》え立つゴーレムによって太陽の光が遮られ、ロウガとリリィの立つ地面に巨大な人影が深く落とされる。

リリィは口をあんぐりと大きく開け、大きすぎる敵を見上げて言葉を失っていた。

ロウガでさえこれには驚嘆し、頭をぽりぽりと掻く。

「リリィのジャイアントフィストで殴ってみるか？　本物の巨人と腕比べだ」

「こんなときに冗談はやめてください。ど、どうしましょう……？」

「ゴーレムはその体自体が鋼鉄の鎧《よろい》みたいなものだ。倒すには弱点を突く他ない。ゴーレムは頭部に刻まれた魔法の呪文で動作しており、そこを書き換えるもしくは破壊することによって機能を停止する。しかし、弱点を狙うのは難しいだろうな。あれはただのゴーレムじゃない。見ろ、軍事用に改造を施してある」

ゴーレムの首周りには城壁上部のような鋸壁《きょへき》が設けられ、ルウィンを含む数人の弓兵が配置されていた。ノコギリ型の狭間《さま》から弓を構えて待機している。

「頭部の弱点を狙うべく接近しようものなら、弓兵たちの矢で射抜かれる。頭まで登るどころか、懐に入ることさえ困難だろう」

「遠距離攻撃魔法を使い、先に弓兵を倒しては？」

「今度はゴーレムのほうが弓兵を守るだろう。あの巨大な岩の両腕で防がれる」

「じゃ、じゃあ、倒すのは無理ってことですか……？」

「――攻撃が来るぞ。避《よ》けろ」

ゴーレムが巨大な拳を打ち下ろす。空から隕石《いんせき》が落下したかのように、切り裂かれた大気が唸《うな》り声《ごえ》を上げ、大地が砕かれる。

「ひ、ひええ～、でっかいくせに速い……！」

リリィは大きく後方に飛び退《の》いて回避していたが、ゴーレムの鋭くも重い一撃を目《ま》の当たりにして体をぶるぶると震わせていた。

心配するまでもないだろうけどロウガの安否が気になり、彼のほうを見る。

ロウガは左腕を蒼《あお》く燃やしていた。魔人の力を使おうとしている。

「ダメです、ロウガさん！　それは使っちゃダメ！」

懸命な叫びを聞き、ロウガがリリィのほうを見る。

リリィの表情は真に迫っていた。いつになく真剣である。

「……いくつか策はあるが、どれもリスクが高い。魔人の力に頼るほうが確実だ」

「その力はロウガさんの命を削ります。絶対にダメです。もし使ったりしたら……」

リリィがべっと舌を出す。歯を立てる。

「やめろ、馬鹿者！　今は戦闘中だぞ！」

「カンケーないれす！」

ゴーレムが拳を振り上げていた。次の攻撃が来る。しかしリリィはロウガのほうに気を取られて攻撃に気付いていなかった。それとも気付いていて、あえて回避しないのか。

クソッ、と吐き捨てロウガは蒼い炎を消し、リリィのほうへと弾《はじ》けたように跳ぶ。

リリィが立つ場所に向かって、ゴーレムの一撃が繰り出される。

すんでのところでロウガはリリィの体を抱きすくめ、一緒に地面を転がり凶手から逃れた。

「まったく……！　とんでもない奴《やつ》だな、きみは！」

ロウガが苛《いらだ》立ちながらリリィの顔を見ると、リリィは口から少し血を出して痛そうな顔をしていた。

「いきなり体当たりしてくるから、ちょっと噛《か》みました。舌が痛いれす」

ロウガは頭を抱えた。

「きみは勘違いしているが、そもそも舌を噛み切って自害することなどできないからな」

「へ？　そうなんですか？」

「そうだ。大量に血が出て死ぬほど痛いだけだ。第一、舌は弾力があって噛み切ること自体が難しい。そんなバカな真似《まね》は二度とするな」

「じゃあ、今度からはナイフを携帯するようにします。そうじゃないとロウガさんのこと脅せませんから」

「――いい加減にしろ、馬鹿が!!」

ロウガが後ろを振り返り、地面に掌《てのひら》を押し当てる。

ゴーレムが三度《みたび》拳を振り上げていた。

しかしロウガが創造魔法で作り上げた巨大な壁によって、ゴーレムの一撃は防がれた。

罅《ひび》こそ入ったが広く高く硬い鉄のような防護壁で、ゴーレムの重い拳を堰《せ》き止めていた。

「ロウガさん、普段怒鳴ったりしないからびっくりしました。わたしに言ったのかと」

「いや、きみにも言った」

「わたし、バカじゃないです」

「そうか。きみが賢いというのなら、魔人の力を使う以外で、今のこの難局を打開する策を聞かせてくれ。是非ともな」

ゴーレムがロウガの防護壁を叩く。しかしロウガは周囲の土や岩や木を使い補修、同時に組成を再構成し、壁の性質をさらに硬化なものへと変性していく。

「……今回だけ、アクアさんの力を借りましょう。ロウガさんとアクアさんの兄妹が力を合わせれば、ゴーレムくらい楽勝ですよね？」

「確かに奴を倒せる。だが無理だ。もう一人の馬鹿も頑固だからな。一度動かないと言ったら動かんぞ」

「いえ、動いてくれます。約束しましたから」

「約束？　どんな約束だ」

リリィは少し迷いがあるように俯《うつむ》いたが、すぐに覚悟を決めたように顔を上げた。

「……ロウガさんはここでゴーレムを喰《く》い止めてください。洞窟まで侵攻されてしまうと、門を破壊され山賊たちが雪崩《なだれ》こんできてニンフさんたちに被害が出てしまいます」

「あ……あぁ、そうだな」

的確な分析だった。だからこそロウガは撤退という選択を取りたくなかったのだ。

「魔人の力がなくても、耐えるだけならロウガさんには簡単なはずです。わたしは急いでアクアさんを呼んできます」

「お、おう……わかった」

「はい、よろしくお願いします」

リリィが森の中へと駆け出す。力強い足取りで洞窟のある方向へとひた走る。

「驚いた。よく分からんが、これが弟子の成長というものなのか……？」


「お嬢ちゃん、一人でどこに行くんだい？」

「今は怖いお兄ちゃんもいないみたいだし、オレたちと楽しいことして遊ぼうぜ？」

森の中を駆け抜けるリリィの前に、山賊の男たちが立ち塞がる。

そう。今のリリィは一人。頼れる師匠のロウガはいない。

以前のリリィなら恐れ戦《おのの》いていただろう。しかし今のリリィはロウガに鍛え上げられ、魔法という力を得た。実力は自信となり、勇気を与えた。

「うるさい！　邪魔！　ジャイアントフィスト!!」

「――え？　ぎゃあああああ!!」

巨人の籠手にぶん殴られ、山賊たちは森の彼方《かなた》へと弾き飛ばされた。

それからもリリィは走り続け、やがて開けた場所に出る。

洞窟の門が見えた。

「開けごま！」

右手を翳《かざ》し、創造魔法を使って門の一部に出入り口の穴を開ける。駆ける勢いのままジャンプして穴の中へと飛び込んだ。

着地と同時に後ろを振り返り、魔法で穴を塞いでから、再びアクアの許《もと》へと走った。

「……なんだ、小娘か。ドタドタと騒がしいから山賊が入ってきたかと思ったぞ」

アクアは相変わらず洞窟塔の最下層に鎮座していた。

「お願い、アクアさん、力を貸して！」

リリィが顔を伏せ膝に手をつきながら、息も絶え絶えに言葉を紡ぐ。

「我は此処《ここ》を動かぬ。そう言ったであろう。何度頼まれようと答えは変わら――」

「お願い、ウミコちゃん、い、いい！」

リリィが顔を上げ、その名でアクアのことを呼ぶ。

「うみこちゃん？？」とアクアの隣にいたシズクが首を傾《かし》げる。

「なぜお主が我の真名《まな》を知っている!?」

アクアは大きく目を見開き、リリィのことを見つめた。

その名で呼ばれるのは、一体何年振りのことだろうか。

――海で拾ったからウミコ、あなたの名前だよ！

アクアの脳裏に、幼き日のセイラの声が蘇《よみがえ》る。

目の前にいるリリィの姿が、セイラと重なって見えた。

ただ単に、真の名前を呼ばれただけなのに。

だがそれは、セイラ唯一人だけしか知らないはずで。

この娘はセイラじゃない。

セイラのことを過去にしたくない。

死を受け入れたくない。

そう思っていたのに。

リリィを見ていると、セイラのことを思い出す。

――え？　真名がダサいから改名したい？　十年も経《た》ってそれはないだろう。だいたい、可愛《かわい》い名前だろうが、ウミコ。

どうせ真名で呼ぶのはセイラだけだ。皆は通称のアクアで呼ぶ。そう思って改名は諦めたのだ。信じ難いことだが、セイラはウミコという名を甚《いた》く気に入ってしまっていたから。

「龍語の石碑に書いてありました。最初は誰のことだか分からなかったけど、ドラゴンには真名っていう大事な人にしか呼ばせない名前があるって、ここに来る前本で読んだことを思い出しました。だからきっと、碑文のウミコってアクアさんのことだろうと」

「お主、龍語は読めないと……」

リリィが石碑の内容をそらで詠む。

「たとえ死に別れようとも魂は共に。永久の絆《きずな》を誓い、神の名の許に姉妹の契りを交わす。セイラ、ウミコ。……ついでにロウガは弟で」

アクアは言葉を失った。落書きのような最後の文言まで一字一句、碑文の通りだった。

リリィがぺこりと頭を下げる。

「すみません！　読めないっていうのは嘘《うそ》です！　ウミコちゃん、もし龍語を読めたら仲間になってやるって言ったから。そうなったら、ここにいるニンフさんたちはどうなるんだろうって思って、言い出せなくなってしまって……」

「お主の目的は我を使い魔にすることであろう。渡りに船ではないか」

「ウミコちゃんの想《おも》いを無視して、ニンフさんたちを不幸にして……そんな形で仲間になってもらうのは嫌です」

「我がお主の使い魔にならず、シルヴィアの特別試験に不合格となれば、お主は学園を追放されると聞いたぞ。それでもいいのか？」

「良くはないですけど、ちゃんと事情を説明して話し合えばシルヴィアさんは分かってくれると思います。……多分」

「どうだかな。あの女はスパルタぞ」

リリィは学園に戻ってからのことを思うと少し憂鬱になったが、首を横に振ってその雑念を追い払う。

「そんなことより、大事なのは今です！　山賊たちがゴーレムっていう魔導兵器を持ち出してきて大変なんです！　あんな巨大な兵器を使うってことは、きっとここも襲われます！　ロウガさんと一緒に戦って追い返すべきです！　仲間になれ、なんて言いません！　今回だけ、力を貸してください！」

アクアが目を閉じ深く息を吐く。

利己よりも大義か。確かに、似ているかもしれない。

「……約束は約束だ。我に二言は無い。お主のためにこの翼を貸そう」

「ウミコちゃん！」とリリィが表情をパッと明るくする。

「シズク、もし洞窟が襲われたらすぐに狼煙《のろし》を上げよ」

「はい、手筈《てはず》通りに」

「小娘。確か名前はリリィと言ったか？」

「はい、そうです！」

「では行くぞ、リリィ。我の背中に乗れ」

アクアはリリィの首根っこを甘噛みして咥《くわ》えると、自分の背中にぽいっと放り投げた。

リリィは硬い鱗《うろこ》で尻を強《したた》かに打ち、非難の声を上げる。

「もう！　痛いよ、ウミコちゃん！」

「我をその名で呼ぶな。しかもなぜ、ちゃん付けなんだ」

アクアが丸太のような太い四肢で前進し、洞窟内に地響きを響かせる。

「あ、ごめんなさい。親しい人にしか真名で呼ばれたくないですよね」

「否。ダサいからだ。恥ずかしい」

アクアが前足で門を押し開け、外に出ると尻尾で門を閉じる。

「ダサい……？　ウミコって名前がですか？　可愛い名前じゃないですか！　無意識にちゃん付けしちゃうくらいですよ！」

「……生まれ変わってもネーミングセンスだけは変わらんのか。笑えるな」

アクアはドラゴンの翼を大きく広げ、空へと飛び上がった。

そのとき、ぽつり、と空から大粒の涙の雫《しずく》がひとつ落ちてきた。


空に巨大な影が差す。

ロウガは壁に凭《もた》れ掛かりながら天を見上げた。

「あの強情っぱりを本当に連れてくるとは。一体どんな手を使ったんだ？」

ドン、とゴーレムの体当たりでロウガの防護壁が揺れる。

すでに一つ目の防護壁は破壊され、近くに放棄していた。ゴーレムと山賊との挟撃に遭い手放すことになったのだ。山賊は返り討ちにしたが少し戦線を後退し、今は新しく創った二つ目の防護壁で対応していた。

大きな翼を羽ばたかせ、壁の内側へとアクアが降り立つ。

「乗れ、ロウガ。共に戦おう」

アクアが首を擡《もた》げ、ロウガの目を見る。同じようにロウガもアクアの目を見る。

——子細はあとだ、今はゴーレムを倒す、そう視線で会話を交わした。

「ああ、行くぞ。泥人形を潰す」

ロウガは魔法の鉤縄《かぎなわ》を使って龍の鱗に引っ掛け、跳ぶ。アクアの背にひらと舞い降りる。

「それ、便利そうです。帰ったら使い方を教えてください」

龍の背中には先客のリリィが座っていた。

「……よくやったな、リリィ。きみは、俺にはできないことを成し遂げた」

「アクアさんのことですか？　力を貸してくれるのは、今回一度きりですよ。それにこれはアクアさんがやってくれていることです。わたしの力ではありません」

「味方を作る能力は、紛れもなく優れた力だよ。俺の苦手な分野だ」

——そして、セイラが得意とすることでもあった。人を引き付け味方にする資質なくして、王は王たり得ない。部族や小国、様々なルーツを持つ魔族ならば尚更《なおさら》。

「信じていなかったわけではないが……きみならば、本当に——」

ロウガが築いた第二の防護壁が砕かれる。ゴーレムがぬっとその姿を現す。

「噂《うわさ》のドラゴンのお出ましか。ま、想定内のことだけど」

ゴーレムの上に立つルウィンがふ～んと鼻を鳴らす。ドラゴンを前にしても余裕綽《ゆうしやくしやく》々だ。

「魔族の最強種と謳《うた》われるドラゴンの力を思い知らせてくれる。掛かって来い、泥人形」

アクアはどんと四肢を地に着け、ゴーレムの頭部を睨《にら》みつけた。

ドラゴンとゴーレム、両者が正面から対峙《たいじ》する――

体軀《たいく》の大きさはほぼ互角。まるで山と山の戦いだった。

ゴーレムが右の拳を高く振り上げる。

「アクアさん、攻撃が来ます！　避《よ》けて！」と背中でリリィが注意を促す。

「ふん、避けるまでも無いわ」

アクアの頭部に向かって、ゴーレムの拳が振り下ろされる。

流星のような一撃だった。

とてつもない衝撃の攻撃だったが……アクアは微動だにせず石頭で拳を受け止めていた。

「どうした、泥人形。それが貴様の全力か。もっと本気で打って来い」

アクアは何事もなかったかのような余裕を見せ、挑発までしていた。

ゴーレムが左腕を低く下げ、アクアの腹に向かってアッパーカットを放つ。

アクアは今度も退《ひ》くことはなく鋼鉄の如《ごと》き龍鱗《りゅうりん》で受け止める。

クリーンヒットしたはずなのに……アクアの表情が乱れることは一切なかった。

「その程度か。欠伸《あくび》が出るわ。所詮は人の作りし木偶《でく》の坊《ぼう》よ」

ふわぁ、とアクアが口を開けて見せる。

大きさこそ同等だが、圧倒的な力の差だった。

最も神に近しい種族・ドラゴンの前では如何《いか》なゴーレムでも形無しである。ルウィンが悔しそうに口の端を歪《ゆが》める。しかし彼の表情にはまだ余裕が残っていた。

「ゴーレムの攻撃が全く効かないなんてね。さすがは勇名轟《とどろ》くドラゴン様だ。でも……あんたの弱点は知ってるよ」

ゴーレムの胴体部分が、パカリと開き戸のように開口する。

刳《く》り抜かれた胴体には、大型弩砲《バリスタ》が格納されていた。砲手の男が砲台を動かし、大きく鋭い矢尻でドラゴンの腹を狙う。

「ほう。そんなからくりを隠しておるとは、敵ながら天晴《あっぱ》れよ。……ロウガ」

「任せろ。片付ける」

ロウガはアクアの尻尾に摑《つか》まり腰を低く据え置いていた。

次の瞬間、アクアが尻尾を振る。ゴーレムのほうへと、ロウガの体が弾丸のように撃ち出された。

ロウガは体を丸めて空気抵抗を減らし、大気を切り裂きながら、バリスタの砲手のほうに向かって一直線に飛来する。

着地の瞬間、空中で姿勢を変え、刀の柄《つか》に手を掛けた。

雷光の如く自分のほうへ飛んできたロウガの姿を見て、ヒッと砲手の男が息を呑《の》む。

一筋の剣閃《けんせん》が走った。

ロウガが脇差を抜き打ち、地に滑り込むように斬り抜けていた。

首筋を斬られた砲手の男がカクリと膝をついて倒れる。

「予備もあるのか。用意周到なことだ」

ロウガは二台のバリスタを炎の魔法で燃やして破壊した。

ゴーレムの首の鋸壁《きょへき》から、ルウィンが飛び下りてくる。素早く矢を弓に番《つが》え、ロウガの眉間を狙った。

「おいおい、人間砲弾とかそんなのアリかよ。先にバリスタを撃たれたのかと思ったじゃねーか。お前ら、マジでイカれてるよ」

ルウィンの表情から余裕が消え失《う》せていた。脂汗を垂らし憎々しげにロウガを睨む。

「ただ跳んできただけだ。訓練すればお前にもできる」

「冗談じゃないよ、やってたまるか。あんた、このままゴーレムの刻印を狙うつもりだろ？　そうはさせないよ。ゴーレムから身を守るためにかなり魔法を使ってたろ？　今のあんたになら、僕にも勝機がある。サシで勝負と行こうじゃないの」

「その必要はない。最早《もはや》弱点を狙う必要もない」

「なんだと……？」

ロウガはゴーレムの胴体から跳び出し、魔法の鉤縄を放って再びアクアの背中へと戻っていった。

ひらりと着地し、アクアに声を掛ける。

「人形遊びも飽きてきただろ。片を付けよう。ドラゴンの力、思い知らせてやれ」

「よかろう。リリィ、しっかり掴まっておれ。下賤《げせん》な賊どもにも、泥人形にも、我が必殺にて引導を渡してくれる」

「必殺？　何をするんですか？　火炎放射とか、龍の魔法でしょうか？　それでゴーレムの刻印を壊すとか？」

「いいや。こいつを見れば分かるだろう。ドラゴンが一番得意なこと、それは――」

ロウガの口から出てきたのは、なんの捻《ひね》りも無い単純明快な答えだった。

「ゴリ押しだ」

アクアが翼を大きく広げ、空高く飛翔《ひしょう》する。

天空から見下ろせば、ゴーレムなど小さな蟻《あり》も同然だった。

「想像を絶する圧倒的な暴力で、地に這《は》う虫ケラどもを踏み潰してくれるわ」

アクアが翼を折り畳み、大地へと急降下する。

ゴーレムの拳の比では無いくらいの巨大な隕石《いんせき》が、大気の層を撃ち抜き、鋭い爪と共に落下した。

ゴーレムの頭に直撃し、その体を叩《たた》き潰す。小石ほどになるまで木端微塵《こっぱみじん》に破砕する。

森の木々が揺れ、若い木の葉が散るほどの破壊力だった。大気を割った轟音《ごうおん》は遠くの山に住む鳥たちすらも驚かし羽ばたかせた。

……石くれの雨が降る。

頼みのゴーレムを破壊され、山賊たちは泡を食ったように逃げ惑っていた。

瓦礫《がれき》と成り果てたゴーレムの残骸から、ルウィンが這い出てくる。ぷはっと頭を出した。

「これがドラゴンの力かー、舐《な》めてたわー。山賊の話なんて聞くもんじゃないね。何が臆病者のデブトカゲだよ、星が落ちてきたのかと思ったわ。あのロウガって戦士も――」

ハッとルウィンが背後に立つ人物に気付く。

「……覚悟はいいな？」

ロウガがルウィンの首筋に刀の刃を当てていた。

「あれ？　拷問して情報を引き出そうとかはしないわけ？」

「お前は吐かない。時間の無駄だ。別の奴《やつ》に聞く」

「ふーん、ロウガさんって意外と優しいんだね。師匠にもそんな感じ？」

「最期くらい、同じ戦士には礼を尽くしたいだけだ。見事な戦術だった」

「もしかして僕、褒められた？　伝説の四天王様に？　光栄だなぁ。いやこれは皮肉じゃなく、マジで言ってるよ」

「………………」

「ま、サクッとやっちゃってよ」

「ああ。苦しめはしない」

ロウガは刀を振り被《かぶ》り、ルウィンの首を刎《は》ねた。

勝敗は決した。生き残った山賊たちも敗走していく。

戦力の大半を失ったばかりか、切り札のゴーレムを破壊され、隊を率いていた死神の手《リーパーハンド》を殺され、最早戦闘続行は不可能だった。本拠地の砦《とりで》のほうへ逃げ帰っていく。

ロウガは血振りをして刀を鞘《さや》に収めると、リリィたちのほうへと歩いて戻っていく。

アクアはとぐろを巻いて地に座しており、その背中からリリィが龍鱗《りゆうりん》を伝って下に降りてくる。地面に立つと、「ロウガさーん」と手を振りながら走って来た。

そのとき、道端の一本の樹木、その樹上の葉が不自然に揺れた。

ローブを身に纏《まと》った何者かが樹上から飛び降り、着地と同時に弾《はじ》けたように駆け出す。

──リリィのほうへ向かって、一直線に。

その手には鍔《つば》の無い懐《ふところ》刀《がたな》があり、刃が鈍い輝きを放っていた。

「この状況でまだ抵抗を……!?」

諦めの悪い賊かと思いきや、動きが鋭い。機を窺《うかが》っていた帝国の刺客だろう。ならば狙いは一つ。

「リリィ！　右だ！　敵襲！」

ロウガの声を聞いたリリィが反応し、走ってくる刺客のほうへと右手を構えて戦闘態勢を整える。

「……え？　どうして？」

刺客のほうを見て、リリィが目を丸くしていた。

驚いた表情のまま、さも当然のように敵の刺客に向かって話し掛ける。

「──どうして、あなたがここにいるんですか？」

敵の刺客はフードを深く被って顔を隠していた。まさか正体を見破られるとは思わず、ハッと驚いて足を止める。

風のように駆けロウガが抜刀する。龍の顎門《あぎと》を開いたアクアが火炎の息を喉に溜《た》める。

「みんな、ダメ！　その人を殺さないで！」

ロウガは敵の首を刎ねる寸前でその刀を止め、アクアは咳き込んで火炎放射を中断した。

リリィの意図が理解できず、一人と一匹が揃《そろ》って彼女《せ》の顔を不思議そうな目で見る。

リリィが敵の刺客に向かって悲しげな声で告げる。

「ずっと一緒にいたから、隠していてもエーテルを視《み》れば分かります。そのフードを下ろして、顔を見せてください」

「………………」

刺客は観念したように大きくため息を吐《つ》き、フードを下ろす。

ぴょんと獣耳が飛び出し、柔らかそうな長い髪の毛が露《あら》わになる。

「……そういうことか。お前が、学園に潜伏していた帝国の諜報員《スパイ》だったんだな」

ロウガが敵の刺客に刀の切っ先を向ける。

「ミミカさん……どうして」

露わになった刺客の顔は、ミミカ・フォーチュンその人だった。リリィの先輩女子生徒で、ヘルメス魔法学園での初めての友達だ。

ミミカは悪びれもせず明るい声で言う。

「やっぱり暗殺は失敗かぁ～。もしかしたらワンチャンあるかもと思ったけど、そりゃ無理よね。だってあたし、情報収集専門のスパイだもん。実戦は得意じゃないのよねぇ～」

「そんな……嘘《うそ》ですよね？　ミミカさんがヘルメスの裏切り者だったなんて」

「裏切る？　あたしはヘルメスの情報を盗むために送り込まれた帝国のスパイよ。裏切るも何も無いわ。端《はな》っから敵なの。リリィちゃんが学園に現れたせいで、新しい任務に就くことになったってワケ。あなたの情報を流したり暗殺のための工作活動をしたり……地味な任務のほうがまだマシだったのに、散々よ」

　ロウガがミミカを鋭い眼差《まなざ》しで睨みつける。

「リリィを偽の手紙で騙《だま》し、学園警備の三つ目カラスを眠らせたのも、お前の仕業か？」

「ご明察。魔王の転生だかなんだか知らないけど、偽の手紙にはころっと騙された弱い頭のくせに、悪運だけはクソ強いわよね。リンゴくんって名前だったかしら。たくさんいる内の一羽だけ、リリィちゃんが林檎《りんご》で餌付けしていたから眠り薬を混ぜた餌を食べず、シルヴィアに襲撃を通報することができた。結果として死神の手《リーパーハンド》が捕らわれ死んだのも全部、カラスの無力化をしくじったあたしのせいにされたわ。その責任を取らされ、今回は不得手な暗殺任務を命じられたってワケ。鉄砲玉扱いよ。失敗したら殺すと死刑宣告までされたわ。一番クソなのは帝国だけど、正直、あなたには唾を吐いてやりたいくらいよ」

　ミミカが憎々しげにリリィのことを睨みつける。リリィの友人として楽しそうな笑顔を見せていた面影は、今では微塵も感じられなかった。まるで別人のようだった。

　リリィはミミカの視線に耐えきれず、顔を伏せた。

「……それ以上リリィを侮辱するなら、喉を掻《か》き切る。苦しみながら死にたいのか？」

　ミミカが冷ややかな目でロウガのほうを見る。

「何？　死に方を選ばせてくれるの？　帝国の拷問官に捕まるより、あんたに任せたほうがラクに逝けそうね。ありがたい話だわ」

「リリィ、向こうへ行きなさい。曲がりなりにも友人だった相手だ、見ないほうがいい」

「殺すんですか……？」

「当たり前だ。この女は敵だ。きみに近づいたのもただの任務だ。情に流されるな」

「でも……」

「リリィ。辛《つら》いのは分かる。だが覚悟を決めろ。ここで見逃したとしても、失敗した彼女に待っているのは死だ。山を仕切るだけの賊と違い、帝国は世界を牛耳っている。腕利きの追手に狙われ、瞬く間に捕まり、散々拷問された挙句殺される。そういう運命だ」

「……わたしみたいですね」

　ロウガは首を横に振る。

「リリィ、敵のスパイに同情などするな。この女はきみのことを何度も殺そうとしている。昨夜、結界に引っ掛かった侵入者もこいつだ。そうだろう？」

　ロウガの視線を受け、ええ、とミミカが首肯する。

「リリィちゃん。情報通のお姉さんが最期にイイことを教えてあげるわ。優しい人間ほど損をする——そういう風にこの世界は出来ているのよ。情けを掛けた相手に後ろから刺されることもある。帝国を相手にするなら、もう少し非情さを身に付けることね」

リリィが顔を上げ、ミミカのほうを見る。

「ミミカさん、わたしのことが憎いんですよね？　唾を吐いてやりたいって言ってましたよね？　それなら、そうしてください」

「は……？」

意味不明なリリィの申し出に、ミミカはポカンと口を開けた。

「わたしに唾を吐いてください。ロウガさんに手出しはさせません。だから思うままにそうしてください。憎しみをぶつけてください」

「あなた何を言っているの……？　アタマおかしいんじゃないの？」

ミミカが嘲り笑い、表情を歪《ゆが》める。

「どうしてやらないんですか？　わたしのことが憎いんじゃないんですか？」

リリィは真《ま》っ直《す》ぐにミミカの目を見つめていた。

心を見透かすようなその視線に耐え切れず、ミミカが目を泳がせる。

「こんなワケの分からない茶番に付き合うつもりはないわ。さっさと殺してよ。なんなのよ、あんた、ホント……」

「——大切な友達に向かって唾は吐けません。わたしも同じです」

ミミカがハッと息を呑《の》む。顔を伏せ、沈痛そうに歯を食いしばった。

リリィは決意を固め、言葉にする。

「ミミカさん、あなたの力を貸してください。帝国ではなく、わたしの仲間になってください」

「……マジ？　こういう流れになるとは思わなかったわ」

「ミミカさん、帝国に帰ったら処刑されちゃうんですよね？　だったら、わたしたちと一緒に居ましょう。わたしがミミカさんのことを帝国から守ります。ロウガさんもいますし、わたしの仲間になればとっても安全ですよ」

ロウガが首を横に振る。

「馬鹿を言うな、リリィ。スパイなど、いつ寝返るか分かったものではない。自殺行為だ。きみの意思は尊重する。しかしこれだけは認められない。この女は殺すべきだ」

「我儘《わがまま》を言ってごめんなさい、ロウガさん。でも、わたしはミミカさんを守ります」

「……きみはスパイというものを分かっていない。エーテルの眼《め》であろうと、スパイの本心は見抜けない。こいつらは他人だけでなく、自分すらも騙す。スイッチを切り替えるように、別人に成り変わるんだ。それこそ帝国の刺客にも、平凡な魔術学生にも」

「ミミカさんはわたしの友達です。これから先も、ずっと」

ミミカが目に涙を湛《たた》えながらリリィのほうを見る。

「ありがとう、リリィちゃん。持つべきものは友達ね。お言葉に甘えてもいいかしら？」

綺麗《きれい》な涙を流しながら、ニコッと明るい笑みを浮かべる。まるで以前と変わらぬリリィの友人のように振舞う。

「嘘泣きも大概にしろ。騙されるな。今はきみの友達の振りをして、きみの優しさに付け込み、窮地を逃れようとしているんだ。安全を確保したのち、きみの身柄を帝国に引き渡し、その手柄を以《も》って処刑を免れようと画策している可能性もある」

「ないわよ。つべこべとうるさい男ね。魔王様の指示なんだから黙って従いなさいよ」

ロウガが刃の切っ先をミミカの唇へと突き付ける。紙一重の距離で寸止めした。

「黙るのはお前だ、女狐《めぎつね》。その二枚舌、斬り落としてやろうか？」

「わ、わかったわよ、黙るから痛いのはやめて。あと、あたし豹《ひょう》の獣人なんだけど」

ミミカは目の前にある鋭い刃を見て顔を引き攣《つ》らせた。

「ロウガさん、刀を収めてください。ミミカさんは敵ではありません」

「仲間でも無い。こんな信用ならない女スパイをきみのそばに置いておけるか。いつ寝首を掻かれてもおかしくない。きみの意思を無視することになってすまない、リリィ。こいつはここで殺す」

「え!?　ちょっ――」とミミカが震え上がる。

リリィはロウガの刀を素手で掴《つか》み、ゆっくりと地へ向かって下ろす。

「殺してばかりではダメです、ロウガさん。人を信じる危険を背負わないと、味方は作れません」

「っ……！」

自分を諭すリリィの姿が、昔のセイラと重なって見えた。

――ロウガ。殺すばかりではダメだ。活《い》かす方法を考えないと、味方は増えないままだ。

その意見には当時から反発していた。

セイラは大義を見ていたが、ロウガは個人を見ていた。味方を増やし、国を強め、民衆を守ることに反対していたわけじゃない。何よりもセイラのことが大切だったから、できる限り危険を排除したいだけだった。命は一つしかないのだ。裏切り者に背を刺されればそれで仕舞いだ。

見ている先が違う。大切に想《おも》っているのに、ぶつかってばかりだった。

……刀を掴むリリィの手から、ポタポタと血が滴り落ちていた。

「わかった。もういい、手を放せ。出血している」

「そうですね、痛いです。刀を収めてくれますか?」

「ああ。俺がきみを守ればいいだけだ。今までと変わらない。悩みの種は増えたがな」

リリィが刀から手を放す。

「ロウガさんには苦労を掛けてばかりですね」

「まったくだ」

ミミカがホッと胸を撫《な》で下ろす。

「ビ、ビビったぁ～。マジで殺されるかと思ったぁ～。ちょっとチビっちゃったかも」

静観していたアクアがロウガのほうへ首を擡《もた》げる。

「話は纏《まと》まったようだな。あの豹娘のことは我もなんとも言えぬが……殺すべき確かな相手が他にいる。付き合え、ロウガ」


ニンフの体が上下に揺さぶられている。その瞳は生気を失ったように虚空を見ている。

山賊団首領を務める小太りの男が、ベッドの上で裸のニンフに向かって腰を振っていた。

ドン、と寝室が強く揺れる。

「クソッ！　さっきからなんの騒ぎだ、腹立たしい！」

山賊団の首領は怒鳴り声を上げると、ニンフの体を足で蹴り飛ばした。痣《あざ》だらけの体にまた新たな痣が作られる。

宝石があしらわれた豪華な服を着込み、寝室を出る。遠くから部下たちの叫び声が――戦いの音が聞こえた。

砦《とりで》の中央に続く渡り廊下まで走り、上階から砦の内部を見渡す。

「ド、ドラゴンだと……!?　なぜここにいる!?」

アクアは門を破壊し、壁の内側で部下の山賊たちと戦っていた。火炎の息を吐き、大きな鉤爪《かぎづめ》を振り回し、次々と部下たちを屍《しかばね》に変えていく。

「バ、バカな！　バリスタはどうした!?　砲手は何をやっているんだ!?」

慌てて城壁の回廊まで走る。

……そこにあったのは、回廊の奥へと点々と続く死体の群れだった。

頼みの綱であるバリスタも、火を掛けられ破壊されている。

「グ、グレド！　グレドはどこだ!?　ドラゴンを殺しに行ったはずなのに、なぜ逆に砦が襲われているんだ、説明しろ！」

「グレド……確か副首領の名前だったな。お前がここの首領、ガルデか」

山賊団首領ガルデが後ろを振り向く。

一振りの刀を手に下げたロウガが、こちらに向かってツカツカと回廊を歩いて来ていた。

その刀は大量の血脂《ちあぶら》に塗《まみ》れ、真っ赤に染まっていた。刀身を伝い鮮血が滴っている。

ヒッとガルデが息を呑む。

「グレドって奴《やつ》はとっくに死んでる。逃げ帰った賊から報告を受けていないのか？　今まで何をしていたんだ、お前は」

「ま、待て。話せば分かる。あんたがドラゴンとどんな取引をしたのかは知らないが、オレならもっと好条件を出せるぞ。金も女も好きなだけやる。まずは武器を収めてくれ。平和的に、話をしようじゃないか」

ガルデが腰裏に隠したナイフに手を伸ばす。

「ああ、俺もそのつもりだ。話をしよう。平和的にな」

ロウガは素早く踏み込み、ガルデの肩を浅く斬った。

「ひぎゃあああ!!」と悲鳴を上げてガルデがナイフを落とす。

「大袈裟《おおげさ》に鳴く男だな。お前ならルウィンと違っていろいろと吐いてくれそうだ。時間ならたっぷりある。話を始めようか」


ヘルメス魔法学園の庭園では、生徒たちが思い思いの時間を過ごしていた。

テラス席で優雅にティータイムを楽しんでいる女子生徒たちもいれば、数人でボールを蹴ってスポーツに熱中している男子生徒たちもいる。

噴水が飛沫《しぶき》を上げるその一角でも、女子たちがわいわいと雑談に興じていた。

「嘘《うそ》でしょ？　このちっこいのが、あのおっかないドラゴンだっての？」

魔術師のマントを羽織ったミミカが、リリィの膝枕で寝ている謎の生き物を指差す。

「はい。アクアさんです。龍の魔法で小さくなることもできるそうです」

ふわぁと小さなドラゴンが欠伸《あくび》をする。体長は三十センチメートルほどで、鱗《うろこ》だらけのいかつい顔も今は柔らかく丸みを帯びており、まるでトカゲの赤ちゃんのように可愛《かわい》らしくなっていた。

「うむ。これで我はいつでもリリィのそばに付いてやれる。つまり、豹娘が妙な真似《まね》をしたら、すぐさま喉笛に噛《か》みついて殺してやることもできるということだ」

「声も女児みたいに高くて可愛くなってるわね。言ってることは怖いけど」

リリィが小さなアクアの背中を優しく撫でる。

「でも、本当にわたしと一緒に来ちゃっていいんですか？　精霊さんたちのことは？」

「山賊団は壊滅させた。最早《もはや》我が洞窟で匿《かくま》う必要はない。もし何かあれば文字通り飛んで行くさ。我の翼ならほんの数時間でデヴァドに着く。シズクなら伝書鳩《でんしょばと》が使える故、連絡も容易《たやす》い」

噴水がアーチを描いている。水盤の上では妖精の彫像が楽しそうに舞い踊っていた。

「わたしとの約束のことなら気にしなくていいんですよ？　もしアクアさんがシズクさんたちと一緒に居たいなら、戻ってもらっても……」

「なんだリリィ、お主は我と一緒に居たくないのか？　重くて邪魔か？」

アクアが翼をはためかせ、リリィの膝枕から空中へと飛び上がる。

「いえ、そんなことは。アクアさんと一緒に居たいです。ペットみたいで可愛いし」

「ならばよかろう」

アクアがリリィの頭の上に着地する。帽子のように乗っかった。

「あんた今ペット扱いされてたけど、それでいいの？　誇り高き龍族《ドラゴン》なんじゃないの？」

そうして話を続ける二人と一匹を、遠目にロウガとシルヴィアが見守っていた。

二人並んでベンチに座っている。ロウガは腕組みをしながら口を開いた。

「余計な女も加わったが、リリィはアクアを仲間にした。第二の特別試験を突破したぞ」

「そうね。紆余《うよ》曲折《きよくせつ》あったみたいだけど、アクアはリリィのことを認めたようね」

シルヴィアは足を組みながら一人と一匹が戯《たわむ》れているのをぽーっと見つめていた。

「そろそろお前もリリィのことを認めてやれ。あの子は本物だぞ」

「本物？」

「ああ。一番失《な》くして欲しかった高尚な思想まで、魔王そのものだ」

「そう。でもあなたは最初からリリィに甘いから、なんとも言えないわ」

ロウガがやれやれと肩を竦《すく》める。

「お前の望み通り、山賊団も壊滅させた。少しくらい手心を加えたらどうなんだ」

「あら？　バレてたの？」

シルヴィアが横目でロウガのことを見る。

「カマを掛けた。図星とはな」

「アクアからの話で、精霊たちが酷《ひど》い扱いを受けていることは知っていた。救い出してあげたかった。でも精霊は神仏の類いで領民じゃないから法の適用外、しかも場所が国境付近で迂闊《うかつ》に兵を出すこともできない。帝国の息が掛かった連中相手なら尚更《なおさら》ね。だけどロウガなら一人で乗り込んで行って全滅させちゃうだろうって思ったから」

それをあえて口にせずロウガの判断に任せたのは、身を案じてのことか、言わずとも遂行すると見透かしてのことか。どちらにせよ、

「恐ろしい女だ」

「まあね。これでも魔族領代表にして世界最高峰の魔術学校の学園長ですから」

シルヴィアが偉そうに胸を張る。

「人をこき使っておいてやかましいわ。だったらお前も一緒に来いっ」

ロウガはシルヴィアの額にデコピンをくれてやった。立場上シルヴィアが動けないのは知っていたが。

「イタッ……フフフ」

シルヴィアは穏やかに表情を緩ませて微笑《ほほえ》んでいた。

「なんで嬉《うれ》しそうなんだ」

「他にこんなことしてくれる人、いないから。ずっと、いなかったから」

百年間もか？　ロウガはそう尋ねそうになって……言葉を呑《の》み込んだ。

代わりに、帝国の動向について気掛かりなことを話す。

「拉致された精霊たちの行方だが……好事家や娼館《しょうかん》となっていたがダミーだった。送り先はすべて帝国の機関だ」

「山賊団の首領を吐かせたの？」

「ああ。軽く痛めつけただけであっさりと吐いた。奴の話では、とにかく数をよこせと毎度うるさかったらしい。まるで消耗品のように欲しがると。理由を聞いたら殺されそうになったから、金のために黙って従っていたそうだ」

「……エルフ狩りの件と何か関係があるのかもしれないわ」

「学園を襲撃した、隻眼の死神の手《リーパーハンド》か。抜き取った記憶によると、奴は直接エルフを拉致して帝国に引き渡していたそうだな」

「ええ。少し似ていると思って。その理由も不明だわ」

「推測しようにも情報が少なすぎるな。よほど隠しておきたいことらしい」

「何かとんでもない裏がありそうね」

「それともう一つ」

　そう言ってロウガが腰から短剣を引き抜く。

「今回の死神の手《リーパーハンド》も、例のナイフを持っていた。霊魂狩り《ソウルティイカー》だ」

　鍔《ガード》には霊石が埋め込まれ、握り《グリップ》には呪文の彫刻が施された、魔法の短剣である。死霊術を扱う魔術師にとっては一般的な魔術道具で、死後間もない遺体や動物の死体に刺して霊魂を吸収、霊石に封じることで魔力資源とする。別の死体に魂を植え付けアンデッドとして仮初《かりそ》めの命を与えて自在に操ったり、霊体の動物霊を使い魔として一時召喚するなど、多くはそういった死霊術に使われるものだった。

「まあそんなに珍しいものじゃないけど、奴ら、死霊術は使ってこなかったのよね？」

「今のところ、魔法すらないな。魔導兵器のゴーレムくらいか」

「ロウガが格上の魔術師だから魔法での戦闘を避けた、というだけかもしれない。でも、死神の手《リーパーハンド》の全員が霊魂狩り《ソウルティカー》を所持していたというのは気になるところね」

「死神の刺青《いれずみ》と同じように単なる組織の象徴の類いかもしれないが……少し気に掛かる」

「精霊とエルフ、死神と魂か……」

　シルヴィアは顎に手を当てて深く考え込んでいた。

「何が思い当たることが？」

「推測の域を出ないどころか、ほとんど妄想だけれど……」

「話してみろ」

シルヴィアがロウガのほうを見る。

なぜか真剣な眼差《まなざ》しで、彼の顔をじっと見つめた。

「どうした？」

「……ううん。なんでもない。考えが纏まったら、改めて話すことにするわ」

シルヴィアがベンチから立ち上がる。

「それより、ロウガもお昼まででしょう？　一緒に食堂へ行かない？」

「ああ、付き合おう」

シルヴィアはロウガと肩を並べて歩きながら、嬉しそうだが少し憂いを秘めた微笑みを浮かべるのだった。


夜空に二つの月が昇っていた。雲で陰り、月光が遮られて闇が濃くなる。

暗闇の中、ミミカが廊下をスタスタと歩いていく。自分の部屋の前で立ち止まった。

ドアノブとドア下の隙間を確認して目を細めると、腰の鞘《さや》から懐刀《ふところがたな》を抜いてゆっくりとドアを開いた。

ミミカの部屋の中に、月明かりが少しずつ差し込んでいく。

部屋の真ん中に、誰かが立っていた。

「なんだ、あんたか。びっくりさせないでよ。帝国の刺客が裏切り者を粛清しに来たのかと思ったじゃない」

部屋の中に居たのはロウガだった。明かりも点《つ》けず立ち尽くしている。

「そうだな。本当に裏切ったのなら追手が掛かるだろうな。ここ数日、実に平和なものだ」

ロウガの腰には脇差が下げられていた。ミミカは懐刀を鞘に収め机に置く。両手を上げて武器はないですよとアピールする。

「まだ疑ってるわけ？　殺すつもりならとっくに殺してるわよ。リリィちゃんって無防備だもの」

「リリィを殺せば俺がお前を殺しに行く。それが分かっているからできないだけだろう」

「信用ないのね」

「あるわけないだろう」

「私は……ロウガ先生と仲良くしたいんだけどなぁ」

ミミカはロウガの目の前に立つと、シャツの胸元を指先で大きく開けて谷間を強調してみせた。潤んだ瞳で艶っぽくロウガの顔を見上げる。

「どういうつもりだ」

「今まであまり二人きりでお喋《しゃべ》りする機会がなかったでしょ？　だから、一晩中二人だけで熱く語り合ってみたら、少しはお互いのことが信用できるようになるかもって」

「殺すぞ」

「いいよ。ベッドの上でなら、いくらでも昇天させて？　大丈夫だよ。このことは誰にも言わないから。二人だけのヒミツ」

「そうか。わかった」

「あ、なんだ、実はその気だったんじゃん。じゃあ……」

ミミカがロウガの胸を指先でつぃーっとなぞる。

ロウガは腰の脇差を抜いた。比喩ではなく実際に。

「お望みなら、どんな男のモノよりも長く鋭く硬いモノをお前の中にぶちこんでやる。覚悟はいいな？」

冷たい金属の刃の切っ先をミミカの股に宛《あて》がった。

「ちょちょ、ちょっと待った！　あんた怖すぎだから！　そんな恐ろしい下ネタ、初めて聞いたんですけど！　つーか男なら少しくらい動揺しなさいよ。自信失くすんだけど」

ミミカは色っぽい雰囲気から一転、コミカルな仕草で手を振り振り情けなく後ずさる。

しかしロウガは冷淡な態度を変えなかった。

「……三文芝居はそこまでだ。色仕掛けが通用しないことは想定済みのはず。三下《さんした》女スパイの真似事《まねごと》はよせ。お前が一流の密偵だということは分かっている。でなければシルヴィアの目をくぐり抜けて暗躍することなどできはしない。お前なら、俺が今日ここに来た理由も察しがついているはずだ。本性を現せ」

「…………」

ミミカが顔を伏せ、大儀そうに深くため息をつく。次に顔を上げたとき、先程までとは表情が一変していた。その眼差しは氷のように冷たく刃物のように鋭い。

「あんたが私の部屋に来た理由？　もちろん、分かってるわよ。俺はいつでもお前のことを殺せる――そういう意味よね。だからわざわざ施錠されたはずの部屋の中で待ってたんでしょう？」

口調も違う。冷淡で低い声色に変わっていた。

「そうだ。ようやく本性を現したな。それが本来のお前か」

「あんたの脅しのメッセージならとっくに伝わってるわよ。他に用がないなら早く帰ってくれる？　眠いんだけど」

「ああ。長居するつもりはない。したくもない」

ロウガは脇差を鞘に収め、部屋のドアに手を掛ける。

「あぁ、そうだわ。帰る前にひとつだけ、あんたに聞いておきたいことがあるわ」

「……なんだ？」

ミミカが自分の顔を人差し指で差す。

「もしかして、この表情のあたし、かっこいい？　氷の刃のようなクールな女の眼差し……あんたもグッと来たんじゃない？」

ロウガが深くため息をつく。これだから女スパイの相手をするのは嫌なのだ。捉えどころが無い。脅しも効いているのかいないのか。

「そんな顔しないでよ、傷つくわね。あんたはさっき、それが本来のお前かって言ったけど、正直な話、あたしにもどれが本当の私なんだか分かんないのよ。いろんな人格を演じてきたせいかしら。小さい頃から何年何ヶ月と別人で居続けると、昔の自分を忘れちゃうのよね。ロウガとはこれから長い付き合いになりそうだし、こんな感じで自分でも良く分かんない女だけど、仲良くしてよね」

ミミカがニッコリと親しげな笑みを浮かべ、投げキッスをしてみせる。賽《さい》を転がすようにころころと変化する表情……本心が計り知れない。

ロウガは廊下に出て、ミミカの部屋のドアを閉めた。

「……厄介な相手が身内に加わってしまったものだ。俺は本当に、リリィの願いを聞き入れるべきだったんだろうか」

夜の月を見上げる。

流れゆく薄い雲によって、陰っては顔を出しと、ゆらゆらとまばらに輝いている。妖しい光を放っていた。

◆第四章◆

リリィの前にローズマリーが立ち塞がる。

一陣の風が吹き、ローズマリーの肩に下ろされた魔術師のマントがパタパタとはためく。

八芒星《はちぼうせい》と交わる剣――マギカ・エクステンドの紋章が揺らめいていた。

対するリリィのマントも同じように風にはためいている。

燃える太陽――ゴールデンドーンの紋章が揺らめいていた。

先に動いたのはローズマリーだ。リリィに向かって右手を翳《かざ》し、呪文を詠唱する。

「**轟け、天雷《ロアル トニトルム》**」

リリィの頭上から稲妻が落ちる。

しかし直撃の瞬間、リリィは左手を天に向けた。

魔法障壁《マジックシールド》で防ぐ。雷の一撃は弾《はじ》かれて無数の筋となって散らばり、リリィの体に落ちることなく地を這《は》った。

「ロウガさんが使うものよりも格段に弱い。この程度、わたしでも簡単に防げます」

「言ってくれるわね」

「だから、ついでにあなたを殴っておきます」

「へ？」

リリィは魔法障壁を再構成、ハニカム構造で広く展開した〈壁〉を折り畳み厚くして硬質化、小さな〈盾〉の形状へと変化させる。

そして左手を振り被《かぶ》り、中距離から遠隔で魔法の盾で殴りかかった。

「なっ!?」とローズマリーは慌てて魔法障壁を展開、〈盾〉の行く手を遮る。魔法障壁同士がぶつかり合い、相殺して粉々に砕けて消えた。

「へえ……やるじゃん。ちょっと見ないうちにずいぶん腕を上げたものね。すべてロウガ先生の指導の賜物《たまもの》って言いたいところだけど、それだけで説明が付くレベルじゃないわね。あんたの努力と才能があってこそだわ」

「姉弟子のローズマリーさんからお褒めの言葉を頂けるなんて光栄です。でも、以前ボコボコにされた屈辱は忘れていません。今日はあのときのリベンジをさせてもらいます」

「いいわよ、掛かって来なさい。今回はこっちだって本気でいかせてもらう。五体満足で済むとは思わないことね」

「今度こそ、絶対に負けません。学園最強の魔術学生、ローズマリー・キルケー……わたしはあなたを超えます」


二週間前……


紙飛行機が飛んでいく。

吹《ふ》き曝《さら》しの回廊の上をゆるゆると浮かぶように飛んでいた。

それを追い掛けてアオイがトテトテと小走りしていく。

追いつくと、ぴょんとジャンプして紙飛行機の腹を指先で捕らえた。

「う～、会心の出来！」

満足そうにそう言い、自作の紙飛行機の翼を愛《いと》しそうに撫《な》でる。

「また我と競争せんか？」

子供ドラゴン形態のアクアがアオイの頭の上にどかっと乗っかる。

「やだ。アクアちゃん、負けると火を吐いて飛行機燃やすんだもん」

「あれはミミカのやつが煽《あお》ってきたから、つい。もうしない故、許せ、アオイ」

親しげに話す一人と一匹の近くで、リリィは回廊の縁に身を乗り出し、校庭を見下ろしていた。

「なんだろ、あれ……」

校庭では、マギカの生徒たちが魔術戦闘の試合をしていた。

それだけなら普通の授業なのだが、かつて見たことのないほど大勢の人数がそこに集まって授業をしていた。

ヘルメスの授業は一人の師匠に対して複数人の弟子という形が基本形なのだが、弟子の人数にはバラつきがあり、十、二十とたくさんの弟子を抱える師も存在する。しかしながら今目の前にいる生徒の数は軽く五十を超えていた。師匠と思《おぼ》しき教師の数も、五名は確認できる。なぜこんなにマギカの教師生徒が一堂に会しているのか。

「あぁ、アレね。予行練習よ。二週間後に行われる〈三魔戦〉って授業の」

リリィの隣で縁に背を凭《もた》れているミミカが説明してくれる。

「さんません……？」

「正式名称は三サークル合同魔術戦闘訓練。略して、三魔戦。魔術学生同士で戦うの。三つのサークルが対抗で模擬戦闘訓練をするっていう特別授業よ」

「なんだか面白そうですね」

リリィが素直に感想を述べると、後ろにいたアオイが強い口調で言った。

「面白くないよ。全然、面白くない」

「え……？　アオイちゃん？」

背中を撫でてもらっていたアクアもポカーンと口を開けてアオイの顔を見上げていた。

「きらい」

言葉通り、アオイの顔には嫌悪感が滲《にじ》み出ていた。いつも穏やかで優しく、なんでも受け入れてくれそうな性格のアオイが心底嫌そうな顔をしていた。

そんなアオイ本人に理由を聞くのは躊躇《ためら》われたため、リリィはミミカのほうを見た。

「三魔戦の公式の目的としては、日頃の訓練の成果を発揮し、サークル同士切磋《せっさ》琢磨《たくま》しようって名目ね。実際には、マギカの宣伝、パトロンへのアピール、血気盛んな生徒たちの息抜き等々、そんな感じね。マギカのための特別な授業だと思ってくれて間違いないわ」

「マギカのための授業なんですか？　ドーンやフェイトも参加するんですよね？」

「授業の内容は魔術戦闘の試合よ。やることが戦いなんだもの、戦闘魔法特化のマギカにドーンやフェイトが勝てるわけがないでしょ。他のサークルの生徒は噛《か》ませ犬みたいなもんよ。事実上の出来レースね。ドーンやフェイトを踏み台にすることで、強きマギカの名が栄光に輝くってわけ」

「な、なるほど……」

リリィはロウガによって毎日のようにみっちりと戦闘訓練をしているが、一般的なドーンやフェイトの生徒たちは違うのだ。

本来のドーンはあくまで日常生活に根差した魔法技術の習得、フェイトは専門的学術的な魔術の研究……どちらも戦闘魔術を重視してはいない。実際、ミミカも諜報員《ちょうほういん》としての訓練は受けているが戦闘用の魔法に関しては自信がないという。アオイのほうも知識として学んではいても、実戦で使うための訓練を積んでいるわけではなかった。

それに対してマギカは、戦争兵器としての役割に特化した人間式・帝国式の魔術の習得を目指して研鑽《けんさん》を重ねている。徹頭徹尾、戦闘魔法の勉強だ。つまり、魔術戦闘ではマギカの独壇場となる。他サークルの生徒は動く的に等しいだろう。

「実際、ドーンやフェイトの生徒は三魔戦のことを集団リンチだのいじめ祭りだのマンハントだの、とんでもない別名で呼んでいるわ。学園最悪の慣例行事として名高いわね」

「どうしてそんな悪習が続けられているんでしょうか？」

「マギカの生徒たちにとっては、楽しいお祭りだからね。大魔術師《グランドマスター》のお偉方を含め、O

B・OGにも大人気らしいわよ。そこから入ってくる寄付金もあるみたい。それに、ルール自体は公平なものだからね。総勢三十名の魔術師たちが各サークル陣営ごとに集まって、開戦と同時に正面からの殴り合いよ。チームを組んで行う魔術の練習試合みたいなものね。つまり、正々堂々と戦う決闘なの。マギカからしてみたら、弱っちいお前らのほうが悪いんだろ、悔しかったら強くなれよって感じなんじゃない？」

「そう言われてしまうと言い返しづらいですが……理不尽ですね」

「まあ、シルヴィア学園長先生のおかげで少しはマシになったのよ。元々は三つのサークルがそれぞれ敵同士になって戦う三《み》つ巴《どもえ》の試合だったんだけど、あまりにマギカが強いからって、ドーンとフェイトが同じチームを組むことになったの。今ではマギカ対ドーン＆フェイト連合軍の戦いってわけ。人数は公平に十五対十五だけど」

「人数にも差がないなら、結果は変わらないように思いますが」

「残念ながらその通りよ。過去にはドーンとフェイトの参加者たちがお互いの腕自慢を集めて作戦を立ててガチで勝負を挑んだこともあったらしいけど、完膚無きまでに叩《たた》き潰されたそうよ。それくらい大きな実力差があるってことね」

ミミカが空を見上げてため息を吐《つ》く。目を閉じ、自嘲するように口の端を歪《ゆが》めた。そう、大きすぎる力の前では抵抗など無意味だ。充分に理解していた。

「くじ引き、憂鬱……」

アオイもアオイでため息を吐いていた。

「くじ引き？」

「ええ。三魔戦の参加者はくじ引きで決められるの。本来は立候補制なんだけど、ドーンやフェイトの生徒たちは誰も手を挙げないから、結局のところ、いつもくじ引きで参加者を決定することになるの。通称、生《い》け贄《にえ》のくじ引き」

「ルーンフェイトは明日、くじ引きがある。当たりたくない……」

アオイはガタガタと肩を震わせていた。

そして翌日──

ズーンと深く肩を落としたアオイの姿があった。

ふらふらと覚束《おぼつか》ない足取りで回廊を歩き、リリィたちの許《もと》までやってくると、崩れ落ちるようにリリィの胸の中に倒れ込んできた。

「ア、アオイちゃん!? 大丈夫!?」

「大丈夫じゃない……全然、大丈夫じゃない。くじ引き、当たっちゃった」

「あら～、ご愁傷様。まあ、殺されるわけじゃないから。入院はするかもだけど」

何かしらまた煽ったのだろう、アクアに頭を嚙みつかれた状態のミミカが言う。

「いじめられる……私、弱いもん……みんなにいじめられる……」

アオイが今にも泣き出しそうな声で呟《つぶや》く。

リリィはアオイの体をぎゅっと優しく抱き締めた。

「じゃあ、わたしがアオイちゃんのことを守ってあげる！ 一緒に戦うよ、三魔戦！」

「へ……？」「は……？」

アオイとミミカがポカンと口を開ける。

「確か、ドーンのほうは今日参加者を募るんですよね？　わたし、立候補します」

「だ、だだだ、ダメだよ！　そんなことしちゃダメ！」

「な、何言ってんの、リリィちゃん！　あたしの説明、聞いてた!?　マギカのリンチ、いじめ、ハントよ！　実力の差があり過ぎて、他の仲間なんてアテにならないわ！　あなた一人で戦うはめになるわよ!?」

「わたし一人で全員倒します」

「あんたロウガみたいなこと言ってんじゃないわよ！　マギカの中でも実力のある生徒が出場してくるんだって！　しかも、十五人よ！　いくらリリィちゃんでも、そんなにたくさんの魔術師軍団を一遍に相手にできないでしょ!?　タコ殴りにされるっての！」

ミミカが心配そうに捲《まく》し立てる。

「リリィちゃん、ダメだよ。私のことなら大丈夫。少しの間ガマンするだけだから。死んだふりの練習するから」

アオイがこてんと床に寝る。死んだふりなのだろう。

二人にここまで止められては、リリィもさすがに不安になってきた。

「……そんなにダメかな？」

「ダメよ。立候補するなんて以《も》っての外《ほか》」「うん。ゼッタイやめたほうがいい」

「……とりあえず、ロウガさんに相談してみようかな」

「そうね。私たちの言葉で納得できないのなら、信頼する師匠に止められてきなさい」

リリィはロウガの部屋へと向かった。

斯《か》く斯《か》くしかじかと事の経緯を説明する。

「やってみろ。勝機はある」

ロウガはリリィの参加を止めなかった。

「当然の話ではあるが、三魔戦は殺し合いじゃない。あくまで訓練だ。殺傷能力の高い攻撃的な魔法は原則使用禁止となっている。これはリリィにとって有利に働く。だろう？」

「そうですね。わたしは元々攻撃魔法を使えませんから、ある意味公平な戦いになりますね。公の場ですから創造魔法は使えないですけど、非殺傷の光魔法は得意です」

「そうだ。三魔戦で使用する魔法は主に、相手を傷つけずに制することが可能な光魔法だ。相手を気絶させて戦闘不能にするか、拘束してギブアップさせれば、敵の参加者を倒したことになる。つまり三魔戦で重要なのは、光魔法と体術、そして集団戦の練度だ」

「わたしがいつもやってることですね」

「ああ。そのどれもがきみにとって必要な戦闘技術だ。いい機会だ、マギカの精鋭を相手に戦ってみろ。その経験はきみの糧になるだろう」

「なるほど。ちょうどいい修業になると」

「利点はまだある。シルヴィアは他サークルいじめのような三魔戦のことを快く思っていない。学園経営のために仕方なく目を瞑《つぶ》っているだけだ。ドーン所属であるきみがマギカの生徒たちを蹴散らし、悪名高い特別授業を引っ搔《か》き回してやれば、シルヴィアは内心喜ぶことだろう。ましてや、敵陣営であるマギカの参加者を誰よりも多く倒して優勝することになれば、きみのことを高く評価せざるを得ない」

「ここまで聞くと、むしろ絶対に参加するべきですね」

「もちろん、リスクもある。マギカの参加者たちは粒揃《つぶぞろ》いだ。舐《な》めて掛かっていい相手じゃないぞ。対魔術師戦を想定した特訓が必要になるだろう。やる気はあるか？」

そして、座学の時間のあとだった。

ゴールデンドーンの生徒たちが集められた教室にて、ドーンのサークル長を務める高等部三年生の女子生徒が教壇に立つ。

議題は、三サークル合同魔術戦闘訓練の参加者についてだ。

毎年のことなので、最早《もはや》立候補者を募ることなく、くじ引きで決めようとすると――

「わたし、立候補します！」

リリィが席から立ち上がって挙手していた。

「「エエーーーッ！！？」」

教室にいたすべての生徒たちが一斉にリリィのほうを見る。驚く余りに出した大声の合唱は教室の窓を震わせたほどだった。

リリィは学園長室のドアの前に来ると、表札の上に留まる三つ目カラスを見上げた。

「リンゴくん、ご主人様はいる？」

カアーッと三つ目カラスが鳴く。それを合図にしたように、学園長室のドアが独りでにギギーッと開かれた。

入っていいのかな、とリリィが部屋の中を覗《のぞ》き込む。

「あら、リリィじゃない。どうしたの？」

シルヴィアは事務机に向かい、書類に目を通していた。

「お仕事中でした？　お忙しいようでしたら出直します」

「構わないわ。入って」

リリィが机越しにシルヴィアの前に立つ。挨拶もそこそこに話の本題へと移る。

「シルヴィアさん、次の特別試験の内容は決まりましたか？　前回の試験から一ヶ月ほど経《た》つので、時期的にそろそろかなと思いまして」

「そう言えばそうだったわね……」

シルヴィアが顔を俯《うつむ》けて深くため息を吐く。

机の上に広がった書類の束が視界に入ると、両手で頭を抱えてしまった。まるで今はそんなことを考えている心の余裕はないとばかりに。

「もしかして、三魔戦関係の書類でしょうか？」

「そうよ。学園長だからね……色々あるの。お菓子も色々あるわよ、食べてく？」

机の上には紙の束に交じり、たくさんのお菓子が散らばっていた。様々な種類の焼き菓子《ガレット》の他にも水羊羹《みずようかん》やケーキの載った皿まで置かれていた。

「スイーツ屋さんみたいですね……」

「ストレスが溜《た》まると止まんなくなっちゃうのよ。理由は……察して」

シルヴィアがパチンと指を鳴らす。すると、棚に並んでいた食器が独りでに動き出し、小皿とフォークが机の上まで飛んできた。リリィのために魔法でセッティングされていた。

「このお菓子もあまあまよ。きっとリリィの口にも合うわ」

シルヴィアがナイフで水羊羹を半分に切る。

「あの、特別試験なんですが……『わたしが三魔戦で優勝する』というのはどうです？」

「へ……？」

いつもクールなシルヴィアが珍しく惚《とぼ》けた表情をする。無防備に口をぽかんと開けた。

「マギカの精鋭たちを薙《な》ぎ倒して、ドーンのわたしが優勝するんです。今までの試験と比べると簡単すぎますかね？」

「いやね、そういうことじゃなくて。二つ突っ込みたいことがあるわ。まず、特別試験の内容をあなた本人が考えちゃうの？　そして、三魔戦で優勝するって本気？」

「やっぱり試験の内容を自分で考えるのは変でしたか……。でも、真剣に優勝を狙っています！　わたしが勝ち残り、ゴールデンドーンを勝利に導きます！」

「それは学園の創立以来、誰も成し遂げたことのないことよ。マギカ以外の生徒が三魔戦を勝ち残るなんて、未《いま》だかつて一度もないわ……」

「じゃあ、わたしがその第一号です！」

リリィが胸の前でぐっと両の拳を握る。

シルヴィアは椅子に深く腰掛け、ふうと小さく息をつく。

「あぁ……そっか。こういうことなのね。ロウガが言っていたことは」

目の前に立つリリィの姿に、かつての魔王、セイラの面影を重ねた。

学園という小さな世界の話ではあるけれど、前人未到の偉業を成し遂げようとしていることに変わりはなかった。


昼休みということもあり、学園のエントランスにはたくさんの魔術学生たちが行き交っていた。食堂へ行こうか、校庭や中庭で遊ぼうか、適当な場所で雑談しようか――

そんな喧騒《けんそう》の中で、ミミカは一人、隅っこのソファに寝転び天井を見上げていた。

バサリと羽音がして、天井の梁《はり》に一羽のカラスが留まる。

三つの目を持った学園警備の三つ目カラスのように見えたが、額の真ん中の瞳には生気がなく、まるで張りぼてのようだった。

三つ目カラスに似た鳥が、ミミカのことをじっと見下ろす。

「はいはい、今行きますよっと」

ミミカが億劫《おっくう》そうにソファから立ち上がる。申し合わせたように三つ目カラス（？）も梁から飛び立ち、二階の廊下のほうへ姿を消した。

ミミカがカラスを追って歩き出す。行く先を見据える彼女の表情は冷たく硬い。普段リリィたちに見せているような感情豊かなそれとは程遠いものだった。

「……動いたか」

柱の陰に隠れていたロウガが、ミミカの尾行を開始する。

おそらく、三つ目カラスに擬態したあの鳥は、ミミカが所属する諜報《ちょうほう》組織の連絡係だろう。単なる動物ではなく、正体は変身魔法で姿を変えた魔術師だという線もある。

なんにせよ、今も帝国と繋《つな》がっているという証拠を摑《つか》んでミミカは敵だとリリィに証明する必要があった。

カラスとミミカが講義室の一室に入る。

慎重にあとを追い、ロウガが部屋の様子を窺《うかが》おうと講義室のドアに張り付いた、そのときだった――

「何をしているのです？」

ロウガの背後から、一人の男性教師が声を掛けてきた。

先程からなぜか自分を追う気配には気付いていたが……台無しにしてくれるものだ。否《いや》応《おう》なく振り向く。

知った顔だ。細身の眼鏡を掛けた神経質そうな雰囲気の男である。

名前はカーク・オスマン・スパー。ローズマリーの師であり、マギカの大魔術師だ。学園長シルヴィアによれば、真面目で高潔な性格、学園のことを第一に考えてくれる。貴族の生まれで帝国高官にも顔が利き、過去にはいろいろと便宜を図ってもらったこともあるそうだ。マギカらしく差別的な側面を持つものの、ノブレス・オブリージュとして良い面に働くことが多く、ヘルメスの中でも信頼できる人物らしい。

「何もしていない。トイレを探していた」

「ドアの前で用を足すつもりですか？　トイレなら向こうです」

カークが廊下の奥を片手で指し示す。

「ご丁寧に教えてくれてありがとう、助かったよ。じゃあな」

ロウガはカークから顔を背けて会話を終わらせる。

しかしカークはその場に立ったまま動こうとしなかった。邪魔である。ミミカの動向を探ることができない。

ロウガは仕方なくカークのほうに再び顔を向けた。

「どうした？」

「それはこちらのセリフです。どうして移動しないのですか？　トイレはあちらです」

「少し我慢してから用を足すタイプなんだ。人の趣味嗜好《しゅみしこう》に口を出さないでくれ。俺のことはいいから、自分の仕事をしろ」

「僕の仕事は学園の秩序を守ることです。不審な人物からね」

「どういう意味だ。俺はこの学園の教師だぞ」

「だからですよ。他の魔法学校の卒業歴もないのに、シルヴィア学園長からスカウトされたそうですね」

「昔からの友人でね。コネ入社で悪かったな」

「本当にそれだけですか？　もっと大事なことを隠しているように思います。昔からの友人という話ですが……それは具体的に、いつから付き合いがあるのですか？」

「そんな個人的な話をお前に話す道理はない」

「……あなたには謎が多い。学園長はあなたのことを信頼しているようですが、僕から見れば正体不明の危険人物です」

「危険？　なぜだ」

　そのとき、廊下の奥から一人の女子生徒が歩いてきた。険悪な雰囲気で話す教師二人の姿を見て目をぱちくりと瞬かせている。

「……その話は今度にしましょう。しかしお忘れなく。僕は学園を守るマギカの大魔術師。あなたが再び不審な動きを見せれば、そのときは強引にでも話を聞かせてもらいます」

「肝に銘じておこう。じゃあ――話は終わりだな」

　廊下の奥へと案内するように、どうぞと紳士的に腕を広げる。

　不満そうな顔をしながらもカークが去っていく。ようやく厄介払いができた。

しかし時間を掛け過ぎた。スパイが情報交換するには充分過ぎる、現場だけでも押さえて置かねば。

ロウガは素早く講義室のドアを開け放ち、ミミカと連絡役がいると思われる室内に踏み込んだ。

講義室の中では、ミミカが一人、物憂げな表情で窓辺に寄りかかっていた。三つ目カラスモドキの姿はない。……遅かったようだ。

ミミカが気怠るそうなゆったりとした動作で首と体を動かす。ロウガのほうへ向き直る。

「………………」

ミミカのほうもロウガの尾行を察したのだろう。お互い、無言で相手のことを見つめる。開けっ放しの窓から柔らかな風がそよぎ、カーテンをゆらゆらと揺らしていた。

「あのさ、ロウガ……」

先に口を開いたのはミミカだった。

「なんだ？」

ミミカは何か言いかけたが、結局諦めたようにふっと嗤《わら》って天を仰いだ。

「……ううん。やっぱなんでもないわ」

「俺からは一つ質問がある」

「ん。何よ？」

「……お前はどうして三魔戦へと参加する気になった？　お前はくじに当たって強制され

たのではなく、リリィのあとを追うように自ら立候補したそうだな。なぜだ？　俺たちへの点数稼ぎか？」

　アオイやリリィと同じく、ミミカも三魔戦への参加が決定していた。ドーンの生徒なら参加したくないはずの行事に、ミミカは自ら挙手したのだ。リリィはアオイを守るために自ら三魔戦への参加を決めたが、ミミカにはわざわざ立候補するだけの理由がない。この女スパイの性格を考えると、友情なんてものは理由にならないだろう。

「あー、そういうことしか考えられないオトナってヤダわー」

「ここで信頼を得、後《のち》に裏切るための布石にしているのか。または別の思惑があるのか」

　ロウガが鋭い眼差《まなざ》しでミミカを見る。効果は薄いかもしれないが釘《くぎ》を刺しておく。

　ミミカはぐっと背を反って窓枠に凭《もた》れ掛かり、空を見上げて遠い目をした。

「あたし、妹がいたのよ。リリィちゃんの世話を焼いてると、なんでかあの子のことを思い出すの」

「…………」

「まあとっくの昔に死んでるんだけどさ。子供の頃に。つらい訓練に耐え切れなくなって首を吊《つ》ったの。帝国のスパイの訓練なんて地獄そのものだし、路上生活していたある日パンを渡されて拉致られただけだから、別にスパイになりたかったわけじゃないしね。毎日虐待されてるようなもんよ。しかもそこから逃げようと思ったら死ぬしかない。相手は帝国の影の組織、一大国家の暗部だもん、脱走なんてしたらもっと酷《ひど》い目に遭わされる」

　ロウガはじっとミミカの話に耳を傾けていた。

「……あれ？　間違えたかも。妹だっけ？　お姉ちゃんだったかも」

「また忘れたのか」

　ロウガは真剣に話を聞いていたことを後悔し、眉を顰《ひそ》めた。

「しょうがないじゃん。いろんな人物になってたから、設定がない素面《しらふ》の状態で話しているとこんがらがっちゃうのよ。嘘《うそ》の兄弟姉妹なんて大量に作ったし」

「本当に血の繋がった姉妹なんていたのか？」

「それは本当。姉か妹かは忘れたけど、首を吊ってた光景だけは忘れられないから」

「………………」

「だからさ、リリィちゃんには死んで欲しくないんだよね。どうせあんたは信じないでしょうけど、私はリリィちゃんのことを守ってあげたいと思ってる。ピュアで可愛《かわい》いし」

　ロウガはミミカの顔を見た。

「もう一つ質問だ。なぜそんなことを俺に話す？」

「私のことを知って欲しいと思ったから。女が男に過去を打ち明けるのは信頼の証《あかし》……つまり、私はあなたのことが好きってことよ」

　チュッと冗談めかしてミミカが投げキッスを放つ。

「お前と話していると頭がおかしくなりそうだ」

　ロウガは一蹴してミミカの首根っこを後ろから摑む。

「え!?　なになに!?　なんの真似《まね》よ!?」

「これから三魔戦へ向けたリリィの戦闘訓練をする。お前も付き合え。集団戦対策だ、敵となる人の数は多ければ多いほどいい。アクアやアオイも参加する予定だ」

ロウガがミミカの体をずるずると引き摺《ず》っていく。

「そ、そういうことなら参加していいけど……。引っ張んないでよ、襟が伸びちゃう」

「徹底的にしごいてやるから覚悟しておけ。余計なことを考える暇がないくらいにな」

「………」

ミミカは大人しくロウガに引き摺られていくのだった。


三サークル合同魔術戦闘訓練——略称・三魔戦が、ついに開催される。

場所は、学園の北東に付設された屋外競技場だ。グラウンドの規模は長さ百十・幅七十メートルを超える、横に広い長方形である。北側には観客席があり、およそ六百を数えるヘルメスの全校生徒と教職員が余裕で座れるほど多くの座席が設けられていた。

マギカの生徒たちに割り当てられた座席はほぼ満席状態で、皆が楽しそうに歓談しながらはしゃいでいる。最前席には応援団の姿もあり、一緒になって発声練習をする生徒たちもいて、男女共に大盛り上がりだった。

ところ変わってドーン&フェイトの観客席はというと、大半の座席は埋まっているものの空席も多かった。基本的には全生徒参加型の特別授業なので、観戦する義務は発生するのだが、体調不良という名目でボイコットを訴える生徒たちが少なからず存在した。生徒の義務として出席している生徒たちも、その表情は軒並み優れない。楽しく歓談する生徒など誰一人としておらず、静けさに包まれている。お通夜のような雰囲気だった。

今まさに魔術の試合が行われようとしているグラウンドの上も、観客席と同じようにその雰囲気はハッキリと二つに分かれていた。

自信たっぷりな表情で手足をブラつかせてウォーミングアップするマギカ陣営の生徒たち。そして怯《おび》えた表情で顔を俯《うつむ》かせているドーン&フェイト陣営の生徒たちだ。

両陣営は縦一列に一人ずつ並び立ち、十五対十五がセンターラインを隔てて真っ向から二つに対峙《たいじ》している。

試合開始を告げるラッパが、三回に分けて吹き鳴らされる——スリーカウントで開始だ。

まずは短く一回。リリィは拳をぐっと握り締めた。

教職員用の観客席には三サークルの教師たちの他に、シルヴィア学園長の姿があった。欠伸《あくび》をしているアクアを胸に抱きながら、じっとリリィのことを見守っている。

二回目のラッパが吹かれる。リリィが真剣な表情で前を向く。正面にいるマギカの男子生徒に狙いを定めた。

そして三回目。一際強くて長いラッパの音が響き渡った。

「——え？」

観客の一人が唖然《あぜん》と口を開く。いや、一人だけではない。ほぼすべての観客が目の前の光景を見て言葉を失っていた。

開戦直後、たった数秒のうちに、マギカ陣営の一人が倒れた。ドーンの女子生徒の手によって。素早く打ち込まれた光の剣の斬撃を浴び、一撃で昏倒《こんとう》していた。

時を待たずして再びマギカ陣営の生徒がもう一人、落ちる。先程と同じドーンの女子生徒の手によって。

会場全体がどよめいていた。あっという間にマギカの精鋭が二人も負けた。弱いはずのドーンの生徒の手によって、呆気《あっけ》なく。

マギカの観客たちは目の前で起こっていることが信じられず、目をぱちくり瞬かせていた。それに対し、ドーン&フェイトの観客たちからは歓声や喜びの口笛が飛び始めていた。

「ミミカさん、左方向の一人をお願いします。わたしはこの二人に対処します」

「はいはい、時間稼ぎなら任せて」

リリィはマギカ生徒Aが放った光の槍《やり》の一撃を光の剣で払い落し、踏み込んで胴に打ち込む。相手が怯《ひる》んだところに、返し刀でトドメの斬撃を放って意識を奪う。

「リリィちゃん！　右から弓矢！」

後ろに立っているアオイが教えてくれる。守るために常に後方にいてもらっているのだが、こういう利点もあった。

体を捌《さば》き、飛んできた光の矢をかわす。その勢いで体を半回転させつつ〈光の弓〉を召喚、矢を番《つが》えて反撃する。

リリィが放った光の矢は、マギカ生徒Bの頭部に命中した。しかし光の矢は効果が低く頭に当たったとしても一撃では戦闘不能にできない。続け様に二本目の矢を番え、再びヘッドショットしてトドメを刺す。バタリとマギカ生徒Bが倒れた。

「すごいね、リリィちゃん。弓も上手なんだ」

「ううん、下手だよ。相手と矢の周囲にあるエーテルを磁石みたいに変化させて、矢に追尾性能をもたせて強引に命中させているだけなの。空に向かって射《う》っても当たるよ」

「ひ、ひえ～……やってることが高度すぎて意味が分からない」

「リリィちゃん、そろそろ限界～、助けて～」

ミミカがマギカ生徒Cの猛攻に遭い、押されていた。

「今行きます！」

リリィは光の剣を振り上げて飛び上がり、真っ向幹竹割《からたけわ》りに斬り下ろした。


ひと気がなく静寂に満ちた廊下に、カツカツと自分の足音が響く。

ロウガは独り、校舎の中を見回っていた。

三魔戦の開催により、校舎内に教師生徒の姿はない。

三つ目カラスが飛んでいるものの、学内の警備が手薄になっていることは否めなかった。

ロウガの本心としては会場でリリィを応援してやりたい気持ちもあったが……胸騒ぎがしていた。先日のミミカの動きが気になる。

「カア」と一羽の三つ目カラスが鳴いて、ロウガの許《もと》へと飛んでくる。ロウガは腕を出して止まり木にして迎えてあげた。

「どうした？」

リリィのように会話することなどできないが、一応そう聞いてみる。

「カア」と何か訴えかけてくるが、当然分からない。だが一つ分かったことがある。

「お前、リンゴくんだな。いつもリリィと喋《しゃべ》っているから、俺にも分かったぞ」

「カア！」と、おそらく嬉《うれ》しがっている。

そしてこっちに来いとばかりに黒い翼を広げ、廊下の奥へと飛び立った。

「追ってみるか」

リンゴくんに導かれて校舎の中を駆けていく。

教員用の研究室が並ぶ廊下にて、リンゴくんは翼を畳んで床に降り立った。ここを見ろ、とばかりに床の一部を嘴《くちばし》で突っつく。

「なんだ？」

該当の箇所にしゃがみ込むと、床が濡《ぬ》れて光っていた。指先でなぞり、詳しく調べる。

「これは……〈スライム〉の一部か？」

ゲル状の物体を発見した。視《み》れば、エーテルを豊富に含んでいる。ただの液体ではない。

〈スライム〉とは魔法生物の一種だ。豊富なエーテルと澱《よど》んだ水が反応すると自然発生することもある、広く知られた存在だ。下水や洞窟に多く棲《す》む。攻撃性が低く戦闘能力も低いため別段脅威でもない。でかくて綺麗《きれい》なドブネズミみたいなものだ。しかし校舎内に湧いて出るような魔法生物ではなく、侵入してくることなど万に一つもなかった。

なんらかの実験で使用したのかもしれないが……なぜこんなところに体の一部が？

「俺と同じように不審に思ったから、お前はわざわざ報告してきたんだな？」

「カア！」と肯定するようにリンゴくんが鳴く。

「だがこれでは何も分からんな。お前は引き続き調査を続けてくれ」

「カア？」とリンゴくんが首を傾《かし》げる。

当たり前だ。言葉が通じないのだから。思わず普通に話し掛けてしまっていた。ロウガはちょっと恥ずかしくなった。

「……何をしているのです？」

背後から声を掛けられた。このセリフ、以前にも聞いたことがある。

「またお前か」

ロウガが立ち上がって振り返ると、カークの姿があった。訝《いぶか》しげな視線を注いでいる。

「今度はカラスとお喋りですか。不審なこと、この上ありませんね」

「黙れ。何の用だ」

一番見られたくないところを一番見られたくない奴《やつ》に見られていた。

「最初に言いましたよ。ここで何をしているのです？」

「学内の警備だ。だから同僚の三つ目カラスと相談していたんだ」

「そうですか、お疲れ。実は僕も同じなんですよ、手薄になった学内の警備をしていました」

廊下の奥のほうを指差す。ずっと遠くだ。

「いえ、そうはいきません。なぜなら不審者を発見したので。尋問する必要があります」

「きっと俺のことなんだろうな。勘弁してくれ……」

ロウガはやれやれと首を振って歩き出した。

相手にするだけ時間の無駄だ。さっさと立ち去ってしまうに限る。

「駆《クル》けよ、炎《フラムマ》」

カークが右手を翳《かざ》し、呪文を唱えていた。ロウガのほうへ向かって猛火が走る。

ロウガは振り向き様に左手を翳し素早く魔法障壁を展開、火炎を堰《せ》き止めた。

「……どういうつもりだ。冗談にしては度が過ぎるぞ、カーク先生」

「ロウガ先生、あなたなら防げるだろうと確信してのことです。死神の手《リーパーハンド》……この名前に聞き覚えはありますか？」

「なぜここでその名が出てくる？」

「今更あなたに説明する必要はないかもしれませんが、皇帝直属の精鋭暗殺部隊の名称だといわれています。公的には存在さえ認められていない影の組織で、黒い噂《うわさ》が絶えません。

帝国魔族領問わず貴族や高官の暗殺、拉致、恐喝、その他諸々《もろもろ》……皇帝の密命を受け、手段を選ばず汚いやり方を用い、この世界の裏で暗躍している集団だとされています」

「それがなんだ。まさか……俺がその死神の手《リーパーハンド》の一員だとでも？」

「ええ。少なくとも、繋《つな》がりを疑っています」

「本当に、冗談じゃないぞ……」

「では、その異常なまでの戦闘能力の説明をしていただけますか？　悪いとは思いましたが使い魔の蜘蛛《くも》の眼《め》を用いて、あなたが禁術魔法を使って授業をしている光景も拝見しました。並みの魔術師範の次元を超えています。しかしあなたが超一流の暗殺者・死神の手《リーパーハンド》だというのなら納得がいく」

ロウガは頭を抱えた。確かに一理ある。客観的に見れば、俺のような奴は明らかに不審人物だろう。ヘルメスの学園長にして魔族領代表のシルヴィアと親しく、ドーンの魔術教師のくせに異常に強い、滅びたはずの古《いにしえ》の魔法を使いこなす、冷静に考えてみると疑われて当然だといえた。思い返せば、カークが最初からロウガに対して敵対的な眼差《まなざ》しを注いでいたのはそのせいだったのだろう。

「……わかったよ。説明するから矛を収めてくれ。単なる勘違いで刃傷沙汰《にんじょうざた》など笑えん」

「嘘《うそ》をつけば、次は僕の最大の力を以《も》って攻撃します。灰と化したくなければ正直に話しなさい。あなたは一体何者です？」

「最初から隠してなどいないさ。俺はロウガ・オーキス、百年前に死んだ魔王軍の将官だ。

大将として一軍を率いていた」

「……正気ですか？　あなたも言った通り、魔王軍四天王の一柱ロウガ・オーキスは百年も昔にこの世を去っています。生きてここにいるはずがないでしょう？」

「蘇生《そせい》魔法で蘇《よみがえ》ったんだ。未完成のまま強行したため、復活したのは百年後だったがな」

「確かにロウガ様ほどの優秀な魔術師なら、蘇生魔法の研究に取り組んでいてもおかしくはない。帝国の歴史書では諦めの悪い愚鈍な手下として書かれているが、魔族領では忠義に厚い偉大な魔術師として有名だ。しかし、今ここにいるあなたがそのロウガ様だと？　現代に於《お》いても蘇生魔法の技術は確立していません。百年前の偉大な魔術師が時を超えて蘇り、今僕の目の前に立っているなど……信じられると思いますか？」

カークが敵意に満ちた眼差しでロウガのことを見つめる。

「まあそう言われるとは思ったが……事実なのだから信じてもらう他ないな。同じ魔王軍だったシルヴィアと親しいのも、戦闘の練度が高いのも、禁術魔法を使うのも、それですべて説明が付くだろう？」

「…………」

カークは右手を翳し、ロウガの目を睨《にら》みつけたまま沈黙した。

ロウガは敵対する意思はないと、両腕を広げてみせる。

ひと気のない校舎の廊下は静寂に満ちており、ただ静かに時だけが流れた。

そのとき――

「ガアガアガア!!」

窓の外を飛ぶ三つ目カラスがけたたましい声で鳴いた。非常事態を報《しら》せる声だ。

ロウガはいち早く反応して窓に駆け寄り、喚《わめ》き散らしている三つ目カラスのほうを見る。

三つ目カラスは中庭の上空をぐるぐると旋回していた。そのまま視線を落とす。

「あれは……ゼリーゴーレムか」

ヒトの形をしたスライムのような化け物が、中庭に立っていた。

〈ゼリーゴーレム〉という名の魔導兵器である。体長二メートルほどの小型のゴーレムで、ゲル状の肢体を持つ。透けて見える体の中心には〈魔核《コア》〉と呼ばれる球状の石のような物質があり、心臓の血管が脈打つように魔力の導線が走っていた。

「なぜ学園内を魔導兵器がうろついているのです？　ルーンフェイトの生徒が実験体を逃がしてしまったのでしょうか……？」

カークが隣の窓から外を見下ろしていた。

「いや、一生徒の失敗という規模ではないな。大量にいる」

一体、また一体と、渡り廊下の奥から中庭へと新たなゼリーゴーレムが姿を現す。中庭の敷地を埋め尽くし、我が物顔で闊歩《かっぽ》していた。

「こっちにも来たぞ。構えろ。向こうはやる気だ」

廊下の奥から二体のゼリーゴーレムがのそのそとロウガたちのほうへ直進して来ていた。

ロウガが腰の鞘《さや》から刀を引き抜く。カークは右手を前方に翳した。

「念のために聞きますが、ロウガ先生はゼリーゴーレムの弱点をご存知ですよね？」

「ああ、魔核《コア》を叩《たた》く。制御装置さえ壊してしまえば、素材となったスライムの死骸に逆戻りだ。カーク先生は左を頼む」

二体のゼリーゴーレムが同時に襲いかかってくる。

ロウガは攻撃してきたゼリーゴーレムの右腕を斬り払い、空いた脇腹から刀を刺し込んで魔核を貫く。

カークは右手から一筋の雷撃を放ってゼリーゴーレムの動きを止めつつ、左手に〈氷の剣〉を召喚、敵の懐に飛び込み、鋭い氷塊の刃で魔核を突いた。

魔核を破壊された二体のゼリーゴーレムは揃《そろ》って機能を停止。ドロドロに溶けてヒトの形を失《な》くし、ゲル状の水溜《みずた》まりとなった。

「……一体何が起こっているのでしょうか。何者かが魔導兵器を用いて学園を襲撃した？ヘルメスを落とすつもりか？」

「いや……ゼリーゴーレムは生成こそ容易だが動きが鈍く戦闘能力は高くない。大群を投入したところで魔術師だらけのヘルメスを陥落させることなどできん。戦闘経験のない生徒たちには脅威に成り得るが、学園にいる魔術教師たちだけでも充分制圧できる程度の相手だ。これは攪乱《かくらん》だろう。目的は別にある」

「心当たりなら山ほどありますね。ヘルメスには貴族出身の生徒も多く、価値のある魔法の道具もたくさんある。最先端の魔術研究の成果も。どこを見ても宝の山です。しかしどうしてこうも易々《やすやす》と侵入を許したのでしょうか？　ヘルメスは湖と結界で堅く守られている。外部から魔導兵器の大群で侵攻することなんて不可能なはずです」

「内部で生成したんだろう。素材を持ち込むだけなら難しくはない。取り分け、魔術教師が教材や研究資材と称して搬入すれば簡単にな。教員用研究室周辺にその痕跡があった」

「実行犯はヘルメスの教師だという可能性があると……？　直ちにシルヴィア学園長へ報告する必要がありますね。生徒たちを守るために教員にも指示を出さねば」

「俺も行くところがある。尋問はまた今度にしてくれ」

「ええ、今は保留とさせていただきます」

カークが廊下を走り去っていく。学園のことを第一に考える男というのは確かなようだ。

「しかし——帝国がここまでするとは。大っぴらに学園全体を巻き込んで大群で襲撃など……明らかにやり過ぎている。何か、引っかかるな……」

帝国の支配を盤石なものにするために魔王再臨という危険因子を潰す、それが帝国皇帝の考えだと思っていた。しかし帝国と魔族領の和平の象徴であるヘルメスを真昼間から堂々と襲撃しては、二国間の大きな国際問題に成り兼ねない。無論、帝国が手を回したのだという証拠は出ないように取り計らっているのだろうが、余りにリスクが大きい行為だ。むしろ帝国の立場を危うくしてしまう可能性すらある。

皇帝がここまでやる理由はなんだ……？　本当に、魔王再臨を恐れているだけなのか？

「なんにせよ、リリィの身が心配だ。急ぎ戻ろう」

ロウガは窓を開け放ち、足に魔法で風を纏《まと》わせる。高く飛翔《ひしょう》して反対側の校舎の屋根に降り立つと、一直線に駆け出した。三魔戦が行われている屋外競技場のほうへ向かった。

三魔戦の試合は最終局面に入っていた。

リリィが獅子《しし》奮迅《ふんじん》の大活躍をしていたが、対するマギカの生徒たちも選《え》りすぐりの精鋭だった。戦闘に不慣れなドーンやフェイトの生徒たちを矢継ぎ早に討ち取っていった。

マギカ陣営の数も瞬く間に減っていったが、ドーン&フェイト陣営の数も同様に減っていた。

今現在残っているのは、マギカ側がローズマリーを含め三名、ドーン&フェイト側がリリィとアオイとミミカの三名と、数だけなら同数である。

しかしローズマリーは試合開始からずっと、後方に待機したまま戦おうとしなかった。

おそらくリリィとの一騎打ちが望みなのだろう。

アオイが戦闘に不慣れなため、実質、今は二対二の戦いだ。

リリィはマギカの精鋭一名を相手に優勢に戦っている。もうまもなく倒すことだろう。

ミミカは引き受けているもう一人の攻撃を凌《しの》ぎ、時間稼ぎをするだけで良かった。このマギカの男子生徒は光の剣を使う体術メインの戦い方をしており、体術に心得のあるミミカにとっては御し易《やす》い相手だった。観客席のほうを見る余裕すらある。

ＯＢ・ＯＧが座っている訪問者用の観客席のほうだ。その一番上、王侯貴族のために壁で仕切られた特別な席に、アイツの姿があった。

――髑髏《どくろ》の鉄仮面の男。

死神のような外見の男は暗い眼窩《がんか》の中からミミカを一瞥《いちべつ》すると、さっと身を翻して奥のほうへ姿を消した。

（……本当に、これでいいんだろうか）

ミミカの心の中には、その問いが絶えず繰り返されていた。

迷いが判断を鈍らせ、対峙《たいじ》しているマギカの生徒に攻撃を許してしまう。手にしていた光の短刀を打ち払われ、地面に落としてしまった。術者の手を離れ、得物が消失する。

「喰《く》らえ、猫女！」

マギカの男子生徒が大きく光の剣を振り上げる。

だから豹《ひょう》の獣人だっつの、と心の中で突っ込む余裕はあった。

体を捌《さば》いて回避できる。

できるのに、一瞬躊躇《ためら》ってしまった。

――このタイミングで気絶すれば、リリィちゃんを裏切らないで済むかな？

そんなおかしな発想が芽生えたのだ。

たとえ不可抗力であろうと、失敗したら今度こそ殺されるのに。

マギカの男子生徒が、光の剣を振り下ろす。

やば。死んだわ。そう思った瞬間だった。

「――させない！」

リリィがマギカの男子生徒の脇腹に蹴りを入れていた。

男子生徒が転倒する。さらにリリィの光の弓で追撃され、意識を失う。

「大丈夫ですか、ミミカさん？」

「ええ。助かったわ、リリィちゃん。ちょっと油断しちゃった」

「残るはローズマリーさん、ただ一人ですね」

マギカ陣営はローズマリー以外の十四名すべてが戦闘不能になった。ドーン&フェイト陣営には未《いま》だリリィ、アオイ、ミミカが残っていたが、ここまで来ると関係がない。

この試合の決着は、二人の一騎打ちを以って決するべきだ――それはローズマリーやリリィたちだけでなく、ずっとリリィの英雄的活躍を見守っていた会場の観客たち全員が思っていたことだった。

後方で待機していたローズマリーがついに動き出す。一歩一歩、足を進め、リリィのほうへ向かって歩いてくる。

「アオイちゃん、ミミカさん、二人にお願いがあります」

リリィはローズマリーのことを真剣な眼差しで見据えながらそう話を切り出す。

「あぁ、ＯＫＯＫ、分かってるって。ね、アオイちゃん？」

「うん。頑張って、リリィちゃん」

「私情を持ち出して申し訳ありません。彼女とは一対一で正々堂々勝負をしたいので」

リリィがローズマリーに向かって歩き出す。

三魔戦の勝敗を賭けた、二人の一騎打ちが始まろうとしていた。

「見違えたわよ、リリィ・スワローテイル。まともに攻撃魔法も使えないただの雑魚《ざこ》が、ここまで強くなるなんてね。三魔戦なんて胸糞《むなくそ》悪いだけのつまんない行事だと思っていたけど、あなたのおかげで愉《たの》しめそうだわ」

リリィとローズマリーが、互いに鋭い視線を交わし合う。


……そして時は、現在へと至る。


二人は互いに魔法をぶつけ合い、鎬《しのぎ》を削って戦っていた。

ローズマリーが強烈な雷の魔法を落とし、彼女の肩に下ろされた魔術師のマントが強風に煽《あお》られてパタパタとはためく。

八芒星《はちぼうせい》と交わる剣――マギカ・エクステンドの紋章が揺らめいていた。

リリィが〈盾〉の形に変じさせた魔法障壁で殴りかかろうと、左手を振り被《かぶ》る。肩に下ろしたマントがはためく。

燃える太陽――ゴールデンドーンの紋章が揺らめいていた。

「今度こそ、絶対に負けません。学園最強の魔術学生、ローズマリー・キルケー……わたしはあなたを超えます」

リリィは光の剣を召喚、鋭く踏み込んで袈裟《けさ》に斬り下ろす。

ローズマリーも同じく光の剣を召喚、真っ向から攻撃を受け、鍔迫《つばぜ》り合《あ》いの形になる。

「学園最強の称号なんて別に惜しくもないけど、あなたに負けるのだけは御免だわ。私のほうがあなたよりも優れていることを証明し、ロウガ先生を奪還してみせる！」

リリィとローズマリーが光の剣を交えながら顔を突き合わせて怒鳴り合う。

「何度言えば分かるんですか！　ロウガさんのことは無駄だから諦めてください！」

「なんで無駄なのよ！　私のほうが強いって分かれば心変わりするかもでしょ！」

「いろいろ事情があるんです！」

「事情って何よ！　隠してることがあるなら教えなさい！　卑怯《ひきょう》よ！」

「むぐ……！　それは——」

そのとき、二人の頭上に影が差した。

ガアガアガア！　と競技場の上空で三つ目カラスが群れを成して騒ぎ出す。

「何よ、うるさいわね。ヒトが大事な話をしてるときに」

ローズマリーが剣を離す。リリィも戦闘態勢を解いて剣を下ろし、空を見上げた。嫌な予感がした。

観客席のシルヴィアの許《もと》へリンゴくんが舞い降りてくる。シルヴィアは右腕を差し出して迎え入れ、自分の使い魔と心を通じ合わせて情報を共有した。

「なんですって!?」

シルヴィアが飛び跳ねるように席から立ち上がる。

それとほぼ同時——

「キャアアアア!!」

観客席の後ろのほうから女子生徒の悲鳴が上がった。

ゼリーゴーレムの集団が、観客席の出入り口から侵入してきていた。生徒たちが座る席のほうへとなだれ込み、慌てふためく生徒たちに向かって凶手を伸ばす。

「**吹雪け《テンペスタス》、風花《ニビス》。悪しき《マルム》迷い子ら《インバデル》よ、凍え《ジリダ》て眠れ《エトソヌム》**」

高く宙に飛翔したシルヴィアが呪文を唱えていた。

荒れ狂うような吹雪《ふぶき》を巻き起こし、複数のゼリーゴーレムを凍結させて動きを止める。

目の前まで迫っていたゼリーゴーレムの凍った手を見ながら、女子生徒が地面に着地したシルヴィアに向かってお礼を言う。

「あ、ありがとうございます、学園長先生。カッコ良かったです……!」

「魔法で一時的に動きを止めただけ。まだ危険よ。でも、こいつらはすぐに先生たちが制圧するわ。安心して。向こうの柵からグラウンドに出られる。あなたもそこに避難して頂戴。守りやすいから」

「は、はいっ!」

シルヴィアは生徒たちに迫るゼリーゴーレムに対処しながら、教職員らに指示を飛ばし、

生徒たちの避難誘導を続けるのだった。

「……勝負はお預けのようね」

ローズマリーが肩をすくめる。

「そうですね。それどころではなくなってしまいました。わたしたちも生徒を守るために戦いましょう」

そう言ってリリィは観客席のほうへ一歩進んだが、ふらっとその体が不自然に揺れた。

「ちょっと大丈夫？　フラついてんじゃない」

ローズマリーがリリィの肩を抱いて体を支えた。

「すみません。少し疲れたみたいです」

「あー、それはそうよね。マギカの精鋭相手に連戦続きだったもの。そう考えると今回の勝負は対等じゃなかったわね。また日を改めて再戦しましょう」

アオイとミミカがリリィたちのほうへと走ってくる。

「みんな、避難してる。リリィちゃんたちもこっちに来て。先生たちが守ってくれる」

不安そうな顔をしたアオイがリリィの腕を引く。

「我もいるぞ」とアクアが翼をパタパタと羽ばたかせながらリリィの目の前に飛んでくる。

「今更言うまでもないが、こういうときのために我がいる。一口サイズのグミ人形など恐るるに足らぬ相手だが、他に不測の事態が起こる可能性もある。我のそばから離れるでないぞ、リリィ」

「いえ、アクアさんは生徒たちを守ってください。敵の数が多すぎて、逃げ遅れた生徒にまで先生たちの手が回っていません」

　リリィが観客席の一角を指差す。生徒たちの中にはパニックに陥ってしまった子もおり、避難場所のグラウンドとは異なる方向に逃げてしまい、ゼリーゴーレムに追い詰められている生徒も少なくなかった。

「いや、しかしだな、リリィ……」

「状況は一刻を争います。同じ学園の生徒を見殺しにしたくありません。急いでください、アクアさん」

「わ、わかったよ、リリィ。すぐに助けて戻ってくるから、そこを動くんじゃないぞ？」

　アクアは小型化の龍魔法を解いて巨大なサイズに戻ると、大きな翼を羽ばたかせ、逃げ遅れた生徒の許へと向かった。火炎を吐いてゼリーゴーレムを焼き尽くす。

「じゃあ、私もちょっくらグミ人形をボコしてくるわ。全然戦ってないから元気だし」

　ローズマリーも逃げ遅れた生徒のほうへ向かっていった。

「……わかった。じゃあ、先に行ってる。きっと無事だよ、ロウガ先生強そうだし」

　ミミカに何かを言われ、アオイがグラウンドの中心へと走っていく。

　その場には、リリィとミミカの二人だけが残った。

「リリィちゃん、聞いて。あっちの控室のほうに不審な男がいたわ。あいつが魔導兵器を使役しているのかも。追跡して様子を窺《うかが》いましょう」

ミミカがリリィの腕を引く。強引に。

「えっ……。わたしとミミカさんの二人だけで、ですか？」

「そうよ。何か問題がある？」

リリィは黙ってミミカの目をじっと見つめた。

謀略だとは分かっていた。エーテルの眼《め》を通して視《み》えたのは、必死に押し殺した感情の揺らぎ。今回はいつもよりも振れ幅が大きい。今にも決壊しそうなほどに。

「やっぱ、私のこと、信用できない？」

リリィは首を横に振った。


ミミカとリリィが競技場施設内の廊下を歩いていく。

廊下には控室のドアが左右に分かれいくつも立ち並んでいた。

その中のひとつ、不自然にドアが半開きになっている部屋があった。

リリィがドアノブに手を掛ける。

「ねえ、リリィちゃん。ひとつ聞かせて」

ミミカがドアノブを押そうとしたリリィの手を止める。

「なんですか、ミミカさん？」

「全部わかってるくせに、どうして付いてきたの？」

「何もわかってないですよ。わたしがこれからどうなるのかも。ただ、人を信じるって、こういうことだと思うんです」

「……信じる相手は選んだほうがいいと思うわよ。特に、人を裏切ってばかりのスパイなんて信じないほうがいい」

「わたしが信じているのはミミカさんです。帝国のスパイではなく、わたしたちの仲間になったミミカさんです。だから大丈夫です」

「……そう。後悔しないといいわね」

ミミカはぐっと奥歯を噛《か》み締め、ドアノブを押した。

部屋の中には、確かに不審な男がいた。

髑髏《どくろ》の鉄仮面の男である。待ち受けていたように腕を組んで立ち尽くしていた。

窪《くぼ》んだ眼窩《がんか》の奥にある二つの目玉が、リリィのほうへと向く。

「久しぶりだな、魔王セイラ……いや、今はリリィという名だったか」

鉄仮面の男の声は力強くも低くしゃがれていた。年齢不詳の奇妙な声色をしていた。

「久しぶり……？　どういう意味ですか？　あなたは一体何者ですか？」

「この仮面を外したところでリリィには分からんよ。記憶を失っているのだろう？　だが重要なのは昔の思い出などではない。魔王《きみ》さえいれば、私の大願は成就する」

鉄仮面の男がミミカに向かって顎で「やれ」と合図する。

「ごめんね、リリィちゃん」

ミミカはリリィの背後に回り、彼女の口元に魔法薬を含んだ布切れを押しつけた。

「マイコニドの眠り胞子よ。後遺症になるような毒性はないから安心して眠って」

リリィが意識を失い、ミミカにしな垂れかかる。

ミミカはリリィの体を優しく抱き留めた。

鉄仮面の男が金貨袋を片手にミミカらのほうへと歩み寄る。

「よくやった。約束の金だ。組織から抜けることも許そう。望みのものが両方同時に手に入ったな」

「……ええ。十年以上、ずっと待ち望んでいた。いつか解放される日を」

ミミカが金貨袋を受け取る。リリィの身と引き替えに。

鉄仮面の男はリリィの体を脇に抱え、部屋のドアに手を掛けた。

「ちょっと……待って。リリィちゃんはこれからどうなるの？」

ミミカは鉄仮面の男のほうを向き、そう口にしていた。引き止めてしまっていた。

「きみには関係のないことだ」

「殺す必要はないはずよ。用が済んだら、解放してあげて」

黙って見送るべきだと確信しているのに、口が勝手に動いていた。

「ほう……？　どこまで知っている？　正直に話せ」

鉄仮面の男がミミカのほうへ鋭い眼差《まなざ》しを向ける。

殺意に満ちた視線に射抜かれ、ミミカは恐怖で唇を震わせた。

「す、少しだけよ。あなたは皇帝と違って、魔王再臨を恐れてリリィちゃんの命を狙っているわけじゃない。〈マガツヒ〉っていう魔王の遺物を手に入れるために、リリィちゃんが必要なんでしょう？　魔王セイラによって〈魔剣マガツヒ〉には封印が施されている。術者の魂を鍵にした強力な封印魔法よ。封印を解くためには、鍵である魔王の魂が必要不可欠だった。それであなたたちは、魔王の転生であるリリィちゃんを狙うことにしたの。逆を言えば、マガツヒの封印さえ解除してしまえば、あなたたちがリリィちゃんに拘《こだわ》る必要はなくなる。用が済んだら、自由にしてあげてもいいはずよ。殺す必要なんてない」

「これは驚いたな。きみは予想以上に腕の良い諜報員《ちょうほういん》だったようだ」

鉄仮面の男が腰裏に隠したナイフを後ろ手で引き抜く。

「お金は返す。だからお願い。リリィちゃんの命だけは――」

「しかしながら、賢くはないな。黙ってさえいれば、晴れて自由の身になれたものを」

鉄仮面の男はミミカの腹にナイフを突き刺した。

「あ……」

「そして魔王にも深く心酔しているようだ。こうなれば邪魔な存在でしかない。ここで死んでもらおう」

鋭い刃を腹の中に深く差し込み、上下に抉《えぐ》ってから、引き抜いた。ドッと血が溢《あふ》れ出す。

ミミカは苦しみ呻《うめ》きながら両手で腹を押さえ、地面に崩れ落ちた。

「心配するな。この娘の命には他にも利用価値がある。すぐには殺さないさ」

鉄仮面の男はリリィを抱え、部屋を出ていった。

血溜《ちだ》まりの中に沈んだミミカの手が、微《かす》かに動く。

「ぐ……あぁ……」

ミミカが呻き声を上げながら、腰のポーチから魔法薬の小瓶を取り出す。

霞《かす》む視界の中、鮮血が噴き出す腹の刺し傷に小瓶の液体を振りかけた。

「うぅ……！」

声にならない悲鳴を上げながら激痛に耐える。気つけ薬も兼ねた取って置きの霊薬だ。

この深い傷では命こそ助からないが、数分の猶予はできるだろう。

もう死ぬことは避けられない。だが、このまま死ぬのは嫌だった。

こんな、中途半端な裏切り者のまま、無様に死ぬのは嫌だった。

ようやく、自分の本当の気持ちに気付いたから。

せめて、最期の瞬間だけは、この素直な気持ちを抱えたまま死にたい。

今更になって、ホント今更だけど──

私を信じてくれるあの子のことを、私は失いたくないと強く思っていた。

「早く、リリィちゃんのこと、ロウガに伝えないと……」

左手で傷を強く押さえてなるべく出血を少なくしつつ、右手を使って壁を支えに立ち上がる。ボトボトと血の雫《しずく》が落ちた。

部屋を出て、廊下の壁に凭《もた》れ掛かりながらズルズルと這《は》いずるように前に進む。

グラウンドまで出れば、アオイたちに気付いてもらえるかもしれない。そしてロウガを呼び出してもらおう。

痛みと出血で意識が飛びそうになるが、奥歯を噛み締めて必死に耐え抜く。

「何やってんだろ、あたし。バカみたい。あいつの言う通り、黙って見殺しにしちゃえば遊んで暮らせたのに」

よく分からない感情に突き動かされて、腹から血をぶちまけながら歩を進めている。

見たくないから見てないけど、多分、腸《はらわた》も飛び出ちゃってる。指の感触で分かる。

正気の沙汰じゃない。もうすぐ死ぬのに、わざわざ苦しい思いをしている。

誰がどう見てもイカれていた。

思わず自嘲する。

そのとき、フッと体の力が抜けた。一瞬、意識が飛んだ。

すぐに足に力を込めたが、間に合わない。地面に倒れた。

「……あれ？　倒れてない。なんで？」

誰かに体を抱き留められていた。

「どうした、何があった？」

目の前にロウガの顔が飛び込んでくる。

「ろ、ロウガ……！」

ミミカはロウガに肩を抱かれて体を支えてもらっていた。

「ああ、俺だ。なんだその傷は？　酷《ひど》い出血だ、見せてみろ」

「り……リリィちゃんが！　あたしのせいで！　お願いロウガ！　助けてあげて！」

ミミカはロウガの肩にしがみ付き、鬼気迫る表情で必死に訴えかけた。

「おい、落ち着け。まずは傷の手当てを――」

「どうせ助からない！　あたしのことなんかいいから！　リリィちゃんを！　死神の手《リーパーハンド》の首領に連れていかれたの！　急いで追って！　目的はマガツヒっていう魔剣よ！　学園が守り隠してるっていう、魔王の遺物なの！　でも、その在《あ》り処《か》までは知らない！　学園長のシルヴィアに聞いて！　首領とリリィちゃんは、きっと、そこにいる！」

ミミカは自分が知っているすべての情報を洗いざらい吐き出そうとした。話の要領を得ていないのは分かっているが、とにかく伝えるべきだと思った。ロウガの首筋に爪を突き立てて血を滲《にじ》ませてしまうほど必死の想《おも》いで言葉を紡いだ。

「……わかった。話はあとで聞く。まずはこれを飲め」

ロウガは腰のベルトから魔法薬の小瓶を取り出し、ミミカの口に宛《あて》がう。

「だからこんな深手じゃ助からないっつってんでしょ！　治癒の霊薬ならもうとっくに使ったあとよ！　自前の最高級品でもこの傷は治せない！　そんなことはどうでもいいから早くリリィちゃんを――」

ロウガはミミカの口に小瓶を突っ込み、無理やり流し込む。

「黙って飲め。アムリタという究極の霊薬だ。蘇生《そせい》魔法の研究過程で生まれた副産物だが、極めて高い治癒効果を持ち、たとえ内臓に損傷があろうとすべての傷を癒やす。俺はこれ一つしか持っていない上に、結果として数十億の予算が掛けられた貴重な代物だぞ。一滴たりとも零《こぼ》すなよ。咳《せ》き込むだけで数億が吹き飛んでいくと思え」

ミミカがコクコクと素直に頷《うなず》く。おっかなびっくりゆっくりとアムリタを飲み干した。

ミミカの傷口が光り輝く魔法陣で覆われる。出血が少なくなり、抉られた皮膚組織が少しずつ再生していく。

「ま、マジ……？　助かるの、あたし……？」

「俺の切り札だったんだがな。まさかお前相手に使うはめになるとは」

「ごめん……」

ロウガが後ろを向いてしゃがみ込む。ミミカに背中を見せる。

「おぶってやる。血を流しすぎて足が動かないだろう。さっさと乗れ。まずはシルヴィアと合流する。そこで詳しい話を聞かせろ」

「え……うん。ありがと」

ミミカはロウガの態度に違和感を感じながら、彼の首に手を回して背負ってもらう。

「口調はキツいまんまだけど、なんかあんた、いつもと違くない？」

ロウガがミミカをおんぶして歩き出す。

「ああ、ようやくお前が本性を現したからな。理解不能だったお前の正体が分かった」

「本人にも良く分かってないのに……？　何よ、あたしの正体って？」

「ただのバカだ」

ミミカはぐうの音も出ず、閉口するしかなかった。この状況では、否定できない。

「だが、敵ではない。今のお前の言葉は信用できる。リリィを想う仲間の一人として。これまでつらく当たってすまなかったな」

ミミカの目に涙が溢れる。リリィを拉致されたこんな最悪の状況で、ロウガからそんな言葉を掛けてもらえるとは思わなかった。

「……謝らないでよ。あたしのせいでリリィちゃんが攫《さら》われたのに」

「気にするな。ここまで大規模な作戦を決行した相手だ。仮にお前が動かなかったとしても、別の手を用意していただろう。この混乱の中なら生徒一人の拉致など容易《たやす》い。お前は都合良く使われただけだ」

遠慮のない淡々としたロウガの言い様に、思わずミミカは笑ってしまった。

「キツめのフォロー、あんがと。少し心が楽になったわ。嬉《うれ》し涙《なみだ》、引っ込んだけど」

「ああ、時期尚早だ。嬉し涙を流すのは、リリィを救出してからにしろ」

「そうね、そうするわ。リリィちゃんにはお礼を言わないといけないし。あたしなんかのこと、信じてくれてありがとうって。……ううん、まずは謝るほうが先ね」

廊下の出入り口から、眩《まぶ》しい光が差し込んでいた。

ロウガに背負われながら、血塗《ちまみ》れのミミカはようやくその光の下に出られたのだった。

かつて魔王セイラは魔族統一のために世界各地を巡ることになり、行く先々で数々の魔法の装備や道具を手に入れ、所有していた。

〈墜陽剣《ついようけん》マガツヒ〉も――そうした魔王の遺物の一つである。

古代ダークエルフの神殿の奥深くに眠っていた曰《いわ》く付《つ》きの魔剣であり、遺《のこ》された壁画によれば一振りで一つの国・一つの種族を滅ぼせるという、一種の大量破壊兵器である。

その大きすぎる力を恐れた魔王は帝国との戦争に於《お》いても一度たりとも使用することはなく、そして誰にも使用できないように堅く封印を施した。自身の魂を鍵として用いた大魔術師級の封印魔法である。

「ヘルメスの魔術研究者たちによれば、術者である魔王でなければ使用はおろか触れることさえできない強力な封印が施されているらしいわ。ただし、鍵になっている術者の魂があれば話しは別。封印を解き、いつでも使用することが可能になる」

グラウンドで采配を振っていたシルヴィアの身を一時的に借りて、ロウガたちは控室の一室に場所を移して話し合っていた。

「学園でマガツヒの研究をしていたのか。あれは悪魔の兵器だ、一切関わるなとセイラから念押しされていたはずだぞ、シルヴィア」

「ごめんなさい。他の大魔術師たちを止められなかった。強力な兵器なら解析して危険性を把握しておく必要があるって大義名分で押し切られたの」

「……そうか」

その場にはミミカの姿もあった。本来なら治癒術師に掛かるべきだったが、すべての情報を伝えてリリィ救出に協力したいからと会議に参加していた。ベンチに凭れながら話す。

「それだけ強力な兵器なら誰だって興味を抱くわよ。あの鉄仮面の男も同じだったわ。ヘルメスに潜伏した諜報員からの情報でマガツヒのことを知り、その絶対的な力に興味を持ったみたい。でも、魔王の魂なんてとうの昔に失われているから強引に奪っても封印が解けず無用の長物と化す。それならヘルメスの優秀な研究者たちに解析を任せておいたほうがいいって放置していたわ。一応、魔王と同じ魂を持つ生まれ変わりがいないかどうか、ダメ元で数人の手下を放って適当に探させていたくらいで優先度は低かったようね」

「だが……辺境の村でリリィを見つけた」

ロウガの言葉に、シルヴィアが首肯する。

「しかも、圧倒的な力と軍隊を持つ魔王から、非力で平凡な村娘へと身を窶《やつ》していた。小娘一人、当初は簡単に誘拐できるだろうと踏んでいたけれど、小隊を放とうと大軍を差し向けようと悉《ことごと》くロウガの手によって阻まれた。それで最終的には、魂さえ確保できればいいと霊魂狩り《ソウルティカー》りを持たせた死神の手《リーパーハンド》の精鋭を放ったり、今こうして大規模な学園襲撃まで強行するような暴挙に出た、というわけね」

ミミカが呆《あき》れたように肩をすくめる。

「普通に考えたら、影の組織とはいえ帝国の一官僚がここまでするなんてイカれてるけど、あの鉄仮面ってマジでヤバい感じがするのよね。あたし、ちょくちょく皇帝と鉄仮面が一緒にいるところを見てるんだけど、あいつ皇帝の部下であるはずなのに、むしろ皇帝よりも偉い人なんじゃないかって雰囲気なのよね」

「………」

シルヴィアは何か考え込むように黙って視線を下に向けた。

「それで、マガツヒは学園のどこにある？　鉄仮面はリリィを連れてそこへ向かった筈《はず》」

「悪用されないために学園の最奥に隠してあるわ。魔法で特殊な空間を造り上げ、たとえ相手が大魔術師であろうと容易には侵入できない厳重な防犯体制を敷いてある。でも……鉄仮面の男なら突破できてしまうかもしれない。魔族たちから奪い取った禁術魔法を含め、ありとあらゆる魔法を良く知るアイツなら……」

「シルヴィア……？」

ロウガは彼女の様子がおかしいことに気づいた。鉄仮面の男について何か知っているのだろうか。

「カーク。ロウガを〈迷宮〉へと案内してあげて。魔法防衛機構の操作《コントロール》も頼むわ」

カークは控室の端っこでじっと三人の話に耳を傾けていた。その内容があまりにも驚くことばかりで黙りこくっているしかなかったのだ。

「は、はいっ。あ、案内します、ロウガ先生」

カークが控室のドアを手で押さえてロウガを迎える。

ロウガはシルヴィアのほうを見た。

「他に、俺が知っておくべきことはないか、シルヴィア？」

シルヴィアがロウガのほうを向く。ロウガの目を見つめる。

ロウガは黙ってシルヴィアの目を見つめ返した。何か隠していることは明らかだった。

「帝国が……鉄仮面の男が精霊やエルフたちを拉致しているって話は覚えてる？」

「ああ、目的不明の不気味な事件だ。腹心《リーパーハンド》を放つだけでなく賊の支援までしていたな」

「帝国は五十年以上前から不老不死の研究をしているの。陰では非人道的な人体実験を繰り返しているという噂《うわさ》もある。精霊とエルフ、どちらも極めて長命な種族よ。そして異種族間で繁殖可能なほど、人間の肉体との相性が良い。人間という種族が不老不死を目指すなら、まずは精霊やエルフがすでに獲得している長命という特性を解析、手に入れることから始めるはずよ」

　ミミカが挙手して手をふりふり発言する。

「その噂ならあたしも耳にしたことがあるわ。帝国の研究機関が若返りとか延命技術の開発に取り組んでるって。すごい極秘事項らしくてマジでウワサ程度しか分からなかったけどね。でも、なんで若返りなんかに興味あるのかしらね。皇帝のグレイってまだ三十歳くらいよね？　まだ若いのに今から老後の心配してんのかしら。それとも、鉄仮面の男の指示？　あいつって意外とジジイなのかしらね。なんか魔王セイラと面識があるっぽかったし、実は百年以上前から生きてたりして。ってそんなわけないか、百オーバーの人間が重たい鎧《よろい》を着て機敏に動き回れるわけないっつの」

あはは、とミミカは笑ったが、ロウガとシルヴィアの神妙そうな顔つきを見て顔を引き攣《つ》らせた。マジ？

「今まで黙っていてごめんなさい、ロウガ。確証がなかったから言わなかったという言い訳もある。でも、もしアイツが生きているとあなたが知れば、帝国まで仇討《あだう》ちに行くかもしれないって思ったの。リリィと出会うまでのあなたの精神状態は酷く不安定だったから、自らの命を顧みることなく自殺同然で帝国へ特攻してもおかしくないと思った。もし本当に、鉄仮面の男の正体が、セイラを殺したアイツなら――」


先頭を歩くカークの背中を追い、ロウガは学園の地下へと続く螺旋《らせん》階段を下りていく。

魔法で自動点灯する蠟燭《ろうそく》がポツポツと行く手を照らすものの、不気味な暗がりは奥深くまで続いていた。

深淵《しんえん》の底に辿《たど》りつく。一見、狭い物置のような場所だった。しかし埃《ほこり》っぽくはなく、たびたび人が出入りしているのだということが見て取れた。

「こちらです」

カークがおもむろに壁面に手を触れる。

途端、壁の煉瓦《れんが》が一斉に動き出し、引き分け戸のように大きく開いた。

二人でその中へと入る。

「あれが〈迷宮〉と呼ばれる魔法回廊の入口です。シルヴィア学園長の言った通り、すでに侵入されているようです」

部屋の中心に巨大な魔法陣が聳《そび》え立っていた。坑道の出入り口のように円形の魔法陣が口を開けており、それが円筒状に幾重にも折り重なってトンネル型の構造を成している。

「なるほど。マガツヒは魔法回廊の中か。確かに厳重に守られていたようだ」

カークが魔法陣のそばにある操作盤の前に移動する。右手を翳《かざ》し、〈迷宮〉の状態を一覧できる操作画面《マジックインターフェース》を表示した。

「入口の起動は許してしまったようですが、内部には致死性のトラップが山ほど仕掛けてあります。侵入できたとしてもトラップに引っ掛かって死ぬ可能性が高い」

「そんなにヤワな相手じゃないさ。奴《やつ》は魔術の知識だけでいえばヘルメスの大魔術師をも凌《しの》ぐ。大抵の魔法の罠《わな》なら解除してしまうだろう。また、念のために身代わりまで用意しているようだ」

ロウガが魔法陣の下に転がっているものを見る。

カークは視線のあとを追い、ぎょっと立ち竦《すく》んだ。

床に男の死体が転がっていた。身なりを見る限り、賊や傭兵《ようへい》の類いだろうか。スケイルアーマーごと肉体の半分を高熱で溶かされ、絶命している。

「あ、あぁ……おそらく防衛機構を解除しないまま入口に足を踏み入れたから、魔法の光線で焼かれたのでしょう。実際に引っ掛かった死体を見たのは初めてですが……」

「そのトラップ、今は機能していないようだな。破壊されたか」

カークが操作盤の画面をいじり、表示を見る。

「ええ、入口だけでなく内部に至っても強引に突破された形跡があります。しかしまだ一部の防衛機構は動作し続けています。僕はこの操作盤で魔法回廊の状態を操作《コントロール》して、あなたの〈迷宮〉への侵入を助けます。トラップのことは気にせずお進みください」

「ああ、任せた」

ロウガが〈迷宮〉の魔法陣に向かって歩き出す。

「あ、あの、ロウガ先生……」

カークに呼び止められ、ロウガが振り向く。

「どうした？　注意事項か？」

「あなたは本当に……あのロウガ・オーキスなのですか？」

「そう言っているだろう」

「し、信じられない……」

カークはシルヴィアたちとのやり取りを見聞きして、ロウガが本物だと、本当に歴史上の魔術師なのだろうと認めざるを得なくなっていた。しかしロウガとは犬猿の仲のような間柄だったため、今更どんな顔をして話せばいいのか分からない。

「信じなくてもいいが、仕事はきっちり頼む。魔法罠の解除、任せたぞ、カーク先生」

「え、ええ……お任せを。ロウガ先生」

眉を顰《ひそ》めて俯《うつむ》くカークを残し、ロウガは〈迷宮〉の内部へと足を踏み入れるのだった。

「これは……」

ロウガは目の前に広がる景色を見て、驚きに瞼《まぶた》を瞬かせた。

大まかにいえばヘルメス魔法学園の廊下とほぼ同じものだ。しかし細部が全く異なる。

壁に吊《つ》り下げられているのは、在りし日の魔王軍の戦旗だ。骨董品《こっとうひん》を飾るガラスの陳列棚はそれ自体が豪華絢爛《ごうかけんらん》なもので、かつての流行を取り入れた古式美術で造られている。

「そうか、ロウガ・オーキスにとっては懐かしい光景になるのですね」

廊下の上のほうからカークの声が降ってきた。

「お前、まだいたのか」

「ええ。途中までですが、音声でナビゲートします。操作盤の地図を見ることでロウガ先生の位置も把握しています。お聞きになりたいことがありましたら遠慮なくどうぞ。まずはこの景色の説明をしましょうか？」

「ああ、頼む」

「あなたが感じた通り、〈迷宮〉は百年前の魔王城を再現した外見になっています。しかしそれはあくまでただの立体映像で、大量に設置されたトラップを隠すための擬装《カムフラージュ》です。例えばそこの箪笥《たんす》ですが、実際は熱線を照射する魔導兵器になっています」

「なぜ過去の魔王城を再現したんだ？」

「学園長の意向です。〈迷宮〉は魔王の遺物を護《まも》る場所ですからね、お誂《あつら》え向きかと」

「……まるで昔に戻ったようだ」

「やはり、心地良いものですか？　偉大な魔術師にして魔王軍の四天王だった、ロウガ・オーキスが一番輝いていた時代の景色ですもんね。学園に改修されてしまった今より、魔王城だった昔のほうが好きですか？」

「そうでもないさ。ここには人がいない。ただ懐かしいだけだ」

ロウガが歩を進めていくと、角を曲がったところに複数の死体を発見した。

落とし穴に落ちて槍《やり》で串刺しになった賊と、もう一体、ローブを身に纏《まと》った男が熱光線で胴体を二等分にされていた。

その手には死神の刺青《いれずみ》がある。

「死神の手《リーパーハンド》を引き連れている。この先に首領が……奴がいるのは間違いないな」

ロウガが廊下の先を見やる。突き当たりに扉があった。

「その扉を開けるとトラップが作動します。触れないでください。こちらで開きます」

遠隔でカークが開いた扉を通過して、ロウガは部屋の中へと入った。

一転して風景が変わる。その内部に広がっていたのは、魔王城の風景ではなかった。

上下左右、辺り一面が真っ白な空間だった。

他にあるのは、宙に浮かび上がった映像の数々だ。広い部屋の中に無数の映写機をバラバラに配置して適当に上映しているかのようだった。

そしてその映像が映し出しているのは──

「セイラ⁉」

彼女の横顔が大きく映し出されていた。沈痛そうな表情で下のほうへ視線を向けていた。

映像が切り替わる。

白銀の剣を持つ、何者かの手が映った。大きく天へと振り上げる。

あぁ、これは──

セイラの処刑シーンだ。

やめてくれ……

映像だと分かっているのにも関わらず、ロウガは声にならないほどのか細い声でそう口にしていた。

セイラのうなじに向かって、白銀の剣が振り下ろされる。

セイラの生首が、ごとりと地面に落ち、転がった。

「ぐっ……！」

歯噛《はが》みをして目を逸《そ》らす。震えるほど拳を強く握り締め、怒りと悔しさの感情を押し殺す。これは単なる映像だ。過去の光景だ。感情を露《あら》わにしても無意味だ。抑えろ、と自分に言い聞かせる。

「……カーク先生。この映像はなんだ？　これもトラップの一種か？」

「ええ。それは侵入者の精神に作用するものですね。侵入者の記憶を読み取って、過去の心の傷《トラウマ》を想起させる。嫌がらせみたいなトラップです。これ単体の効果は薄いですが、心を揺さぶることで判断力を鈍らせ、他の致死性のトラップに引っ掛けやすくするのです」

なるほど。今は俺のトラウマが映し出されているわけか。

「早急に解除を頼む。殺傷性がなかろうと心の傷を抉《えぐ》られては堪《たま》ったものではない」

「え？　なんのことです？　すでにトラップは解除済みですよ」

「何？　まだ映像は流れているぞ」

ループしているのだろう。再びセイラの横顔が映し出されていた。

「あぁ、それは先にトラップに引っ掛かった侵入者に対して作用したものです。映像だけが残っちゃってるんでしょう。ロウガ先生の精神に作用しているわけではありませんよ。なので、ロウガ先生のトラウマとは全然関係ない映像が流れているはずですが……」

冷静に考えてみれば、ロウガの記憶の中にセイラの処刑シーンなどあるわけがない。その前に殺されたからだ。セイラが処刑されたことは百年後に蘇生《そせい》してから聞いた話だった。

「これは、先に引っ掛かった奴のトラウマだということか」

「そうなります」

「…………」

ロウガは改めて投影された映像を見た。セイラの首が刎《は》ねられる光景など目を覆いたくなるが、今後を考えると見ておくべきだと思った。

セイラを殺したことで奴が良心の呵責《かしゃく》に苛《さいな》まれているなどということはまず有り得ない。

だが、ひとつ、心当たりがあった。

「最後のトラップを解除しました。扉の先は〈迷宮〉の最奥、マガツヒが眠る場所です」

ロウガは白い空間を抜け、大扉の前に立っていた。

見覚えがある造りの巨大な鉄扉だ。百年前の魔王城が再現されているというのなら、玉座の間に通じる扉だろう。

「ロウガ先生。安全上の問題でこちら側から最深部の部屋に直接干渉することはできません。僕ができることはここまでです」

「充分だ。助かったよ、カーク先生。じゃあな」

「ええ。ロウガ先生の勝利を願っております。では、また」

ロウガは魔王の玉座へと続く扉を開けた。


リリィは玉座に座らされていた。

その目は虚《うつ》ろで、瞳には何も映っていない。催眠魔法によって体の自由を奪われ、術者の命を聞くだけの傀儡《かいらい》とされているのだろう。

玉座に座るリリィの右隣には、石塊に突き立てられた一本の剣があった。墜陽剣マガツヒである。刀身に暗く禍々《まがまが》しいオーラを纏い、不気味な存在感を放っていた。

そして——リリィの左隣には、髑髏《どくろ》の鉄仮面の男の姿があった。まるでロウガのことを待ち受けていたかのように、こちらを向いて立ち尽くしていた。

ロウガは玉座の壇場の下で歩みを止めると、髑髏の鉄仮面を睨《にら》みつけた。

「その悪趣味な仮面を取ったらどうだ。すでにお前の正体は分かっている」

男が髑髏の鉄仮面に手を掛ける。ゆっくりと外していく。

「久しいな、魔王の忠臣ロウガよ。百年振りか」

「勇者ディアス……！」

仮面を外した男の顔は、魔王処刑の日に見たディアスの顔そのものだった。百年の時を経たとは感じさせないほど若く力強い。

ただ、それが生物の理《ことわり》を捻《ね》じ曲げて強引に手にしたものだという証《あかし》も克明に刻まれていた。死人のように青白い肌の下、血管を巡る血液の色がドス黒く変色していた。パイプのように太く拡張したそれは明らかに人の手が加えられたもので、ドクドクと不気味に脈打っていた。

「驚いたか？　私が百年前のあの日と同じ姿をしていて」

「……大勢の精霊とエルフの命を喰《く》らって生き永らえるとは。勇者の名が聞いて呆《あき》れる」

「なればこそよ。まあある物語に於《お》いても精霊とエルフは勇者のために力を貸すものだ。今の私は勇者であり――同時に世界を統べる皇帝でもある。彼らの使い方も少しは変わろうというものよ」

「やってることは拉致と人体実験だろう。その研究成果が、今のお前の醜い姿か」

「きみにはこの美しさを理解して欲しいものだがな。エルフの臓器を移植し、精霊の肉から抽出した純粋なエーテルとエルフの血を混合させた液体を体内に循環させている。いわば、人工的な魔族と人間の混血だよ。きみも同じ、魔族と人間の混血だろう？」

「一緒にするな、反吐《へど》が出る。お前の寿命を延ばすためだけに、一体何人の精霊とエルフを犠牲にした」

「百から先は覚えていないな。数えるのも馬鹿馬鹿しい。不老不死の力を得られるのなら、有象無象がいくら犠牲になったところで瑣末《さまつ》なことよ」

「それで、今度はマガツヒか。世界を手に入れ、不老不死を求め、挙句の果てには絶対的な力か。考えることは典型的な権力者たちと同じだな。百年前にお前が嫌悪していた、歴代の皇帝や貴族たちと同じだ」

「いいや、過去の愚鈍な輩《やから》と私では決定的に異なる点がある。奴《やつ》らは何一つ手に入れられなかったが、私はすでにその片鱗《へんりん》を手にしている。魔族を排斥することしか考えていなかった馬鹿どもと違い、私は魔族の力を奪い利用することで、人間の大いなる野望へと迫ったのだ。見ての通り、若返ったこの美しい肉体と――魔王の遺産を手に入れた」

ディアスが腕を広げ、リリィとマガツヒを指し示す。

「ああ、そうだな。しかしそのくだらん野望もここで潰《つい》える。老いなど関係無くお前の命は尽き、リリィとマガツヒも奪還する。お前が魔族から奪ったもの、ここですべて返してもらおう」

ロウガは脇差の柄《つか》に手を掛けた。

「そうはならんさ。マガツヒの封印を解くのに必要なのは魔王の魂だけだというのに、なんのためにこの娘を生かして連れてきたと思う？」

ディアスが白銀の剣を鞘《さや》から引き抜き、リリィのうなじに宛《あて》がう。

ロウガは柄に手を掛けたまま動きを止めた。無言でディアスを睨みつける。

「――そう。きみを殺すためだよ、ロウガ。百年前と同じだ。あのときもきみは我が覇道の邪魔をしたな。すべての御膳立《おぜんだ》てが整った最後の最後で、きみがしゃしゃり出てきた。そして予想通り、こうして今、私の前に現れたわけだ。やはり、きみは先に殺しておくべきのようだ、ロウガ」

「人質を取るとは、勇者の名声も地に堕《お》ちたな。百年前のお前なら、ここまで卑怯《ひきょう》な真似《まね》はしなかった」

ディアスの眉が苛立《いらだ》ったようにピクリと動く。

「効率的、合理的な手段を選んだまでだ」

ロウガは玉座の間に建つ石柱の一つと、天井の梁《はり》のほうへ視線を向ける。

「隅っこに配置している伏兵もか。戦いに名誉も何もないな。現皇帝の陰に隠れて好き放題することに味を占め、勇者としての誇りも失ったようだ。確かに、今のお前には暗殺組織の首領がお似合いだな」

ディアスは表情の動きを消し努めて冷静に振舞っていたが、その目は怒りで燃えていた。

「きみは百年前から何も変わっていないな、ロウガよ。生まれ変わっても尚《なお》、彼女に魔王の姿を求めるとは。この娘の名はリリィというのだろう？」

ディアスが剣の腹でリリィの首筋をとんとんと叩《たた》く。

ロウガは憎々しげに奥歯をギリッと噛み締めた。

「リリィにはセイラだった頃の記憶がないらしいな。つまり別人として生きてきたわけだ。記憶が戻る兆候はなく、彼女は未《いま》だにリリィというただの村娘のままだ。だというのに、ロウガよ……きみはこの娘を魔王の座に据えようとしている。セイラの代わりに」

「……だからなんだ。それもこれも、お前がリリィを狙うせいだ。帝国から命を守るための手段の一つに過ぎない」

「本当にそうか？　言い訳ではないのか？」

「言い訳だと……？」

「彼女を魔王にするのは、きみの望みではないのかね。この娘の意思ではなく。きみが彼女を魔王にしたいから、適当な理屈をこねてきみの願望を押しつけたのではないか？」

ロウガは玉座に座らされているリリィを見た。彼女は力なく背凭《せもた》れに寄りかかり、ただ虚空を見つめていた。意思のない、人形のように。

刀の柄を握るロウガの手から力が抜ける。

ディアスはロウガの顔を見て、フッとほくそ笑んだ。

「思い起こせば、セイラもあのとき、きみの考えとは別のことを望んでいた。大義のために犠牲になる覚悟を決めていた。それにも関わらず、きみはセイラの意思を無視し、協力者である私に剣を向けたのだ。非常に自分本位な行動を起こし、セイラを悲しませることになった。セイラはきみの身を案じていた。戦って死んで欲しくなどなかったのだろう。セイラは首を刎ねられる最期の瞬間まで、きみのために涙を流していたよ」

ロウガは柄から手を放し、ぶらりと脇に下ろした。

力なく、無言で立ち尽くす。

「これは百年前の再現だよ、ロウガ・オーキス。この娘を魔王にしようというのは、きみのエゴではないのか？　きみはこのリリィという娘に、セイラの代わりになるよう無理強いしているだけではないのかね。……可哀《かわい》そうに。リリィはリリィなのに。愛《いと》しのロウガはセイラになることを望んでいる。命を懸けて守ってもらい、表面上は愛されているようで、真の意味では愛されていない。ロウガが想《おも》っているのは別人だ。リリィではなくセイラだ。リリィの気持ちを考えると、涙が出てくるね」

「………」

「そう。何もかも、百年前と同じだ。きみは本人の気持ちなど無視して、本人の望まぬことをする。これは、百年前の再現だ。いい加減、セイラも、リリィも、解放してやったらどうだ？　誰も、お前の助けなど望んでいない」

ディアスの目が妖しく光っていた。その瞳の奥には魔術式が巡っている。催眠の術式だ。

ロウガは虚ろな目をしてリリィのことを見る。

リリィの姿を、セイラと重ねる。

――彼女は、俺の助けなど望んでいなかった。

大義のために死ぬことを望んでいた。

――ロウガ、分かってくれ。私が首を差し出せば、魔族と人間両者の、長年の悲願が叶《かな》う。すべての戦争は終わり、ようやく、世界は平和になるんだ。

そう口にしていた、セイラの沈痛そうな表情が脳裏に蘇《よみがえ》る。

「すべては、俺のエゴなのか……？」

ロウガは肩を落とし、顔を俯《うつむ》かせた。

ディアスがさも可笑《おか》しそうに笑い声を上げる。

「やはり、きみの弱点はセイラだな。きみともあろう魔術師が、催眠魔法に堕ちるとは。こうも上手《うま》くいくとは思わなかったよ」

やれ、と片手を挙げて伏兵に合図を出した。

天井の梁から一人、そして柱の陰から一人、ローブの男《リーパーハンド》たちが剣を携え飛び出してくる。

鋭く光る刃が一直線に狙うのは、無防備に棒立ちするロウガだ。

二つの剣が交わり、十字架のようにロウガの体を刺し貫く。

天からの剣は背中から、地からの剣は正面から、的確に心臓を捉えていた。

体を串刺しにされたロウガは、崩れ落ちるように地に膝をついた。その目は虚ろで、徐々に生気を失っていく。

――玉座に座らされているリリィの瞳が涙で揺らいだ。

虚ろな目に感情が宿り、微《かす》かに唇が動く。

「ロ……ウガ……さ……」

催眠魔法によって体の自由を奪われ、まともに喋《しゃべ》ることさえできない。意識すらも曖昧だ。視界がぼやけていて、状況が把握できない。

分かるのは、目の前にロウガがいて、敵の前で膝をついてしまっているということ。

リリィにとっては無敵のヒーローであるはずのロウガが、なぜか敵に跪《ひざまず》いてしまっているということだけだ。

一瞬、すごく嫌な感覚がしたけれど、ロウガが負けることなど有り得ない。ただ、危機的状況に陥っていることは確かだろう。

肩を並べて一緒に戦いたいところだけど、今の自分の状態ではできそうもなかった。

せめてロウガに何か言葉を掛けようと、必死に言葉を探す。

多分、一言だけ口にするのが限界だろう。

今、彼に掛けるべき、最もふさわしい言葉を探す。

膝をついてしまった彼を再び立ち上がらせるための、最もふさわしい言葉を――

「ロウガさん、助けて」

そのリリィの言葉で、ハッとロウガの目が見開く。

虚《うつ》ろだった瞳に生気が戻る。口元を緩ませ、ロウガはふっと笑った。

「……俺はどうかしていたようだ。これは、百年前の再現などではない。俺はセイラを助けに来たんじゃない、リリィを助けに来たんだ」

ロウガが立ち上がる。

二つの剣で体を串刺しにされたまま、力強く両の足で地面を踏んで立ち上がる。

「ば、バカな……！　なぜ動ける!?」

ローブの男たちは剣の柄から手を放し、恐れ戦《おのの》いて後ずさりしていた。

「すまない、リリィ。俺はディアスのくだらん戯言《たわごと》に感化され、正気を失っていたようだ。待っていろ。今、助けに行く」

「ふ、不可能だ！　心臓を貫いたのだ！　貴様が死ぬのは時間の問題だ！」

まるで自分に言い聞かせるようにディアスが怒鳴り散らす。

「俺を誰だと思っている？　亡霊を殺すことなど、誰にもできはしない」

ロウガは自分に刺さった剣を一本ずつ引き抜く。

胸から一つ引き抜き、放り捨てる。

――平然とした表情で。

背中から一つ引き抜き、放り捨てる。

――痛みなど感じていないかのように。

その傷口から赤い血が噴き出すことはなく、代わりに青い炎が燃え上がっていた。

うろたえるローブの男に向かって、ロウガが歩いていく。じりじりと迫り寄る。

「確かに心臓を刺したはず！　致命傷のはずだ！」

「残念だったな。俺の心臓はとっくに霊体化している。今更剣で貫いたところで止められはしない。元より、動いてもいないがな」

「ば、化け物め！」

「そうだ、化け物だ。これまで何度も亡霊だと名乗ってきたはずだが、知らなかったのか？　勉強不足だな」

ロウガは正面からローブの男の首を摑《つか》み、片手で持ち上げる。

「――ならば！」

拘束に抵抗する代わりにローブの男は腰裏のダガーに手を伸ばし、ロウガの首筋に突き立てた。

しかし、手応えがない。肉ではなく、霞《かす》みを斬ったようだった。

ダガーを突き立てられたロウガの首筋が、陽炎《かげろう》のように夢現《ゆめうつつ》曖昧に揺らめいていた。

「亡霊相手に鉄の刃が通用するとでも？　こうして一時的に全身を霊体化させることも可能だ。最早《もはや》、お前に勝ち目などない。地獄に引き摺《ず》り込んでやろう」

ローブの男は恐怖で顔を引き攣《つ》らせ、手から得物を離した。ガランと音を立ててダガーが地に転がる。

「**灰と化せ**《フラムマ》」

ロウガはローブの男を摑み上げたまま呪文を唱えた。

男の体が蒼《あお》い炎で包まれる。骨ごと肉体を焼き尽くす。

一瞬のうちに白い灰と化し、風に散って跡形も無く消え失《う》せた。

まずは一人。

「ヒッ……！」

ロウガに視線を向けられた途端、もう一人のローブの男が恐怖で悲鳴を上げていた。いかに一流の暗殺者死神の手《リーパーハンド》といえど、こんな常軌を逸した敵は相手にしたことがなかった。

ロウガに対して、震える手でダガーを構える。

「死神を名乗るくせに、亡霊が怖いのか？　笑えるな。俺の心臓を貫いたときの勢いはどうした？」

「キエエエエエ!!」

破れかぶれに男がダガーで突進してくる。

ロウガは右手を翳《かざ》した。

「**駆けよ**《クルレ》、**蒼炎**《フラムマ》」

蒼い炎の塊が地を走り、男の体を包み込む。瞬く間に灰燼《かいじん》に帰す。

二人目を葬る。

これで伏兵はすべて排除した。残すは一人のみ。

ロウガは脇差を鞘《さや》から引き抜き、その切っ先を真《ま》っ直《す》ぐディアスのほうへと向けた。

「お前で最後だ、ディアス。その子を返してもらおう」

ディアスは悔しそうに歯噛《はが》みしながら白銀の剣をリリィのうなじに宛《あて》がう。

「忘れたのか！　この娘の命は我が手の内にあるのだぞ！　百年前と同じように、首を刎《は》ねて欲しいのか！」

「いいのか？　セイラのときと同じように、策を弄して無抵抗のまま殺せば、お前は再び劣等感に苛《さいな》まれることになるぞ？」

「……なんの話だ？」

「お前はセイラに対して劣等感を抱えている。セイラの処刑がお前のトラウマになっているのはそのためだ」

ディアスが一瞬言葉を呑《の》み込む。〈迷宮〉のトラップで悪夢を呼び起こされたばかりだ。記憶にも新しかった。

「フッ……先程の仕返しのつもりか？　的外れだ。馬鹿馬鹿しい」

「それなら答えろ。お前は、セイラを超えられたか？」

ディアスは返答に詰まり、閉口した。

ロウガが淡々とした口調で話を続ける。

「お前は魔王の首を取った。実際には戦うことなく計略に嵌《は》めて処刑したとはいえ、それを知らぬ傍《はた》から見ればお前の完勝だ。帝国の民衆の期待通り、勇者は魔王に勝利した。それで……お前本人は満足できたのか？」

「……当然だろう。私は勝利したのだ」

「いいや、お前が感じたのは、絶対的な敗北だ。セイラを超えるためにその首を取ったのに、セイラを殺したことで、永遠に超えることができない存在にしてしまった。だからお前にとってセイラの処刑はトラウマになったんだ」

「いい加減にしろ。私は勇者皇帝ディアスだ。魔王セイラなど、とうの昔に超えている」

ディアスの声は震えていた。自信の無さが見て取れた。

「魔王セイラは小国や部族として争い合いバラバラだった魔族たちをまとめ、統一国家を築くという大業を成した。しかし、それに対してお前のほうはどうだ？　勇者といえば聞こえはいいが、その実、帝国の将の一人にしか過ぎなかった。時の皇帝や貴族たちの命令に従い、多くを殺しただけだ。何も成し遂げていない」

ディアスは白銀の剣をロウガのほうへと向けた。

「私が何も成し遂げていないだと？　虚言を垂れ流すのもいい加減にしろ。誰もが知っていることだ。私は人間と魔族の戦争を止めて平和へ導き、帝国の皇帝となったのだ！」

「ああ、セイラのおかげでな」

「クッ……！」

「当時誰も倒せなかった魔王を討ったことで、お前は帝国を掌握するほどの強大な権力を得た。セイラが処刑を受け入れ首を差し出してくれたおかげで、お前は帝国の皇帝になることができたんだ。すべて、セイラの自己犠牲がなければ成し得なかったことだ。そしてそのことに気付いたから、お前はセイラに対して酷《ひど》い劣等感を抱えることになったんだ」

「黙れ！　その口を閉じろ、魔族風情が！」

ディアスはついに激昂《げきこう》して、荒々しく剣で空を斬る。憎々しげにロウガを睨《にら》みつける。

「お前は悟ったのだろう？　お前のようなチンケな賊如《ごと》きでは、永遠にセイラを超えることはできないと」

「この私が賊だと!?　ふざけたことを言うな！」

「かつてのお前は確かに祖国のために戦う英雄だったかもしれない、戦争を止めた勇者だったかもしれない――だが今のお前は違う！　既得の地位や権力の上に胡坐《あぐら》をかき、個人の欲望のまま弱者から搾取し罪無き者たちを大勢虐殺した。鏡を見ろ。その醜悪な姿がすべてを物語っている。精霊の肉を喰《く》らいエルフの血を啜《すす》ったその体は穢《けが》れに穢れている。手前勝手なその姿・生き方はそこらにいる下賤《げせん》な盗賊と何も変わらん。もう一度言う。今のお前は、ただのチンケな賊だ！」

「き、貴様……！　言わせておけば……！」

怒りに呑まれたディアスは一歩、また一歩と憎きロウガのほうへと近づいていく。リリィから離れていく。

――そろそろ幕引きだ。

「お前如きにセイラを超えることなど百年どころか千年生きようとも不可能だ！　大人しく地獄に堕《お》ちろ！　卑しい賊め！」

「貴様あああああああああ!!」

ディアスが怒鳴り声を上げ、また一歩踏み出す。

瞬間、ロウガの剣閃《けんせん》が走った。

鋭く踏み込んで刀を逆袈裟《さかげさ》に斬り上げ、ディアスの右腕を撥《は》ね飛ばす。

「グッ……！　おのれえええええ!!」

片腕と共に白銀の剣が地に落ちる。

ロウガは首を狙っていた。しかしディアスの反応も速かった。咄嗟《とっさ》に右腕で庇《かば》い、致命傷を避けたのだ。

「外道に堕ちようとも元勇者か！　次こそ仕留める！　覚悟しろ、ディアス！」

ロウガは再び刀を構えて踏み込むが、ディアスが衝撃の魔法を放って退ける。距離を取らせる。

「貴様なんぞに殺されて堪《たま》るか、ロウガ！　策はまだある！　マガツヒを使え、魔王！」

ディアスがリリィに向かって左手を翳して叫ぶ。

催眠状態のリリィが玉座から立ち上がる。

「や……だ……」

体の自由を奪われ、術者の意のまま、傍らに突き立てられた魔剣マガツヒの柄《つか》に手を掛ける。

「ディアス！　貴様ァ！」

ロウガは刀を、ディアスは左手を構え、膠着《こうちゃく》状態で二人が対峙《たいじ》する。

「いいのか？　さっさとあの娘を止めなければ、この学園ごとすべてが吹き飛ぶぞ。それとも三人で心中することがお前の望みか、ロウガ・オーキス」

魔王の魂を持つリリィが手にしたことで、マガツヒの封印が解かれる。封印魔法は眩《まばゆ》い閃光《せんこう》となって弾《はじ》け飛んだ。

力を解き放たれたマガツヒの刀身が青白く光り輝く。その青い光の奥から、暗く禍々《まがまが》しいオーラが堰《せき》を切ったように勢い良く大量に噴出した。

瞬間、ぶちまけられた暗いオーラが衝撃となって襲いかかり、ロウガは姿勢を低くして耐え忍んだ。

「この黒いのは……エーテルなのか？」

暗く禍々しいオーラの正体は、澱《よど》んだエーテルの塊だった。

エーテルの眼《め》で捉えずとも視認できるほど高密度に濃縮されたエーテルだ。それがマガツヒの内部から大量に溢《あふ》れ出し、荒れ狂う嵐のように吹き付けていた。

自然界では考えられないほどおびただしい量のエーテルだ。これがすべて火や雷の攻性に転じれば、この場だけでなく上に建つ学園も跡形も無く消し飛び、そこにいる者たちも皆死に絶えることだろう。

ディアスが斬り落とされた右腕の傷口を押さえながら、玉座の間の出口へ向かって逃走していく。

「待て！　ディアス！」

「さらばだ、ロウガ。これで勝敗は一対一。次は貴様の首を以《も》って勝たせてもらうぞ」

そう捨《す》て台詞《ぜりふ》を吐き、ディアスは扉の向こうへと姿を消した。

「逃がすか！」

――今すぐ追跡すれば、奴《やつ》を殺せる。セイラの仇討《あだう》ちが叶《かな》う。

ロウガは刀を手に一歩踏み出すも、躊躇《ちゆうちよ》した。

後ろを振り向く。

暗く禍々しいエーテルに取り憑《つ》かれたリリィの姿を見る。

マガツヒを止めなければ、学園にいる大勢の人々が死ぬことになる。

そしてマガツヒを使用しているのは……リリィだ。彼女を殺せば、マガツヒは使用者を失い機能を停止するだろう。それで学園にいる者たちは助かる。

リリィを斬れば、学園を救った上で、ディアスを殺せるのだ。

最愛の人の仇討ちと、リリィの命が、天秤《てんびん》に掛けられていた。

「……いや、何を迷っているんだろうな、俺は。誰のおかげで、こうして今を生きていると思っているんだ。前を向いて歩けているんだ」

ロウガは刀を放り捨てた。

迷いを断ち切るように、亡き魔王から贈られた愛刀を捨てる。

今だけは、邪魔になってしまうから。

ロウガは歩き出す。

嵐のように吹き荒《すさ》ぶエーテルの奔流に抗《あらが》い、リリィの許《もと》へと一歩一歩足を進める。

「リリィ。こっちを見ろ。催眠魔法を解いてやる」

マガツヒの柄に両手を掛けたまま立ち尽くすリリィの目を見る。

虚《うつ》ろな瞳に、涙が滲《にじ》んでいた。

「ロウガ……さ……」

「俺の手を見て、そこに意識を集中させろ。他のことは考えるな」

ロウガはリリィの顔の前に右手を翳し、円を描いて印を結んだ。

途端、感情が戻ったようにリリィの目から大粒の涙がいくつも溢れ出す。

しかし、その目は虚ろなままだった。

催眠魔法は解けたはず——

「……マガツヒの力に呑み込まれているのか。制御ができないんだな？」

頷《うなず》いたようにリリィの頭が僅かに下に傾く。

世界一の魔術師と呼ばれたセイラでさえ破壊ではなく封印を選んだのだ、才能はあれど
未熟なリリィにマガツヒの制御ができなくとも無理はない。

「わかった。俺の力を貸そう。もう少しだけ我慢してくれ」

ロウガは手を伸ばし、柄を持つリリィの両手を上から包み込む。

リリィの手に触れた瞬間、暗く禍々しいエーテルがロウガの体に纏《まと》わり憑く。

無数の蛇のように這《は》い回り、深い闇で全身を覆い尽くした。

視界一面が、闇に閉ざされた。


エーテルの海に沈んでいく。

何も見えない。体の感覚がない。

首を回して周囲を見回したつもりだが、自分の周りすべてが深い闇のエーテルで満たされているため、何も見ることはできず、自らの肉体さえ視認できなかった。

マガツヒの内部に凝縮されていた大量のエーテルに晒《さら》されたのだ、魂や肉体の状態がどう変化を起こそうと不思議ではない。

……既視感を覚えた。

今と同じような状況を、以前にも体験したことがある。

此処《ここ》と似たような場所を知っていた。

ディアスに殺され、不完全な蘇生《そせい》魔法を使用し、訪れた世界だ。

無数の霊魂が流れゆく光り輝く天空こそ確認できないが、あの暗黒のみが広がる冥界によく似ていた。

あるいは、単に似ているのではなく、実際にこの黒いエーテルの海は——

「……リリィを探そう。マガツヒの暴走を止めなければ」

歩くことを意識してみる。

実際に足が動いているのかは分からないが、水の流れに逆らって進んでいるかのような感覚がした。

暗闇を掻《か》き分け、前へと突き進む。

「ロウ……さ……助け……」

声が聞こえた。

うっすらと、遠くから。

「——て、ロウガ……さ……」

自分の名を呼んでいる。

永遠とも思える闇の中で、生死の境を彷徨《さまよ》っていたときのことだ——

〈彼女〉の助けを求める声が聞こえた——

「助けて……ロウ……」

微《かす》かな声でも、今ならはっきりと分かる。〈彼女〉の声だ。

他の誰でもなく、〈彼女〉の声だ。

「……そうか。セイラではなく、きみだったのか。俺を呼んでいたのは」

あのとき、光の中から聞こえた声は——

俺が生きる希望にしていた、あの声は――

「きみだったんだな、リリィ」

リリィの声を頼りに、闇の中を進む。

そのうち、小さな光が見えてきた。

「助けて、ロウガさん」

リリィの声が大きく聞こえた。その光の中にいるのか。

手を伸ばす。

……なぜ、百年後の世界に蘇《よみがえ》ったのか不思議だった。

失敗に終わって当然だったし、もっと長く、二百年後や千年後でもおかしくなかった。

だが、俺が蘇ったのは百年後の今だった。

なぜだったのか。

今なら、その理由が分かる。

「今、助けに行く」

白い光の中へと入る。

光は闇を晴らし、暗黒に塗《まみ》れたロウガの体を明るく照らし出した。

「ろ、ロウガさん……!?」

光の膜に包み込まれるようにして、リリィは一人きりでそこにいた。疲れ切った顔をして、暗い泥濘《ぬかるみ》の上にしゃがみ込んでいた。

「すまない、遅くなった。大丈夫か、リリィ？」

ロウガはリリィに向かって手を差し伸べた。

リリィの目に涙が浮かぶ。

——助けに来てくれた。

リリィは涙を流しながら頬を緩ませると、手を取るのではなくロウガの胸に飛び込んだ。

ロウガの胸に顔を埋《うず》めながら背中に腕を回し、ぎゅっと強く抱き締める。

「……どうやってここへ？」

「きみの声が聞こえた。ずっと、俺の名を呼んで助けを求めていただろう？」

「怖くて、どうしようもなくて、思わず何回か声に出しちゃったかもしれないですけど
……そんなに大きな声は出していないですよ？」

「ここは膨大な量のエーテルで埋め尽くされている。きみの強い想《おも》いが伝播《でんぱ》し、そこら中に反響していた」

「な、なるほど。それはちょっと恥ずかしいですね……」

リリィは顔を真っ赤にしながらも、ロウガに抱きついたまま離れようとはしなかった。

「だが——だからこそ、俺はここまで来れた。きみが俺に助けを求めてくれたから、俺はここにいるんだ。助けを求めず、一人で抱え込んでしまうより、ずっといい。きみが俺を必要としてくれるなら、俺はどんなことだってやれる。二本の剣で体を貫かれようと立ち上がるし、暗いエーテルの濁流の中にだって飛び込んでいく。どんな敵が立ち塞がろうと、

どんなに危険な場所であろうと、必ず助けに行く」

ロウガがリリィの頭を愛《いと》おしそうに撫《な》でる。

リリィはロウガの顔を見上げ、潤んだ瞳で見つめた。心がいっぱいになってしまって言葉が出てこない。ロウガさんのほうが百倍恥ずかしいことを言っていますね、なんて照れ隠しの冗談さえ口にできなかった。

ロウガはリリィのしゃがみ込んでいた場所を見る。暗く禍々しいエーテルが泉のように滾々《こんこん》と湧き出していた。

「……ここが闇のエーテルの源泉か」

リリィがロウガの視線を追う。

「はい。ここがマガツヒの力の源です。溢れ出すエーテルをなんとか堰《せ》き止めようとしたんですが、あまりにも流れが強くて、あっという間に海みたいに広がってしまいました。すみません……」

「仕方ないさ。これほど膨大なエーテルを操作《コントロール》することなど、どんな魔術師にだって不可能だ。攻性に転じないよう耐えていただけでも見事なものだ」

「どうしましょう？　ロウガさんなら、マガツヒの暴走を止められますか……？」

ロウガは自分の左腕を見た。その奥にある霊痕を。

「いや、破壊しよう」

「は、破壊!?　マガツヒを壊すんですか？　そんなことができるんですか？」

「魔人の力を使えば可能だろう。霊体化した俺の体を楔《くさび》にして、冥界へとエーテルの海を流し込む。マガツヒが内包するエーテルをすべて吐き出させて枯渇させる。魔法の力さえなくなれば、マガツヒは単なる鉄剣と化す」

「魔人の力を使うんですか……？」

「ダメか？　マガツヒが残っている限り、再びディアスはきみを狙うだろう。こんなくだらんもののためにリリィの身が危険に晒されるなど冗談じゃない。古代の殺戮《さつりく》兵器を無力化するという大義名分もある。また、これは必然の出来事かもしれない」

「必然、ですか？」

「俺は過去に冥界でリリィの声を聞いた。あれはおそらくこのエーテルの海を冥界に流し込んだことによる影響だろう。過去の俺はエーテルの海に溶けたきみの声の残響を聞いたんだ。冥界は時間の流れが現界とは違うようだからな、有り得る話だ」

「そう言われてしまうと反対できないじゃないですか……。ここで魔人の力を使ってマガツヒを破壊したから、わたしとロウガさんは出会うことができたってことですよね」

冥界で聞こえたリリィの声をセイラだと勘違いしたことで、ロウガはセイラの行方を捜しリリィを見つけ出した。エーテルの海を流し込んだ冥界でリリィの声の残響を聞かなかったら、二人が出会うことはなかったかもしれないのだ。

「推測ついでにもう一つ。マガツヒが内包するエーテルと冥界のエーテルは非常によく似ている。同一のものである可能性さえあるだろう。あくまで推測の域を出ないが、古代ダークエルフの魔術師たちは冥界に溢《あふ》れる膨大なエーテルに目を付け、それを何らかの手段で剣の中に収めることで強力な魔導兵器として生み出した、それがマガツヒの正体なのかもしれない」

「興味深い話ですけど、こんなときにまで授業しないでくださいよ……」

ロウガは苦笑した。魔術師としての血が騒いでしまったようだ。

「それもそうだな。じゃあ、そろそろ始めるよ」

ロウガがリリィの肩に触れる。

リリィは言いたいことを察して、ぱっとロウガの体から離れた。抱きついたままでは邪魔になる。

ロウガは左腕の霊痕を青く燃え上がらせた。

――素直にリリィが言うことを聞いてくれて助かった。

実際のところ、マガツヒと冥界を結ぶ楔になることで、自分の体にどれほどの影響が出るか未知数だった。

冥界との繋《つな》がりが強くなり、肉体の霊体化が一気に進行してもおかしくない。

そのまま消滅してしまうことだってあり得るだろう。

だが、それでも――

リリィと出会うことができるなら、安い代償だとさえ思った。

あるいは、魔王軍の亡霊として、最も相応《ふさわ》しい最期なのかもしれない。次世代の魔王の未来のために去るのだから。

……ロウガは闇のエーテルの源泉に向かって、片膝をついてしゃがみ込む。

儚《はかな》く消えかかった左手を、真《ま》っ直《す》ぐに伸ばした。

そのとき。

「これなら邪魔にならないですよね？」

リリィがロウガの背中に覆い被《かぶ》さり、消えそうな左手に自分の手を乗せた。

大きいが消え入りそうな手と、小さくとも生気に満ちた手、二つが重なる。

「確かに邪魔にはならないが……どうしたんだ？」

「意味なんてないかもしれないけど、一緒にやらせてください。あなたがわたしを助けてくれたように、わたしもあなたの助けになりたいんです」

「……そうか。ありがとう。数々の奇跡を起こしてきたきみが一緒なら、いい結末を迎えられそうな気がするよ」

ロウガとリリィは、エーテルの源泉に触れた。

エピローグ

雲一つない晴天の下、ロウガとリリィの二人は校庭のベンチに座っていた。

リリィがロウガの肩口に向かってちまちまと両手を動かしている。

魔術師のマントの上に、金具を通し、金属で鋳造した立派な勲章を吊《つ》り下げる。

「これ、本当にリリィが作ったのか？　職人のような仕事だが」

ロウガはリリィから贈られた勲章を見る。光り輝く太陽の上に剣と龍が乗っている、職人顔負けの見事な意匠だった。

「錬金術が得意なアオイちゃんにも手伝ってもらいました。最初はお守りを作ろうかと思ったんですけど、こっちのほうがロウガさんに似合うかなって。魔王リリィ率いる、新生魔王軍の将軍である証《あかし》です！」

まだリリィは魔王になっていないし、三人と一匹しかいない集まりだ。これを新生魔王軍と呼んでいいものなのか。とりあえずは、リリィの気持ちだけ受け取っておこう。嬉《うれ》しい贈り物であることに変わりはない。

「リリィは……これからも魔王を目指すつもりなのか？　当面のところ、帝国の脅威は去った。今一度、きみの将来について考え直すべきかもしれない」

墜陽剣マガツヒは破壊した。絶対的な力を手に入れるというディアスの野望は打ち砕かれ、帝国がリリィを狙う理由は無くなった。

未《いま》だグレイ皇帝は魔王再臨を危険視しているかもしれないが、ディアスからの圧力がなくなる以上、今までほど苛烈に攻めてくる可能性は低いだろう。学園襲撃の件もある。死神の手《リーパーハンド》は帝国の組織だと公には認められていないものの、魔族領からの追及は免れない。しばらくは対応に追われるはずだ。

「わたしの目的は変わりません。わたしは魔王になります。ディアスみたいな悪党が世界を陰で操って好き放題しているなんて、見過ごせません。誰かが止めないといけない。帝国を支配下に置くディアスを追い詰めるには、魔王の力と権威が必要になると思います」

「大層なことを言うようになったものだ。数ヶ月前、ただの村娘だった頃とは大違いだ」

「色々なことがありましたからね。弱かったわたしだって強くなりますよ」

「……そうか。さすがは未来の魔王様だ」

実際のところ、強力な力を持つ魔王の遺物はマガツヒの他にも多数存在する。そしてディアスは魔王セイラに対して強い劣等感を抱えている。魔王と並び立つために魔王の遺物を追い求め、その過程で再びリリィが巻き込まれてしまう可能性は少なくない。

だが……色々なことがあった。少しはリリィにも休息が必要だろうと思ったのだが、杞憂《きゆう》だったようだ。

「そうですよ。魔王への道のりはまだ長いんですから……ロウガさんには元気でいてもらわないと困ります」

リリィがロウガの左腕に手を触れる。包帯に隠された霊痕を労《いた》わるように優しく。

「心配するな。思ったよりも霊体化は進行していない」

「本当ですか？　嘘《うそ》じゃないです？」

「ああ、大丈夫だ。きみがそばにいたから、奇跡が起きたのかもしれないな。むしろ回復しているくらいだ」

「……そうですか」

リリィはロウガの左腕にそっと抱きついた。少なくとも今はここにいる。それだけでも奇跡だと思うべきなのかもしれない。

「リリィちゃん。勲章、私にはないの？」

耳元からシルヴィアの声が聞こえ、リリィは弾《はじ》けたようにロウガの腕から体を離した。

「ししし、シルヴィアさん!?　脅かさないでくださいよ！」

「普通に声を掛けただけだけれど。邪魔しちゃったかしら」

シルヴィアがじとっとした目でリリィのことを見る。ゼッタイ、わざとやった。

「何か用か、シルヴィア」

「用があるのはリリィちゃんのほうよ。はいこれ、プレゼント」

一通の封書を渡される。金の箔押《はくお》しで装飾され、印璽《いんじ》の封蠟《ふうろう》で閉じた上等なものだ。

「なんですか、これ？」

「魔族領の代表は私以外にも二人いる。その内の一人に向けた、リリィの紹介状よ」

リリィとロウガは驚いて顔を見合わせた。

「私一人の信頼だけ勝ち取っても魔王の座には就けないわ。他の魔族領代表の信頼を得る必要がある。まずは獣人族の長《おさ》・リオンに会うのはどうかしら？」

「ちょ、ちょっと待ってください。つまり、シルヴィアさんはわたしのことを次期魔王として認めてくれたってことですよね？」

「まあ、半分くらいね。実際に魔王として推薦するかどうかは一先《ひとま》ず保留だけれど、リリィの力は認めるわ。特別試験の結果も期待以上だったし、三魔戦でマギカの精鋭たちを圧倒したのには驚いた。ヘルメス襲撃の騒動で結果はうやむやになっちゃったけれど……」

ゼリーゴーレムによる学園襲撃事件だが、シルヴィアを中心に教師たち、アクアやローズマリーらの活躍によって、怪我人《けがにん》こそ出たが幸いにも死者はいなかった。

実行犯であるヘルメスの魔術教師は捕まった。死神の手《リーパーハンド》に脅され、仕方なく悪事に手を貸したらしい。情状酌量の余地はあるが大勢の生徒たちの命を危険に晒《さら》したことに変わりなく、今は魔族領内の留置場に収容されている。

「やったな、リリィ。ついにシルヴィアの信頼を勝ち取ったぞ。三人いる内の一人とはいえ、魔族領代表の支持を得た。着実に魔王の座へ近づいているな」

「だからまだ推薦はしないって……まあいいわ」

「では、早速出発しましょう！　獣人族の長リオンさんに会って、魔王に推薦してもらいましょう！　行きますよ、ロウガさん！」

リリィがベンチから立ち上がり、元気良く校庭を駆けていく。

「…………」

ロウガはベンチに座ったままでいた。

自分の左手を見る。

生気を失い、輪郭が薄れ、霞《かす》みのように消えかかっていた。

かつての自分は、蘇生《そせい》魔法を使ったことを後悔することさえあった。

セイラの救出に失敗し、セイラのいない世界に自分だけが残されてしまった。

世界で一番大切な人を失って、もうこの世界で生きる意味など無いと思っていた。

百年後の世界での俺は、未練を抱いて彷徨《さまよ》う亡霊そのものだった。

だが、今は――

グッと拳を握り締める。

消えかかっていた手に生気が戻る。

それは紛れも無く、血の通った生者の手だった。

「ロウガさん？　どうしました？」

「いや、なんでもない。今行くよ」

ロウガは顔を上げ、リリィのほうを見る。

「はいっ！　どこまでも一緒に行きましょう！」

太陽に照らされて、リリィの笑顔がきらきらと輝いていた。

OVERLAP

転生魔王の魔術師範

発　　行　2022年11月25日　初版第一刷発行

著　　者　白河勇人
発 行 者　永田勝治
発 行 所　株式会社オーバーラップ
〒141-0031　東京都品川区西五反田 8-1-5
校正・DTP　株式会社鷗来堂
印刷・製本　大日本印刷株式会社

Printed in Japan　ISBN 978-4-8240-0331-7 C0193

第10回 オーバーラップ文庫大賞
原稿募集中！
イラスト：冬ゆき
【賞金】
大賞…300万円
（3巻刊行確約＋コミカライズ確約）
金賞……100万円
（3巻刊行確約）
銀賞………30万円
（2巻刊行確約）
佳作………10万円
キミが物語の王様
【締め切り】
第1ターン 2022年6月末日
第2ターン 2022年12月末日
各ターンの締め切り後4ヶ月以内に佳作を発表。通期で佳作に選出された作品の中から、「大賞」、「金賞」、「銀賞」を選出します。
投稿はオンラインで！ 結果も評価シートもサイトをチェック！
https://over-lap.co.jp/bunko/award/
〈オーバーラップ文庫大賞オンライン〉
※最新情報および応募詳細については上記サイトをご覧ください。
※紙での応募受付は行っておりません。

オーバーラップ文庫
COMIC GARDO
コミックガルド
にて
コミカライズ!
第6回オーバーラップ
WEB小説大賞
【大賞】受賞!!
黒鳶の聖者
～追放された回復術士は、有り余る魔力で闇魔法を極める～
「──今日が主役《おれ》の、始まりの日だ」
回復魔法のエキスパートである【聖者】のラセルは、幼馴染みと共にパーティー
組んでいた。しかし、メンバー全員が回復魔法を覚えてしまった結果、ラセルは
放されてしまう。失意の中で帰郷した先、ラセルが出会った謎の美女・シビラは
セルに興味を持ち──?
著 まさみティー　イラスト イコモチ
シリーズ好評発売中!!

オーバーラップ文庫
暗殺者は黄昏に笑う
Assassin Laughs at Twilight
第8回
オーバーラップ
文庫大賞
金賞
女のために——
世界を殺せ。
かつて医者とし くの人を救ってきた荻野知聡。彼が異世界転生時に授けられたのは、「暗殺者」の であった。ある日、そんな彼のもとに持ち込まれたのは子供の変死体。そして それ 切りに頻発する怪事件に、知聡は巻き込まれることになり……？
メグリくくる　イラスト 岩崎美奈子
シリーズ好評発売中!!